# 一路

いちろ

浅田次郎

上

# 目錄

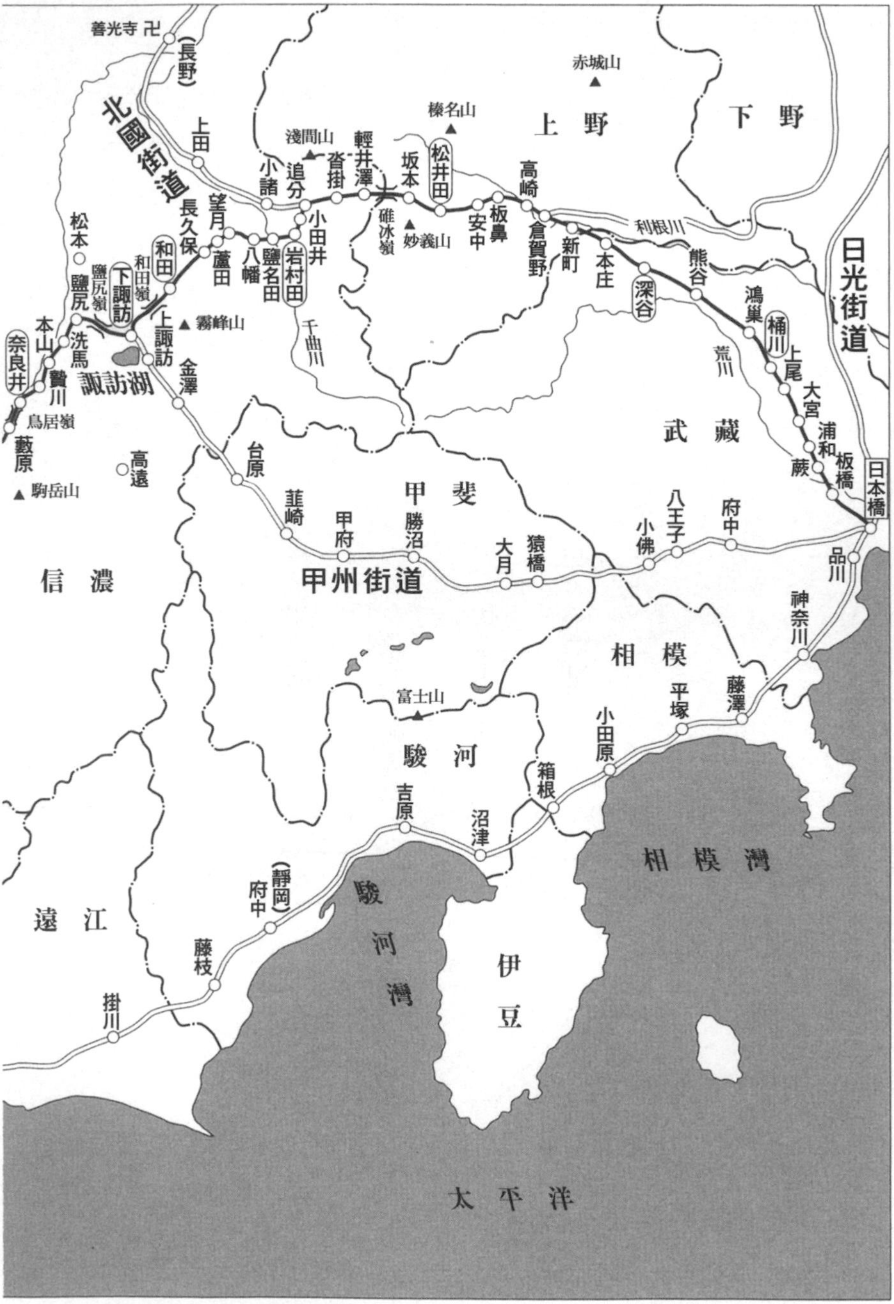


※　框起處為蒔坂左京大夫參勤隊伍的留宿地。其中的「田名部」是虛構地名。

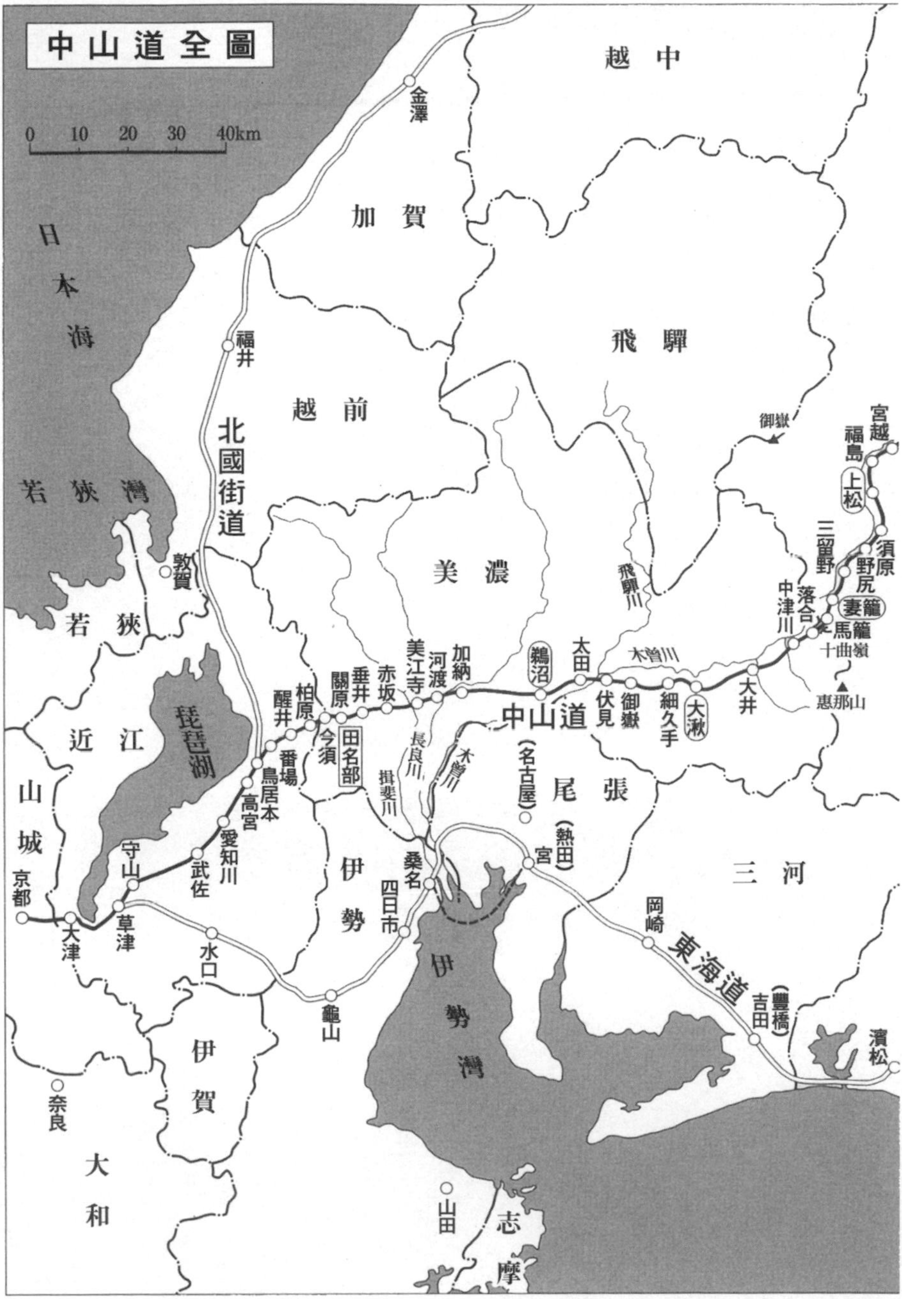
中山道全圖
0 10 20 30 40km
越中
加賀
金澤
日本海
飛驒
越前
福井
北國街道
若狭灣
敦賀
若狭
美濃
飛驒川
御嶽
宮越
福島
上松
須原
三留野
野尻
妻籠
落合
中津川
馬籠
十曲嶺
惠那山
大井
木曽川
大湫
細久手
御嶽
伏見
太田
鵜沼
加納
河渡
美江寺
赤坂
垂井
關原
今須
柏原
醒井
番場
鳥居本
高宮
愛知川
武佐
守山
草津
大津
京都
琵琶湖
近江
山城
田名部
長良川
揖斐川
木曽川
中山道
(名古屋)
尾張
(熱田)
宮
三河
岡崎
東海道
吉田
(豐橋)
濱松
伊勢
桑名
四日市
伊勢灣
水口
龜山
伊賀
奈良
大和
山田
志摩

# 一

# 起駕前夕

# 1

因為名字相當罕見，小野寺一路寫下自己的名字時，從來不曾被人正確地讀出，幾乎怎麼讀都像是銘刻在墓碑上的諱名[1]，因此他從小就經常挨陌生人的罵。

人們會說：「嘿，父母親所賜的寶貴實名怎麼可以隨意報出來？那是死後刻在墓碑上供後世子孫敬稱用的。你到底叫什麼名字？」

但他並不引以為苦，反而是這個名字讓人一眼就能看出小野寺家代代負有使命，知道他就是扛責任的長子。所以每回報出名字，一路都覺得自己好像光著身子，讓人一眼就能看透。

「啊，原來如此，府上是擔任參勤[2]的供頭[3]職務！竟然把你取名為一路，真是用心良苦。你可要多求長進，別辜負這個名字啊！」

如果名字是世襲的，那還可以引以為傲，也不必多費唇舌解釋。不過小野寺家世代承襲的名字是「彌九郎」，直到父親那一代，幾乎代代祖先都叫「小野寺彌九郎」。

但一路出生時，一向以傲岸孤介之士聞名的祖父彌九郎卻認為「『九』字通『苦』[4]，九郎這個名字害人吃苦」，以這個理由，改掉了幾乎可說是家法的當家之名。

既然想避苦，改成超越勞苦的「彌十郎」也就罷了，絞盡腦汁想出來的名字竟是「一路」，未免太直接了當。

負責統籌參勤路上所有事務的供頭，當然是件苦差事，怪名字取不好實在說不過去。況且取名「一路」，別說是避苦了，根本就是把勞苦當作招牌。

還有，祖父彌九郎雖然替他命名為「一路」，但似乎執意要破音讀作「一郎」[5]，如果把它想成比超越勞苦的「十郎」更進一步，也未嘗不能理解，但漢字寫成「一路」，根本是雪上加霜。

即使強調寫成「一路」、讀作「一郎」，大家都還是喊他「一路」，一路記憶所及，後來甚至連祖父也這麼叫。

在參勤的路上擔任供頭的小野寺一路，名字淺白至極，簡直是毫不遮掩地昭告天下他的角色。

「虛歲十九，年紀輕輕就被賦予供頭這麼重要的大任，真是好福氣吶！」

從屋子後方田裡回來的叔父一身農家打扮，在地爐邊坐下，以一副事不關己的模樣說著。

1 江戶時代以前，武士階級與地位較高的平民，通常都有幼名、本名（又稱諱名或實名）及俗名等三種名字，平時互稱俗名或官職，不直呼本名，而俗名經常代代相承。

2 江戶時代的制度，意指「輪流覲謁」。幕府為了統馭大名（即諸侯），規定各藩大名須率領家臣至江戶執行政務，次年再返回領國。

3 江戶時代的職稱，負責參勤交代路途上的指揮調度。

4 日語「九」字的發音可作Ku，音同「苦」（Ku）。

5 日語「一路」（いちろ）與「一郎」（いちろう）發音相近。

「雖然您這麼說，叔父大人，但這能算是福氣嗎？」

一路不高興地抗議道。半是武士、半是農民的叔父，是俸祿不到百石[6]的一般家臣。但一路現在只有這個親戚可以依靠，無可奈何下只能來找他。

他連日造訪距離陣屋[7]兩里之隔的叔父家，這已經是第三趟了。

「小野寺家族裡，應該沒有會遭天譴的壞人啊！總之，幸好你這個小野寺家的嫡長子能幹又可靠，否則我就得代替老哥接下供頭職務了。啊，真是萬幸！」

叔父雖然先發制人，但一路可不能就此放棄。事無三不成，他挺身再次懇求叔父：

「姪兒從小生長在江戶官邸的門長屋[8]，前不久才第一次踏上故鄉的土地，這次雖然是天降橫禍，但要我這樣就接下供頭大任，還是太勉強了。我不敢奢求叔父大人代替我，但請您務必在一旁輔佐我，助我走完全程。只要叔父同意出馬，諸位重臣肯定也會放心跟隨。」

但叔父聽若罔聞，臉撇向一旁自顧自地吞雲吐霧起來。他應該不是沒有妻兒，但全都躲在內室，連杯水也沒端出來。

從簷廊向外望，山巒頂上覆著白雪，正是寒意侵骨的時節。參謁江戶的期限也一天天逼近。

「絕、對、免、談！」

叔父像幼童耍賴般說。

「叔父大人何必那麼……」

「免談就是免談。你大概以為三顧茅廬必能成功，但俗話也說：佛陀再大肚也事不過三。聽好了，一路，你再繼續強人所難，我們叔姪關係就到此為止。老哥出了那種事，我怕你一時六神無主，所以才幫了你。而你現在卻不思長進，只想賴上叔父。你認為我有輔佐供頭的能耐嗎？」

「除了叔父大人，姪兒無依無靠。故鄉的家臣們也都一副事不關己的模樣。」

「你這就叫咎由自取。」

「呃，為什麼這麼說？」

「即便你到十八歲都住在江戶，但每隔一年的參勤，半數家臣都會隨著主公前往江戶，不是嗎？事到如今卻說人們對你漠不關心，還不都是因為你沉迷書冊劍術，疏忽平日該有的交遊嗎？所以才說是咎由自取。」

長年受家族冷落的次子那種狡猾的嘴臉，在叔父臉上毫不保留地顯露。一路還以為叔父儘管不可靠，至少是個和善的好人。

「我這樣說是有點過分了。」

「不，叔父大人說得對。」

「不過這確實太勉強了。萬一我們倆得一起切腹謝罪，小野寺家可要絕子絕孫了。」說這種話，追根究柢，還是因為懦弱的叔父怕賠上性命吧！

6 江戶時代米穀的度量單位，也是家臣薪俸的計量基準。一石約為五二．五公斤。

7 江戶時代沒有城池的下級大名或地位等同大名的旗本在領地的住所。

8 江戶時代武家在住所周邊建造連棟長型房屋，供家臣僕役居住，也稱長屋門。

一路想通後才總算死了心。起駕日訂在十二月三日，十四日就得抵達江戶。幕府規定中山道的參勤路程要在十二天內完成，這下子只能賭上性命，硬著頭皮走到底了。

「請原諒姪兒三番兩次無禮。倘若姪兒在路途上遭遇不測，小野寺家就拜託叔父大人了。」

一路從地爐邊站起身，向叔父辭別，沒人送他出門，年紀相差甚遠的堂弟在一旁嬉鬧著，延著農田道路跟了他一段，但事到如今，一路實在無法笑臉相迎。

這一帶是有德院[9]時代開拓的新田。開墾前原是一片雜樹林，因此眾人都叫它新田，沒有村名。在這裡耕田種地的，是以土地為薪俸的下級武士。

身為下級武士的叔父，除了讓一家大小撐過冬季外，確實也沒有餘力幫助他人。一路這時才總算醒悟，自己的要求根本是強人所難。

背著北風回頭望去，只見白雪壓彎了山稜上的樹木，像是要追趕上來。

以西美濃田名部郡為領地的蒔坂左京大夫身分並非大名[10]，而是采邑七千五百石的旗本[11]。

參勤交代是大名的職責，但在領地設有陣屋的旗本，因為地位形同大名，所以也得負擔參勤的義務。

他們是所謂的「交代寄合」。「寄合」原本是為了與其他旗本有所區隔，特指雖然沒有官職，但俸祿和品級卻很高的旗本，職稱代代世襲，而其中必須參與參勤交代的旗本，就稱做交代寄合。

雖然不是采邑萬石以上的大名，但地位卻形同大名；雖然是旗本，但身分明顯異於尋常旗本；持有的土地雖然是幕府所賜的采邑，卻和大名一樣視同領地，也就是領國。此外，旗本歸若年寄[12]管理，交代寄合則由老中[13]管理，這點也和大名相同。

進入江戶城時，交代寄合也與大名為伍，得以在帝鑑間或柳間辦公。除了同樣地位較高的表高家[14]外，沒有旗本能踏入這些地方。幕府直屬家臣之中能有這麼特別待遇的，就屬交代寄合。

總之，自元和偃武[15]以來，太平的日子延續了兩百五十餘年，各種制度也開始疊床架屋似地不斷累積，讓人一頭霧水。交代寄合這個官職也是，說它特別，卻也有三十三家，實在太多。所以這三十三家又再細加分等，俸祿或品級較高的二十家被賜予「表御禮眾」的頭銜，蒔坂左京大夫就屬這種門第。

旗本一般是指將軍的直屬家臣，有資格直接參見將軍者，不一定是三河以來世代效忠德川家的臣子。而其中這三十三家交代寄合，出身也是五花八門。

---

9 即幕府八代將軍德川吉宗。

10 幕府時代將軍直屬家臣中，俸祿一萬石以上的武士。

11 幕府時代將軍直屬家臣中，俸祿一萬石以下，有資格謁見將軍者。

12 江户幕府中僅次於老中的要職，通常約有五名。

13 江户幕府的最高執政官，直屬於將軍。

14 表高家為江户幕府官職，指沒有固定職役的高家。

15 一六一五年，江户幕府於大坂夏之陣徹底擊滅豐臣家，結束百年來的戰亂。

有些是過去的大名家道中落，僅繼承家名的人家；有些則是大名分家，但俸祿不滿萬石；古代豪族成為名流而受到提拔的例子也不在少數。

蒔坂家的情況則是如此。根據家譜，蒔坂家先祖是鎌倉幕府將軍的家臣，補任至西美濃田名部擔任地頭[16]，可以說是當地豪族。在地耕耘四百年，到了第二十五代，緊鄰領地的關原地區卻發生了爭霸天下的大戰[17]。

那一帶的豪族與豐臣家有著深厚淵源，尤其率領西軍的石田治部少輔更為眾人所熟識，在天時地利人和之中，挾地利與人和，占盡優勢。

然而蒔坂家先祖洞悉時務，不打出鮮明的旗幟，守在田名部陣屋按兵不動，一見情勢對東軍有利，即刻趕赴德川幕下。當時的蒔坂家在征戰中有什麼貢獻，家傳上並沒有記載，大概不是什麼值得一提的軍功吧！但祖先提供田名部陣屋作為東軍兵站，權現大人[18]也曾一度在此指揮調度，追討敵軍，算是頗有功勞。

因此，鎌倉以來的名流、也是當地豪族的蒔坂家，憑藉著關原之戰的功勳被拔擢為旗本，並保全了七千五百石的領土。

不過既是德川家的直屬家臣，便不能算是保住領土，而是將一度歸公的領地又當成新的采邑下賜罷了，不過這都只是對外的說法。因此歷代蒔坂家當家雖然俸祿不足萬石，無法擠身大名，但做為高祿的旗本又過於特別，最後便以旗本中地位特殊的「交代寄合」這個位置穩定下來。

至於其他那些寄合，各自的來歷也都相去不遠吧！可說是把這群不能與多達五千家的旗本混為一談的家臣湊到一塊，才會稱作是「寄合」。

這些寄合之中，只有三十三家須與大名同樣參與參勤交代，稱為「交代寄合」；其中再挑出品級較高的二十家，是為「交代寄合表御禮眾」。

這是五千多家的旗本之中，最出類拔萃的二十家。而蒔坂家俸祿七千五百石，地位之高，也難怪歷代主公會成為坊間順口溜的主角。

在蒔坂家的江戶官邸所在地區，這首順口溜無人不知，無人不曉。

「吉良主公，蒔坂主公，

單槍匹馬，更勝加州[19]。

松之大廊，步步為營，

稍有閃失，切腹大禍。」

這首順口溜是在訓誡人不可貌相嗎？孩童無貴賤之別，所以或許是要人和睦相處。

「吉良主公」當然不用多說，指的就是赤穗事件[20]中的重要角色吉良上野介。雖然他在民

16 鎌倉時代的官職，負責掌理莊園。

17 即關原之戰。一六〇〇年，德川家康率領的東軍，擊敗石田三成率領的西軍，確立德川氏霸權。

18 德川家康死後受祀，神號為東照大權現，後人皆如此敬稱。

19 指加賀藩，江户時代的最大藩。

20 元祿十四年，赤穗藩藩主淺野長矩在江户城松之大廊砍傷吉良義央，被判切腹，而赤穗藩家臣前往報仇。

間完全被塑造成了壞人，但鄰近街坊卻將過去官邸位於松坂町的吉良上野介唱入順口溜中，也算對他同情有加。

眾所周知，吉良家是執掌朝廷、幕府間典禮儀式的高家之首，在旗本中備受禮遇。對勢力較弱的大名不屑一顧的高傲姿態，也為他招來了松之大廊上的血光之災。

雖然是順口溜，但將吉良上野介與蒔坂左京大夫相提並論，可說是一針見血。高家與交代寄合的由來與地位十分近似，要說更勝加賀百萬石是太誇張了些，但各居首位的兩家，無疑比一般大名更加權高位重。

赤穗事件後，吉良家就此滅絕，但蒔坂家自元祿以來，始終維持著相同的地位。

只是這樣的地位延續了兩百五十餘年，總會招來災禍。采邑只有區區七千五百石，卻要供養百名家臣，每隔一年還得編組大批隊伍，進行參勤交代，這更是使得蒔坂家無從償還的債台不斷高築。

說來說去，總歸一句：蒔坂家其實很窮。

「主公來了，肅靜。」

側用人[21]打開紙門，低聲提醒。

小姓[22]馬上發出尖高的聲音：「主公駕到！」

一路立刻跪伏下來。這是他第一次進入光下間[23]就有五十張榻榻米大的書院。雖然只是陣屋，卻與江戶的官邸有著天壤之別。

弧形的方格天花板上繪著四季花卉，由織金紙門環繞。或許江戶官邸是將軍家所賜，所以不能鋪張惹眼吧！但田名部的陣屋是蒔坂家歷代的家宅。

一路覺得喉嚨發癢，又擔心咳嗽犯禁。沒想到要等上這麼久，他連廁所也不敢去。

趴伏在遙遠左前方的，是國家老[24]由比帶刀。他是駐守領國的老臣，一路是在返鄉致意時，才第一次見到他。

右方是蒔坂家的宗族蒔坂將監。一路以前見過他，但並不熟識。蒔坂將監總是隨侍在主公身旁，參勤時則獨自騎馬進入江戶。

一路之所以正襟危坐，是因為他就跪在相隔五十張榻榻米遠的主公御座前。

他想趁著前來受命擔任參勤供頭、初次拜謁主公的機會，把困難說出來，即便不能辭退，也要大膽表明自己力不能勝。

但氣氛似乎不容他開口。一路完全沒有料到，陣屋與江戶的官邸相比氣氛天差地別。

小姓的聲音響過許久，才傳來行走時衣物的摩擦聲。主公好像落座了。

這時，由比先開口：「主公玉體安康，臣不勝欣喜。」

---

21 江户時代的職稱，設於諸藩，相當於藩主的秘書，處理日常私事。

22 江户時代的職稱，負責照顧主公身邊瑣事。

23 書院建築中，「上間」為主公接見家臣的地方，「下間」則連接上間，為家臣伺候之處。

24 江户時代的職稱，大名前往江户時，負責留守領國的武家重臣。

以前在江戶官邸，一路從沒仔細看過主公，但他記得官邸沒有這麼正經八百的寒暄規矩。家臣會在離主公更近的地方報告，而主公的回答也很簡潔。由比剛剛那番誇張的問安，卻沒有得到任何應答。

一路心想，難道領國中有老太爺一類的大人留守？聽說主公今年三十五歲，那麼即使前任左京大夫還待在領國，因為某些原因隱退也不希奇。當然，他從沒聽說過這件事。

由比不等主公回答，逕自說下去：

「本日有事向主公稟報。這位是小野寺一路，往返江戶的參勤供頭小野寺彌九郎之子，請主公垂眷。」

主公依然沒有回話。

「抬起頭來。」

說這話的是將監。但即使被這麼催促，下人也不可以直視主公。依據禮法，必須稍微抬起額頭，望向前方約一間[25]遠的榻榻米。

一路覺得低著頭瞥一眼應該不打緊，死命抬動眼珠。

但他看不到上間，下間這裡，由比和一路一樣垂著臉，但將監似乎挺直著身子。看來同宗之人可以迎視主公。

由比雙手伏地，繼續說下去：

「主公已經知曉，小野寺家日前因為意外之火，燬於祝融，臥病的當家彌九郎疏忽大意，不及逃生而葬身火窟。此事有違武士道，本應沒收家祿，然而起駕日迫在眉睫，故臣等火速召回彌九郎駐留江戶的獨子一路，命其繼承家名，並推舉赴任道上供頭。」

太勉強了，一路心想。畢竟出生至今，他一步也不曾離開江戶。接到陌生故鄉的家屋燒燬、父親去世的消息，兼程從中山道趕回，這其實是他第一次出門遠行。

蒔坂家的參勤是隔年一度，因此每隔一年，一路便可在江戶官邸的門長屋中與父親共同生活。但得年四十一的父親，一直認為讓一路繼承家名時候尚早，嚴格命令他練習劍術，累積學問。因此家中世襲的供頭職務到底要做些什麼，一路完全不曉得。

他以為主公這時多少會提出問題，或是慰勞他幾句，沒想到主公仍然保持緘默。

將監挪轉膝蓋，面向一路：

「為免誤會，我得聲明。燒燬主公恩賜的屋舍是重大過失，彌九郎的死無疑有違武士道。因此小野寺家的承續，只是為了讓這趟參勤順利進行的權宜之策。換言之，如果你能順利辦妥這件事，我會視為將功贖罪，請主公賜令小野寺家續存。這一點你要銘記在心。」

一路絕望了。別說勉強了，這根本是不可能達成的事。看來自己能夠不切腹，又能讓家名維繫下去是絕無可能了。

一路微微抬起頭，怨恨地盯著將監看。這麼做或許有違禮儀，但將監與父親熟識多年，不可能不明白一路的狀況。

然而才剛打了照面，將監就把臉一撇，轉頭面向上間：

25 江戶時代長度的度量單位，一間為一・八一八公尺。

「關於一路的傳聞，我想主公也略有耳聞。他年僅十九歲，劍道就在北辰一刀流出師，又在東條一堂的私塾修習學問，文武雙全，聲名在外。」

那又如何？文武雙全對解決眼前的無理要求有何用處？

「如果不是這場災禍，彌九郎正值壯年，一路應該能入講武所精進劍術，赴昌平黌[26]潛研學理。如此傑出的武士肯定能勝任參勤供頭的職務，萬無一失。臣將監請主公寬心勿慮。命小野寺一路擔任道上供頭一事，懇請主公批准。」

將監說完跪伏在地，一路也像原來那樣，以額頭貼住手背。

這時總算有個聲音響起：「好，斟酌著辦。」

一路還是覺得那不像主公，忍不住往上間偷覷，但從織金紙門離開的背影確實是蒔坂左京大夫，而非什麼隱退的老太爺。

「主公批准了。」

「好好幹啊！」

兩位重臣這番話在他耳中聽來就像撂下卑鄙的狠話。

一路完全無法動彈，他蜷曲著身子，直到書院中再無人的聲息。

話說回來，屋舍竟然能燒得如此一乾二淨。

據說火災當晚不巧颳著大風，兩鄰能倖免於難已經是奇蹟。要是當時延燒開來，再過去就是客棧、商家櫛比鱗次的城門大道，整個陣下都可能陷入火海，演變成大災難。

屋舍原來占地約三百坪，如今只剩燒得漆黑的殘渣屋瓦堆積如山，但不知為何，玄關卻像能劇舞台般留存下來。

從玄關的樣子推測，這裡原來應該是一幢壯麗的大宅。如果曾經親眼見過，也許會生出不同的感慨，但就算是自己家，第一次見到就是一片燒剩的焦土，一路也感受不到絲毫悲傷。

他甚至覺得這比起燒剩大半更容易清理，只要雇幾個工人，一天就能收拾成空地吧！故鄉對日夜兼程趕回的一路也冷漠相待。明明自己毫無過失，然而回鄉前往陣屋問候至今，無論是認識的人或陌生面孔，都不約而同地斥責他。

到這一刻他才明白，即然武家屋舍是主公賞賜的住處，造成失火就是重罪。更何況小野寺家的俸祿雖只有八十俵[27]，但在采邑七千五百石的蒔坂家中屬於上級武士，因此屋舍就在護城河另一頭，與陣屋相對。由於當日風向的緣故，別說是陣下了，火星甚至都飛進陣屋了。

失火當晚，上下一定亂成一團吧！因為是重罪，沒有任何人安慰一路，也沒有人伸出援手。甚至他前往鄰舍道歉，主人家也不願露面。

因此一路回來多日，只能住在城門大道上的客棧裡。

現在他坐在燒剩的玄關式台上，恍惚地望著陣屋的屋瓦。

也許因為這裡是朝北日蔭處，陣屋一旁的楓葉還留著殘紅。據說在戰國古代，後方山上設

---

26「講武所」是幕府末期修習武術的機關，「昌平黌」則為官方的學問機構。

27「俵」即米袋，江戶時期為以米糧做為武士的俸祿支給。

有要塞，但如今只留下「城山」這個名字。位於山腳的陣屋有一條雖然小，卻是阻斷自然河川而形成的溝渠環繞，正面城門也有雙重望樓。

究竟有多少先人，曾經從這個玄關處眺望城山和陣屋？

「好了，太陽要下山了。」

一路對著火災殘跡說。

將父親骨骸送往菩提寺供養的，是一名叫做與平的下人。與平從祖父時代起便侍奉小野寺家，一路年紀還小時，與平也曾陪伴父親往還江戶官邸。但與平的年紀太大，無法依靠。

這時與平解下包住頭臉、色澤彷彿經過熬煮的禦寒手巾，步履蹣跚地走近。十幾年前，他還是名精壯的家奴[28]，年輕時引以為豪的撥鬢[29]，如今已經是豆芽般的白髮，形容削瘦，腰也顯得佝僂。外貌衰老當然是無可奈何的事，但與平的腦袋也痴傻得差不多了，那天居然抓住趕到屋舍殘跡前的一路，哭喪著說：「老爺還活著！」一路以為是他太過忠心耿耿，然而知道與平才剛親手埋葬父親的骨骸，才曉得他已經嚴重癡呆。

「老爺，小的找到這樣東西。」

與平說罷遞出來的，是個塗料已經燒黑斑剝的信匣子。

「我不是說可以了嗎？丟掉吧！」

「可是老爺，這是在裡頭的佛壇找到的。」

父親已經過世了，所以現在當家的是自己，但是從與平的口氣聽來，他似乎還分辨不出來。

「我是一路，父親大人已經過世了。」

與平這才繃住了臉，嘴唇顫抖，潸然流下漆黑的眼淚來。雖然他的忠義不容質疑，但一天鬧個三、四回也讓一路有些厭煩。

「與平啊，我跟父親大人長得那麼像嗎？」

與平搖晃著綁得鬆鬆的細髮髻，再三點頭。

「就像一個模子印出來的，真的是同個模子印出來的啊。」

與平從祖父那一代起就侍奉小野寺家，所以也看著父親長大吧！一想到他將自己和父親十九歲時的身影重疊，便不能因為腦袋痴傻而不把他當一回事。

雖然說了與平也不懂，但一路想向神佛埋怨，喃喃地道：

「叔父大人不想與這件事有所瓜葛，由比和將監大人也打算參勤一結束就命令我切腹，從此斷絕小野寺家吧！這年頭主家用度吃緊，即便只有八十俵，收回去也不無小補。唉，我究竟該何去何從？」

天上一抹殘陽轉瞬落下，白雪又飄了下來。

昨晚一路在客棧寫信問候江戶官邸的母親，他總算把無從對人說起的事寫了下來。

敬書一筆。此地諸事紛擾，遲未致書，勞母親掛心。承蒙故里眾鄉親匡助，供養善後諸事

---

28 近世武家奴僕有其特殊文化，外形多為撥鬢頭、蓄鎌髭，負責在參勤隊伍前頭持長槍、抬箱篋。

29 元祿時期流行的男性髮型，兩鬢形狀剃得像三味線的撥，因而得名。

皆妥當，望母親勿念，諸祈珍攝是幸。

剛接獲噩耗時，母親說即使用爬的也要返回故鄉，但她前年患上的胸病頗為嚴重，一路沒有手足可以分擔解憂，這時更覺人單力薄。

小野寺家是病了、衰弱了吧！就像人有天壽，多年以來便是名流蒔坂家家臣的小野寺家也是，自己一定是末任當家，小野寺家將就此敗亡。

一路突然想到，放在褲裙膝上的這只燒剩的信匣子中，會不會裝著家譜？小野寺家的祖譜聽說一直放在故鄉家中，但他從未看過。

「只有它被留了下來，也許真的是重要的東西。」

「是啊，老爺，這一定是傳家之寶。」

與平說完併攏雙膝，跪坐在地。

一路小心翼翼地打開漆蓋。匣中是一本滿是蟲蛀痕跡、一看便知年代久遠的小冊本。不是祖譜。看到褪成飴黃色的封面文字時，一路懷疑自己是不是眼花了。

《元和辛酉歲蒔坂左京大夫行軍錄》

辛酉年的干支與文久元年的今年相同。難道這是參與大坂夏之陣時的行軍錄？翻開封面，一路再次懷疑自己的眼睛。

〈供頭守則〉

一、參勤之行伍　行軍也
雖平承之時　戰備亦不得廢弛
大將蒔坂左京大夫　乘轎行之　必有二馬隨行
前導為東照權現御賜朱槍一對
眾家臣任軍役　率徒士不下五十名
並有騎馬武者一騎為殿
起駕期日務須嚴守

說到元和年間，因為沒有家譜，不知道是第幾代，不過將軍家從權現大人算起，至今已十四代，所以大概是那時的祖先吧！這正是昔日先祖小野寺彌九郎所撰寫的參勤守則。父親和先祖們想必也都按著這小冊本，執行道上供頭的職務吧！

「真是感激不盡！」

一路將《行軍錄》高舉過頭，仰望著落入暮色後陣下天空的烏雲。

## 2

小野寺一路投宿的旅店，是城門大道旁的「麴屋」。

武士回到故鄉，卻落得落腳在廉價客棧，說來窩囊。但這種時候別說相識的同僚，就連至親的叔父都對他避之唯恐不及，只好勉強接受現況。

客棧雖然在城門大道上，卻不在城門前。從護城河旁的布告場下來一町[30]，經過町鎮邊界的橋樑，有幾間看似可疑的非商家民宅，再往前走便是麴屋。

從店號來看，這裡從前應該是商家吧！房屋的格局也如同店鋪，細長的泥地從屋內直通盡頭的庫房門前，其間並排著以紙門隔出的小房間。招呼客人的木板地房間就這麼成了帳房。

城門大道上有幾間上好的客棧，但一路才報上姓名，就被拒在門外：「剛好客滿了。」

這是一處小小的陣下，生意不可能那麼興隆。但一路是燒燬主公恩賜的屋舍的罪人，所以客棧都不想與他沾上瓜葛。

一路心想只能前往菩提寺投宿，正無精打采地沿著大路往下走，卻在橋的另一頭看見「麴屋客棧」歪斜的看板。

那客棧潦倒的模樣，看上去只要付得出錢，管他是大盜石川五右衛門還是鼠小僧都照收不誤，一路便抱著姑且一試的心態掀開門簾入內。

帳房處還真坐了個不怎麼像客棧掌櫃的男人。那人臉上有道疤痕，從額頭到上唇直劈而下，嘴裡叼著煙管，立起膝蓋坐著。

「啊，這不是小野寺大人家的少爺嗎？這回真是無妄之災吶！」

男人以粗俗的語調說。

「空房有是有，不過二樓是賭坊，要是不嫌吵，房間隨您挑。」

管它是賭坊還是妓院，只要離陣屋近，就沒什麼好嫌棄的。一路說要住到十二月三日起駕為止，接著遞出錢囊，希望能用這筆錢包吃住。沒想到男人異於外貌，似乎是個規矩人，只從裡頭拿出一分金[31]，然後「喏」了一聲，把錢囊拋還回來。

一路正走投無路，即使被坑走寶貴的小判金幣也怨不得別人，但掌櫃卻嗤之以鼻地說：

「我每月有十天能向賭坊抽成，可沒有窮到要對你趁火打劫。」

就這樣，一路來到一樓最深處四張榻榻米半的房間，這才總算能脫下草鞋休息。

這裡的確很吵。似乎大白天就有人來賭骰子，呼么喝六的叫喊聲從天花板傾注而下。沒多久聲音靜了下來，結果壺一開，歡呼與嘆息聲大作，混成一團，撼動整間客棧。

喧嘩聲一直持續到天色泛白。聽做飯的女傭說，這賭坊在鄰近的三個村落各巡行十天，開賭作莊的是住在彥根的瓢頭，但從未露面，只由幾名年輕人代理當家、當荷官，主持三個村子的賭坊。

30 約一〇九公尺。

31 江户時代的長形金幣。四枚一分金值一枚小判，一枚小判即一兩金幣。

「就我所知，他們從沒起過糾紛，管理得很好。」

年紀比母親還大的女傭說。一路還在煩惱萬一她勾引自己，該如何拒絕才是，所幸對方沒有出手的跡象。

整夜的喧鬧聲雖然教人吃不消，但畢竟不是放聲高歌，所以第二個晚上開始，一路就不怎麼在意了。江戶官邸的門長屋中，年輕武士和雜役們也會通宵賭花牌，所以一路相當習慣賭博的聲音。

窄小的房間裡有道一間寬的懸窗，窗子面對一條河，偶有小舟來往。再過去一點，枯田的另一頭可以看見山頂戴雪的伊吹山。

父母親說過，田名部這一帶以好水著名。確實，從懸窗看出去，通透的河底各處湧出清水，掀起河沙，橋頭的水場也不斷有人前來汲水。許多人家沒有水井，或許是拜此之賜。

一路很滿意這間客棧。大概是因為水質好，飯菜相當美味，再加上為了服務賭客，還隨時提供熱水沐浴。

如果把賭坊的喧鬧當成風聲不去介意，這裡便像間溫泉旅館。要翻閱遠古元和時代，祖先小野寺彌九郎寫下的《行軍錄》，這個地方真是再適合不過了。

一路把向帳房借來的几案擱到紙罩燈旁，打開年代久遠的神聖小冊本。

這本冊子不僅到處遭到蟲蛀，還沾滿了歷代當家的手垢，所以不能隨意翻閱，必須像工藝師傅，小心翼翼地對待才行。

一路求學的神田和泉橋東條學塾，收藏有許多和漢古書，因此他熟悉這類古籍。當然，他具備解讀的知識，也學過如何推測因蟲蛀而缺損的部分，並據此製作抄本的高超技術。

這本《行軍錄》會落入自己的手中，實在不能說是巧合，這肯定是神佛顯靈，或是祖先庇佑。一路向來不相信怪力亂神，但唯獨這件事，他不得不承認有看不見的神靈顯現。

「但是……」小野寺一路挺直了背。

神蹟或庇佑都不是便宜事。他明白這不過是得到了一個機會，而是否能活用、或是讓他平白糟蹋，就看怎麼努力了。無論學塾或道場，愈是擁有天賦才能的人愈容易恃才傲物，最後招致失敗。換句話說，一路知道獲得這本冊子絕非就能達成任務，只能當作上天給他的機會。

距離起駕的十二月三日只剩十多天，從明後天起，一路就得以供頭的身分開始工作。雖然要在短時間內將整本冊子融會貫通，根本不可能，但一路想放手一博，畢竟想要獲得好的結果也不能光靠祈禱，必須盡力去爭取。

解讀古書中的文字，心中得先有一個概念，那就是時代愈古老，表意的文字就愈少。這件事以前老師再三叮囑過。

學養豐富的古人似乎能透過幾個精妙字句傳達龐大的意義，而當時的讀者也有正確理解其中含意的想像力。換句話說，後人必須像解謎一般，解讀隱藏在寥寥數語背後的龐大世界。

一路盯著那張抹了好幾層柿漆、一看便知年代久遠的封面。

《元和辛酉歲蒔坂左京大夫行軍錄》，首先得從這個標題開始解起。

元和指的就是豐臣家在大坂夏之陣敗亡，德川家確立天下的元和元年，是歲在卯。掐指一算，「元和辛酉」就是六年後，也就是「元和七年」。

總而言之，那是遠到令人頭眼昏花的古代。

「你啊，都被蟲蛀成了這副模樣，卻一直活到現在啊！」一路不禁撫摸著塗了柿漆的封面慰勞它。

據說西洋曆法以耶穌誕生為元年。而文久元年是西曆一八六一年，雖然這個年數更令人頭眼昏花，但如果要回顧漫長的歷史，西洋曆確實比較方便。沒有元和也沒有文久，只要進行四位數的加減計算，立刻就能明白是幾年前或幾年後。

不過兩百多年來，這本小冊子雖然遭蟲蛀，卻仍頑強地存留下來。由此可知，這十幾代以來的小野寺家當家有多麼珍惜它。

接下來，再看「蒔坂左京大夫」這個名號，這不需要多想。在現任主公的十幾代以前，同樣有個蒔坂左京大夫命令小野寺家的祖先擔任參勤隊伍的指揮。

一路咂了一下舌頭。

主公一直到現在都還繼承著相同的名號，為何小野寺家要拋棄「彌九郎」這個名字？也許將他命名為「一路」的祖父其實是個不懂得深思熟慮的人，搞不好就是因為他魯莽地改名，觸怒了祖靈，才導致家屋燒燬，害倒霉的當家喪身火窟，而當家的兒子更落得糊里糊塗地扛起贖罪工作的下場？

一路的腦中突然萌生這個解釋，想想覺得既合理又可笑，「哈哈哈」地笑出聲來。

「現在不是笑的時候。」

他告誡自己，繼續往下讀。古書的解讀就像這樣，速度緩慢，但再這麼慢吞吞地分析下去，後果不堪設想。只是要接下去讀，就得先過封面這一關，「行軍錄」這三個字指的又是什麼？

在燒燬的屋舍中拿到小冊本時，當時匆忙間瞥見「元和」和「行軍錄」，還以為是參與大坂夏之陣時的紀錄。但翻開封面一看，內容劈頭就是「參勤之行伍，行軍也」，還有「雖平承之時，戰備亦不得廢弛」。

「參勤交代」這個制度，對武士而言太過天經地義，所以一路從沒想過它的由來。每個主公都必須在江戶住上一年，再返回領國一年，也就是說，一年一度他們都得組織隊伍，在江戶和領國間長途跋涉。

至於進行的季節，據說按規定譜代大名[33]是六月或八月，外樣大名[34]則是四月，但似乎也有例外，像蒔坂家便是在每年的十二月舉行。

十二月中旬抵達位於本所的江戶官邸，與住在江戶的家人共同生活一年，然後隔年的十二月初旬，再出發返回田名部。在官邸裡，參勤隊伍抵達叫做「參府」，出發則稱為「離府」。

主公到府的這一年間，官邸會變得熱鬧無比，擔任供頭的父親也得以和家人共同生活一

32 元和元年為乙卯年，按天干地支往後推算，辛酉年即為元和七年。
33 從關原之戰以前即為德川家家臣的大名。
34 關原之戰以後臣服德川家的大名。

年。然後到了十二月，他們就得離府，送走隊伍後，江戶官邸頓時落入一片蕭索，彷彿火一下子熄滅了。

打從一路懂事以來，生活就這麼周而復始，因為太過理所當然，他從未想過這樣的制度為何而來。

父親指揮的隊伍說什麼也不符合「行軍」這種稱呼。當然，蒔坂左京大夫確實是武門中人，但率領士兵馳騁沙場的，已經是幾百年前的那位左京大夫了。

大坂夏之陣後不過短短六年，天下還不算太平吧！當時的左京大夫名實都是武人，隨從的家臣們大多也都是聽從指揮、縱橫戰場的驍勇戰士。

因此參勤交代在那時就是「行軍」？

「啊……」一路束手無策地發出嘆息，仰躺在寢具上。如果真是如此，這對現在就毫無用處嘛！簡單地說，歷代祖先並非從冊子上學到什麼，而是把它當成神聖銘文，像寶貝似地供起來罷了！

客棧的樓上依然不斷傳來呼么喝六的聲音。樓下的客人正瀕臨生死存亡——不，是家名存廢的危難關頭，世上多數的人卻還在悠哉享樂，一想到這裡，一路便忍不住光火。

「喂，隔壁的大人。」

突然一道裝模作樣的聲音傳來，隔壁房間的紙門開了一道縫隙，露出窺看的眼鼻。

「看您苦讀許久似乎毫無進展。提不起勁時就該來點這個！」

那人搖搖酒壺。一路仰躺著，無力地斥喝道：

日文版 STAFF
封面、內文設計　monostore（志野原遙）
插圖＆漫畫　こまつか苗
本文DTP　zest（長谷川慎一）
編輯協力　株式会社スリーシーズン（伊藤佐知子）
攝影　白田祐樹
執筆協力　横浜小鳥の病院　海老沢和荘

一起來　0ZDG0026

# 馴鳥師教你改變鸚鵡行為

## 帶你超越主人視角，從讀解到訓練鸚鵡行為，匹配度、好感度雙雙提升的鳥寶訓練4堂課

作　　者　柴田祐未子
譯　　者　林以庭
主　　編　林子揚
責任編輯　林杰蓉
編輯協力　張展瑜

總 編 輯　陳旭華 steve@bookrep.com.tw
出版單位　一起來出版／遠足文化事業股份有限公司
發　　行　遠足文化事業股份有限公司（讀書共和國出版集團）
231 新北市新店區民權路 108-2 號 9 樓
電　　話　(02) 2218-1417
法律顧問　華洋法律事務所　蘇文生律師

封面設計　比比司設計工作室
手　　寫　Tom Lin
內頁排版　顏麟驊
印　　製　通南彩色印刷有限公司
初版一刷　2023 年 10 月
初版二刷　2023 年 12 月
定　　價　390 元
I S B N　978-626-7212-29-5（平裝）
978-626-7212-35-6（EPUB）
978-626-7212-36-3（PDF）



國家圖書館出版品預行編目(CIP)資料

馴鳥師教你改變鸚鵡行為：帶你超越主人視角，從讀解到訓練鸚鵡行為，匹配度、好感度雙雙提升的鳥寶訓練4堂課／柴田祐未子；林以庭譯. -- 初版. -- 新北市：一起來出版：遠足文化事業股份有限公司發行，2023.10
224面；14.8×21公分. --（一起來好；26）
譯自：インコ&オウムのお悩み解決帖
ISBN 978-626-7212-29-5（平裝）

1.CST：鸚鵡　2.CST：寵物飼養

437.794　　112013676

「你這個江湖術士，太放肆了！」

聽女傭說，這個人似乎已經在麴屋住了好些時日。這種遊走江湖的可疑術士在同個地方逗留並沒有好處，然而他卻已經在這處小小的陣下停留半個月之久，八成與二樓的賭坊有關。如果連賭連輸，有些人或許會對自身賭運失去信心，倚靠卜算之術壯膽。還是因為他從事這個職業久了，靠著人面寬闊，幫助賭坊拉客，順便抽成賺花用？

「噯，別這麼說。我看大人您的處境也沒好到能斥責旁人放肆吧！」

「可不可以別來煩我？」

「不過，大人您的面相著實不凡吶！」

明知道江湖術士的話不可輕信，但這番話聽在現在的一路耳中，還是讓他難以招架。算命的今天是第一次邀一路喝酒，之前兩人在浴場遇過兩三回，每回他都要說：「大人生得一副好面相」。

一路看得出他想作生意，決心不予理會，沒想到這回竟說起「面相不凡」來了。

「我得先說，在下不介意跟你共飲，請你喝酒的錢也還出得起，不過我可沒錢奉送滿口假言的卜卦術士。」

紙門無聲地打開，算命的走了進來。夜半飲酒，披件浴衣即可，但他卻穿著算命先生慣穿的綠褐色長衫，外罩一件相同布料的褐色外衣，穿戴整齊，束起的頭髮中摻著白髮，有模有樣。一路心想，要不是處在這廉價客棧中，恐怕自己會輕信他的卦。

「小的不打算做生意，也不賺大人的酒，全是受您的面相吸引而來。來，小的敬您一杯。」

一路折起寢具，拖來圓火盆坐下。雖然還不到能分辨酒味好壞的年紀，但他頗好飲酒。

算命的拍掌一聲，女傭便在泥地上踩出嗒嗒的腳步聲跑來，探頭看向鄰間說：「咦，難不成是狐狸？」

「這邊這邊。我要跟這位武士大人飲酒，來幾樣精緻的下酒菜吧！」

「我不行嗎？」

「不是不可以，但難說精緻吶！」

女傭將順道拎來的熱酒擺在門框上，又踩著腳步聲離開。

「大人不必費心。我和彥根的大當家是老相識，酒錢算樓上的。」

算命師指著天花板說。果然不出所料，這個人與賭坊有關，細節不問為妙。

一路接過算命師的酒杯，熟悉的故里酒香霎時浸染了五臟六腑。

「原諒我遲報名號，小的名叫朧庵。」

「朧庵，字怎麼寫？」

算命師說了聲「抱歉」，從窗邊几案取來毛筆與和紙，以意外流利的字跡寫下「朧庵」兩個字。

「是彥根的大當家起的名。別看小的這副模樣，過去也曾在京上學習卜易之術，只是年輕時耽溺酒鄉，被逐出師門，淪為江湖術士，所幸彥根的大當家肯收留我。無奈這酒怎麼也戒不了，日子老是朦朦朧朧，所以叫朧庵。」

「哦？」一路哼了一聲，這經歷也不怎麼特別。

從那流利的字跡看來，說他曾經在京上修習卜易之術應該不是假話。這個人雖然性嗜酒，但能書善寫，對無賴之流或許頗有用處。

「在下……」

一路正要報上名字，朧庵卻伸出手掌，彷彿在說「且慢」。

「小的不過一介術士，不勞大人報名。小的知道，您是代代擔任蒔坂主公家道上奉行一職的小野寺大人。」

「道上奉行？言重了，敝家叫做供頭。再說雖然代代擔任此職，但是在下……」

朧庵又伸出掌。

「不必全說出口。勉強說出不想說的事、聽聞不想聽的話，對彼此都沒意思。」

一路心想與其一一動氣較真，不如早點喝醉，於是把酒倒進茶碗，一飲而盡。

「你怎麼知道？」

「這點事情不用打聽，陣下早已經傳得沸沸揚揚。大夥都在說，小野寺大人雖不幸遭難，但這次回來的公子出師於神田玉池的千葉道場，在東條一堂的私塾學業又名列前茅，文武雙全，肯定能指揮一趟出色的參勤旅程。」

一路頓時啞言無言，怒意全消。原來這事情早就進入非陣下之人的江湖術士耳裡，換句話說，人們早已知曉。

「這話算是稱讚？」

「是的，每一位都讚不絕口。」

「但你說的人們卻都對我冷漠至極。同僚沒有一人願意正眼瞧我，就連相識已久的街坊鄰居，也對我視而不見。甚至連客棧都不肯收我，落得只能在賭坊底下獨自研究古籍。」

「那是因為燒了屋舍，沒辦法啊。啊……我說得太過分了。」

「我明白。燒燬主公恩賜的屋舍，即使被沒收家祿、當場放逐也不該有怨言。但是朧庵，我得藉機說個明白，那些話根本不是稱讚。」

二樓似乎剛結束一場大賭注，歡聲響亮。是荷官去了茅廁嗎？吃吃喝喝的閒聊聲持續了好一陣子。

「聽著，我接著說的事不可外傳，我相信你是個聰明人，才向你吐露。其實，先父未曾傳授我任何職務相關的事。」

「大人說笑了。」

朧庵笑道。他笑著喝乾酒杯，仔細凝視一路的臉，接著叫了聲：「咦！」作勢起身。

「為、為什麼您都到這個年紀，卻對參勤職務一無所悉？」

「只是天資秉異，少年老成罷了。在下虛歲十九，尚未從父親那裡習得一事也沒什麼好稀奇的。更何況出生至今，我從未離開江戶，這一年又因為主公在國，無法見到家父。可惡！什麼文武雙全。如果不是這樣，家父早就要我放下學問劍術，教我供頭職務該知道的事了！」

「也就是說，您對職務茫然無知，現在卻得指揮那群漠視您的同僚，踏上旅途？」

「就是這樣，現在我有幾條命都不夠賠。簡單來說，上頭的重臣正等著我捅婁子，好要我切腹謝罪，順道沒收家祿。」

「呣，這真教人同情，但大人您是否想太遠了？」

「哪裡想遠了？」

「如果真的要沒收家祿，恕我說句難聽的話，燒燬家屋時就該沒收了。」

這麼說來，確實有理。也許由比和將監大人內心並不是這麼盤算，只是想給文武雙全的繼承人一個雪恥的機會。

但是……想到這裡，心情還沒真正輕鬆，更深的絕望又湧上一路的胸臆。

這趟旅程早晚要毀在自己手上，這事情誰都看得出來，所以就算那些重臣對他有所期待，最終也只是徒然。

一路怨恨地盯著他剛剛還深信是救命稻草的小冊本。

朧庵循著他的眼神把手伸向几案，一路卻連斥喝他放肆的力氣也沒有。

「你說你在京城做過學問？」

「不，算不上做學問那麼了不得的事。不過我也學了正統的卜易，因此以《易經》為首，陰陽道、四柱推命、九星，我這腦袋裡倒是裝了不少。」

一路心想，朧庵看上去年紀與亡父相差無幾，雖然學的不是正道，但如果是學習不同學問的人，也許會有不同的解讀。

「這本冊子是家傳之寶，上頭記載了參勤交代的要領，但畢竟是元和時代的古書，我不認為對現狀有任何幫助。」

「原來如此。所以大人才通宵研讀它？」

朧庵將塗了柿漆的封面拿遠，端詳片刻，然後舉到束髮的頭頂禮拜。從他的動作以及翻開封面時的嚴謹態度，看得出確實是熟悉古籍的人。

「啊，這是樣寶貝。能如虎添翼，或只是羊肉落狗嘴，全得看大人的修為。」

「不，不可能。你聽好了，比方說這裡，劈頭就寫『參勤之行伍，行軍也』，這指的是天下尚未平定的元和年間吧！所以我說根本毫無用處嘛！」

「這個嘛……」朧庵翻閱滿是蟲蛀痕跡的小冊本，沉思似地仰望天花板。他的眼神就像要穿透頂上的賭坊和屋頂，注視著遙遠的夜空。

「以小的愚見，如果因為是古籍，就認為它對現況毫無幫助，那麼大部分的學問都是無益之學了。尤其對我們這種卜卦看相的人來說，學的盡是幾千年前的唐國古籍，並賴以維生。就算是我們這門生意特別，但道理也跟其他學問相去不遠吧？短短兩、三百年，世上不會起多少變化的。」

果然不行，一路大失所望。懷著一線希望，甚至求教可疑的江湖術士，實在太傻了。

朧庵將小冊本放在膝上，一口喝乾酒杯。他還沒醉到意識朦朧。

「話說回來，參勤交代的隊伍對下民來說，才真是大麻煩呢！在路途中遇上了，腰上佩雙刀的武士只要蹲跪下來，但咱們這些農民百姓卻得在路旁跪拜才行。如果是剛下完雨，地面泥濘，穿的又是剛裁好的新衣，那還真教人欲哭無淚。我看看，上面寫著蒔坂大人的隊伍徒士不下五十人，這樣的人數倒還能忍受，要是不幸遇上加州大人的隊伍，人數可是多達三、四千！天吶，管它颳風下雨，都得在路旁跪上半天之久呢！」

那又怎麼樣？一路可無暇理會一介百姓的怨言。

他立膝坐著，抓了把鹽豆嚼了起來。

「像那樣跪伏在地、靜靜地不動呢，因為無聊透頂，忍不住便胡思亂想起來。像是為什麼非得規定這麼荒唐的事？參勤交代制度到底是為了什麼？為何要帶上這麼多的家臣在江戶與領地間來來回回？」

「確實，我也是這麼疑惑。」

一路嚼著鹽豆，肚子漸漸餓了起來。精緻的下酒菜還沒來嗎？

「小的大膽不著邊際地想……」

「不必想了，聽你在這裡埋怨有什麼用？」

「不，接下來要說的才是重點。小的在江湖行走二十餘年，中間有三次不幸遇上加賀百萬石的四千人隊伍，四次遇上越前松平大人[35]的隊伍。松平大人的隊伍稍短，但因為事關結城秀康公以來的武門榮耀，所以隊伍佩帶了長槍、槍砲等許多武器，行進速度有如牛步。」

一路停下嚼豆子的下巴。父親指揮的蒔坂家隊伍最多五十人，編制簡樸，但還是率領了眾多家臣，也有長槍組和鐵砲組，隊容森嚴。

這對他而言是熟悉的風俗、看慣的景象，所以從未多想，但這會不會正是行軍的隊容？

「小的並非想逾越指點您什麼，只是將我在路旁下跪時想過的事說出來罷了。」

35 越前松平家，家祖為德川家康次男結城秀康。

「你是說，參勤就是行軍？」

「正是。愈是平時不見弓箭槍砲的平民百姓，愈有這種感覺。誠惶誠恐，將軍大人貴為天子交付戎馬大權的征夷大將軍，一遇到戰事，所有大名便必須聽從將軍的指揮。那麼一年至少一次率軍前往江戶，也算是職責所在吧！而且大名們隔年輪替，等於江戶隨時有半數大將及兵力駐守，無論發生什麼事，都可以保持天下安泰。這豈不是理所當然的事？參勤交代的隊伍就是行軍。喏，這不也寫著：雖平承之時，戰備亦不得廢弛。」

「等一下，等一下！」

一路探出身體。才剛要烘熱臉頰的酒氣，瞬時從腦門溜光。

「你的意思是說，這上頭所示絕非無用，至今依然有效？」

「應該是。經過兩三百年，某些事物確實會有大變化，但那是經辦的人懈怠所造成的。就像占卜術也因為從事者怠忽，愈來愈不準了。不過……」

「不過？」

「經過漫長歲月後被改變的種種，如果能因為這個範本而徹底復甦，不也別有興味？」

此時，一路腦中掠過一件事。《行軍錄》開頭寫道：「前導為東照權現御賜之朱槍一對。」他在主公的參勤隊伍中從未見過這項物品，或許是兩百多年的歲月中，在某處被怠忽省略了。

「前導可沒有什麼朱槍啊。」

「請去陣屋的倉庫找找看。總不可能丟了吧！如大人自認對參勤完全不明白，不如就依上頭的古禮，讓它復活如何？如此一來說不定眾人反而會驚呼：大人不愧是文武雙全的俊傑！」

「確實有理，這樣就沒有人能挑剔。」

下酒菜來了。一路看過去，一陣惡臭撲鼻而來，讓人忍不住別臉側身。

「是腐臭了嗎？這是什麼玩意兒？」

女傭和朧庵互看一眼，「噗嗤」地笑出聲來。

「咦，大人不知道鮒壽司嗎？」

「就是這股腐臭味下酒啊。來來，凡事都該一試，嚐一口吧！」

一路提心吊膽地將切得薄如蟬翼的腐魚放入口中。那股惡臭令他無法招架，急忙用熱酒沖入喉中。然而奇異的是，一股難以言喻的極樂香氣竟在口中擴散開來。

「如何？供頭大人，就把這本蟲蛀的《行軍錄》當成鮒壽司，姑且一試吧！」

朧庵以占星似的遙遠眼神，看著呼么喝六的吵鬧天花板悠悠地說。

3

〈供頭守則〉

二、明六刻[36]　自正城門起駕

先至田名部八幡社參詣

敬於神前　祈武運長久　道上平安
共擲盞鼓譟　行軍之始也

翌日午後，小野寺一路前往向山山腳的八幡神社參拜。

即使對參勤交代一無所知，只要按《行軍錄》的古禮行事，便無人能對一路挑剔，這是朧庵的想法。

這主意雖然出自可疑的江湖術士，卻合情合理。不，事已至此，除了家傳的《行軍錄》以外，一路別無倚靠，因此也只能豁出去，指揮一場依循古法的參勤旅程了。

一早一路便動身前往拜訪陣屋的倉庫官吏，想找出《行軍錄》開頭所說的「東照權現御賜朱槍一對」。

然而，即使是對田名部陣屋瞭若指掌、連榻榻米有幾條紋路都一清二楚的老官吏，都說沒見過那種寶物，甚至從未聽過。

他們在陣屋西廓的武具倉庫、主屋的寶物倉庫，裡裡外外都仔細找遍了，仍然一無所獲。難道放在江戶官邸的倉庫中？有了方向後卻迎頭遭挫，一路顯得意志消沉。

仔細一想，接獲父親訃報至今就是一連串的失望。失望之後仍是失望，不斷堆疊而上。一般來說，人生應該是禍福相倚，好壞參半，然而眼前卻是接踵而至的失望，簡直沒完沒了。

他垂頭喪氣地走出城門。護城河對面，燒燬的屋舍殘跡已經大致收拾乾淨。

漆黑空地的另一頭，可以看見八幡神社。這處小小的陣下僅到形同外護城河的河川一帶為止，再往前去便是積了一層薄雪的枯田。遙遠的山腳杉林處坐落著一間神社，就像頂頭的一抹朱紅。

一路在城門前的土橋停下腳步，打開《行軍錄》。根據〈供頭守則〉，隊伍必須在明六刻從城門出發，前往田名部八幡神社。參勤就是行軍，那麼在出發之際，向鎮守之神祈求路途平安也是理所當然。

「呃，請問……」

一路想向土橋上往來的武士打聽，但人們卻像躲避可疑小販似的，一看到他就紛紛走避。過了許久，總算捉住一個打赤腳、光著小腿的小廝。

「請您饒了小的吧！老爺交代，不能跟大人您有任何瓜葛。」

這話讓他大感意外。燒燬恩賜的屋舍固然是小野寺家的罪過，但是禁止下人跟他說話，甚至把他當成穢物般躲避，這種態度未免太不近人情。

「只是想打聽一下，那遠處的神社是田名部八幡神社嗎？」

「是，大人說的沒錯，那就是田名部郡總鎮守的八幡宮。」

「參勤交代起駕時，都會去那間神社參拜對吧？」

「是的、是的。」

小廝介意著周圍的眼光回答。

36 江戶時代的時辰名稱，一刻為兩小時。明六刻即卯時，也就是現在的早上五點至七點。

回頭一看，只見城門下疑似小廝主人的武士正叉著腿，惡狠狠地瞪向這裡。雖不知道姓名，卻是一張見過的臉。

「真抱歉。代我向你家大人問好，說起駕時刻是十二月三日的明六刻，道上供頭由我小野寺一路擔任，一切包在我身上。」

八幡宮內格外清淨，四周一片闃寂。

雖然是頭一回來此參拜，但一路只要想到這是祖先代代祭拜的神社，也不由得慎重起來。八幡神是武神。過去，源義家公因為在石清水八幡宮舉行元服禮[37]，所以自稱八幡太郎。換句話說一般人們說祭祀源義家公的神社就是八幡神，其實是誤傳。

後來，源賴朝公建立鎌倉幕府，迎請歷代先祖信仰的石清水八幡神到鎌倉，建了鶴岡八幡宮，從此八幡神便成了源氏[38]的祖神。而征夷大將軍是源氏之首，所以德川將軍家的祖神也是八幡神，在武家支配下的諸國也必會興建八幡宮。

「真是可憐……」

白鬚的神官仔細地看著一籌莫展的一路說。

「令尊和令祖父都是無可取代的傑出供頭，無奈遭此橫禍，讓大人年紀輕輕就得扛下這樣的重任，實是一場磨難。」

這神官在參道上不曉得是正在掃雪，還是灑雪，也看不出多大歲數，活像傳說中的松樹精——高砂老翁。

「老朽生於神主家，自懂事以來便看慣了隊伍起駕、抵達之際的參拜，但擲碎酒杯、群起鼓譟，這麼粗魯的事倒是聞所未聞吶！老朽在此歷經七十年光陰，主公也換了四代吧！卻從沒見過這種景況。」

神官將《行軍錄》壓還到一路的胸口，繼續掃起參道。他也許是後繼無人又沒有妻室，身上穿的淡青色褲裙又髒又舊，外衣的衣角也露出了棉絮。

「坦白說，因為近年歉收，這功德箱左等右等，就是等不到半文收入。老朽只能寄望主公起駕時的捐獻了。關於這一點，大人可曾聽令尊提起？」

聽到這裡，一路大失所望，總覺得自己愈努力，便愈是陷入泥沼。

但事到如今他不能退縮，便鼓起勇氣問神官：

「捐獻的事交給在下。我想請教的不是錢的問題。喏，這小冊本上寫著朱槍一對，師父您有印象嗎？」

神官聞言，幾乎要將掃帚當作大刀似地奮力掃起雪來。

看來他知道。

既然是家康公御賜的物品，那便是傳家之寶。如果不在領國的寶物倉庫，應該就藏在江戶官邸的倉庫裡，但一路卻想到另一處。

37　日本古代男子的成年禮。

38　這裡的源氏指的是源自天皇家的武家各族，而非單純的「源家」。

這對朱槍原來應該領在隊伍的最前頭，只是這兩百多年間，祖先之中有人偷懶懈怠，將儀式省略了。既然突然略而不行，肯定得有個相應的理由。雖然不曉得那對長槍有多麼了不得，但總不能以一句「太麻煩便罷了」，就輕易略過。

比方說，如果是被幕閣問起，這麼說可行嗎？

「雖是參勤行軍，但朱槍乃東照神君中御賜之至寶，暴露於中山道途風雪之中，實為惶恐，故將此對御槍獻納於領地之田名部八幡神社，以祈敝家武運長久，萬望應允……。」

一路環顧境內，杉林中除了社殿以外，看不到像是倉庫的建築物。

神社規模雖小，但前後並列兩座人字形屋頂，是正統的八幡式建築。

「御槍在這裡對吧？」

神官手不停歇，答道：

「三緘其口，是為神道。」

「什麼？」

「不見、不聞、不語。因此神官不講道也不誦經，只須潔淨、安靜侍奉神明。」

或許確實如此。但聽神官的口氣，卻更像想明哲保身，不願被扯進麻煩事中。

這與眾家臣們對一路的冷漠態度很像。兩百多年的太平日子所帶來的，肯定是只顧自身平安，閒事少管的保身之道。

「師父只要打開內殿門鎖，接下來的事就當是在下任意妄為，師父堅稱不知情就行了。」

主公獻納的寶物不可能放在參拜者看得見的外殿，換句話說，一定收藏在內殿之中。一路心裡估計著。

「唯獨這一點，老朽不能答應。」

「為什麼？」

「大人您想想，如果是上頭恩賜的物品，那就只是一般寶物，但家康公已經成了神明。那可是權現大神送給八幡大神的寶物。」

「原來如此。不是一般的獻納物，而是神體是吧！」

「大不敬啊！任意移動神體可是要遭天譴的。恕老朽難以照辦，就連開鎖也絕對免談。」

神官抱著掃把，蹲在冰凍的地磚上。一路狠下心來，管它神體與否，他都必須按著《行軍錄》的字句行事。想要維繫小野寺家和自己的性命，他只剩下這條路了。

一路拔出刀來，將刀刃抵在神官的鼻頭上。

「既然如此，這樣如何？如果是外來盜匪下的手，師父也不能說不吧！」

「這可是要遭天譴的，你想幹什麼？」

「如果真要這麼說，歪曲多年常規，將御賜長槍當作神體供奉的小野寺家某個祖先，老早就遭天譴了。現在可不是做做樣子，在下就算斬了師父，也要賭上供頭的威信拿到御槍。你開不開？」

進退維谷的神官爬也似地朝社殿走去。這樣就行了。雖然自覺有些過分，但《行軍錄》上的一字一句絕不能馬虎。

走上神社長牆側的階梯，進入外殿之後，彷彿天譴降臨一般，白雪開始飄落。

神官以顫抖的手摸索著內殿的鑰匙，口中喃喃念起祝詞。

「奉鎮座高天原神漏岐神漏美之命，天皇御祖神伊邪那岐之命……」

大門開了。神域圍繞著注連繩[39]，紙垂被風吹得嘩啦作響，殿中擱著一只長木箱，看一眼就知道正是一路要找的東西。

「筑紫日向橘小門之阿波岐原，禊祓淨身所生之祓戶諸大神……」

神官將額頭抵在社殿木板地上，不停地念誦祝詞。

神威肅穆的神體木箱狹長得驚人，蓋上寫著「慶長庚子歲拜領御槍一對銘城州埋忠作」。慶長在元和以前，所以或許是祖先參與關原之戰的勳功而獲賜的寶物。城州埋忠此一銘號，是傳說中居住於京都西陣，為足利將軍家鑄造佩刀的埋忠明壽嗎？說到埋忠明壽，比起鑄刀，他所製作的護手與雕刻更是聞名，而且聽說除了本業以外，也打造過不少出色的刀槍。無論如何，在新一輩的刀匠之中，肯定是虎徹入道或御紋康繼都遠不能及的珍品。

「祓除潔淨諸災禍罪穢，此惶恐敬白天津神國津神八百萬之諸神……」

用小刀割開封箱的紙捻，打開蓋子。兩把艷麗絕倫的朱色長槍，宛如沉睡似地躺臥在鋪滿棉絮的箱底。

好長，約有一丈以上，大概人身的兩倍長。朱紅色的長柄上還繞有赤銅絲圈，也許是收藏得法，保養得宜，不見半點鏽斑。朱漆與赤銅相映成輝。

這槍柄粗到幾乎不能以一手握持，套有熊皮套的槍頭也是，與其說是槍，那長度更像矛，想必重量也非同小可，難怪祖先會怠忽省略。這樣的一對長槍立於隊伍前頭，肯定威風凜凜，但持槍者恐怕難以承受。加上它來頭不小，萬一在路途中不慎傾倒，一條家奴的命也賠不起。既然如此，將它當成八幡神神體供奉不是更好——想必就是這麼回事吧！

好了，接下來該怎麼辦呢？就算對供頭的職務一無所知，只要按著《行軍錄》上的一字一句，分毫不差地完成職務，旁人就無法對他多說什麼。前提是一字一句、分毫不差。

「伏乞如天斑駒之振耳垂聽之……啊，大不敬啊！」

神官留下風一般的哭聲，像隻青蛙般地趴倒在地。

「說什麼三緘其口，一會兒念祝詞，一會兒又把自己嚇哭，你也真忙。嗳，既然已經走到這一步，也無法回頭了。話說回來，這槍保養得真好！」

一路恭敬地向朱槍行禮，以雙手握住捧起。

好沉。應該有一個孩童、五到六貫[40]重吧！長一丈餘，重五貫多，是鬼怪般的長槍。即使是戰國時代，也沒有哪個勇猛的武士揮舞得動。也就是說，這長槍並非武器，而是立於大將馬旁的標幟吧！

「神官才不保養長槍。」

神官彷彿不想再見到任何事物，低垂著頭，口出驚人之語。

「費心保養這神體的是令尊、令祖父和令曾祖。」

---

39 神道教中圈圍神域的繩索，其間綁著以特殊裁剪方式裁成的「紙垂」。

40 一貫為三．七五公斤。

一路聞言，不禁緊握抓住長槍的雙手。

「在國期間，他們每月必定前來，即便天寒地凍，也以神社淨手用的清水當頭澆淋，淨身之後細細保養。大人此番來訪，老朽以為肯定是來保養神體的，模樣卻不大對勁。萬萬沒有想到竟是要取出神體，放在參勤隊伍前頭，這太嚇人了！我什麼都不說了，隨您的便吧！」

一路心想，父親和祖父肯定是在向御槍道歉。無論理由為何，到底還是懈怠了祖先傳下來的古禮，他們一定是在為這個罪過賠禮。

對於扛起職分的一家之長，心中首要在意的不是出人頭地，也無關立功求名，而是使傳統正確地承襲下去。

一路看看社殿的天花板高度，再以雙手立起雙槍，槍身的重量差點讓他踉蹌。

「在下此行並不是要搶奪神體，而是駁正祖先代代的懈怠。我會將其中一把尊為東照權現大人，另一把敬為田名部八幡的神位，由中山道行軍至江戶。」

「您和令尊就像同個模子印出來的，小野寺大人也是個頑固的人。果然是有其父必有其子。」

一路把長槍扛在肩上走了出去，不過那可是重逾十貫的鐵柱。那一丈餘的長度，讓它們每跨出一步，就振動撓彎，陷進一路的肩肉裡。

一路不認為世上有什麼大力士能舉著它們一路走到江戶，但事已至此，也不能以一句「終究還是辦不到」就送還回去。

上天彷彿嘲著笑一路的辛苦似的，飄起了鵝毛雪。離開向山的路是下坡，讓另一頭的田名部陣下更是宛若箱庭，看在江戶官邸出生長大的一路眼裡，實在迷你精巧。這種地方哪來大力士，也沒有耍力氣賣藝的人，更別說是謀不到差事的武家家奴了。

好不容易來到了大街上，眼前有一家破舊的茶店。按雪天裡幽幽照耀的日光判斷，應該已經過了午八刻[41]。一路本想順道進去吃頓飯，只見茶店老太婆在後頭的河裡拉屎，頓時食欲全失。

他正想打消念頭，先將朱槍扛到麴屋去，但肚子卻餓得使不上力。

「啊，武士大人，扛著那麼長的槍做啥啊？」

不但剛剛河邊那一幕讓人受不了，店主人還是個臉頸貼滿膏藥、一看就讓人倒盡胃口的老太婆。

「給我一碗烏龍麵。」

一路盡量不想搭理她，指著貼在牆上的「烏龍麵」說。字既然寫得那麼大，應該是店中的招牌菜吧！

掛在破屋簷下、不合時節的風鈴正清脆作響。漫天飛舞的鵝毛雪、隱沒在另一頭的伊吹山、拉屎的老太婆，一路不免覺得每一件事物彷彿都在嘲笑他。

這就是孤獨嗎？獨自一人旅經中山道時，他沒有這種心情，然而抵達故鄉陣下後，這種感

41 即午時，也就是現在的下午一點至三點。

受卻愈來愈強烈。並不是舉目無親，但每個認識的人都對自己不聞不問，這才真是孤獨難受。

仔細想想，過去的十八年是自己太幸運了。一路有幾個在江戶官邸的兒時玩伴，他們當中有人十五歲元服後，便回到田名部繼承家業，也有些人因為不是家中長子，而被送往其他家當養子。到了這個年紀還在道場、學塾中學習的就只剩下一路。

父親生性寡言，一路從未揣摩過他內心的想法。他年紀四十有一，從不需要醫師照料，一路一直以為父親隱退是很久以後的事。

父親很早就得到了健康的長子。對武家來說，這已經是天大的福氣。他肯定認為自己會長年擔任供頭，所以想讓兒子好好做學問、練劍術，冀望有一天能把他栽培成出眾的田名部家臣。父親大概是心裡盼望小野寺家將來不再只是俸祿八十俵的供頭，雖然是小戶人家，總希望後代能有出人頭地的一天。

自己果然是身在福中不知福。祖父老來得子，父親出生江戶，但元服一過，就立刻被召回田名部。當時的父親無論學問劍術，大概都還沒學出名堂吧！但畢竟不必從外頭迎來養子，光是這樣，對小野寺家而言就已經是可喜可賀了。

說到為繼承問題苦惱，主家蒔坂家也是一樣。一路聽說，現任主公是上一代年屆五十才老來得子，在那之前家中男孩全部夭折，只有女孩順利長大。因此，主家曾一度放棄直系繼承，改收同宗的蒔坂將監為養子，沒想到娶進門的年輕側室很快有了喜訊，生下了現在的主公。之後將監被廢嫡，改任後見役[42]。

就像這樣，每一家都為繼承問題而頭疼，唯獨小野寺家代代子嗣相傳。然而太過順利，卻碰上現在的情形，真可說是禍福難料。

一路搖搖頭，甩開蒙上心頭的灰暗思緒。

「老婆子，手要洗乾淨啊。」

一路朝著店內喊，得到「好咧」的明朗回音。

「武士大人是派駐江戶的嗎？還是大坂倉庫？」

「咦？我看起來不像田名部的家臣嗎？」

「大人並非行旅裝扮，雖然肯定是蒔坂大人家的家臣，但會如此講究乾淨的，就只有江戶或大坂來的大人啦！」

烏龍麵來了。沒有湯的素烏龍上堆著芝麻、青蔥和柴魚片。一路困惑了，老太婆笑他：

「您是駐江戶的武士大人對吧？這要是大坂的就不會吃驚了。喏，趁熱淋上原味醬油，快嚐嚐看。」

一路吸了一口麵，食材的香氣充滿口中，確實美味。

一路聽說烏龍麵原本是西邊的食物，而蕎麥麵是東邊的食物。如果真是如此，這才是正確的烏龍麵吃法吧！平日在江戶吃的湯烏龍，肯定是經過改良的。

「大人一定很餓吧！雖然不知道原因，但看您扛著那威風的長槍，會餓是當然的。一碗十

---

42 輔保幼主之職。

六文，加點的話，就算您十文。」

這老太婆意外地很會做生意。

一路忽然停住咀嚼。

「不管加幾碗，都是一碗十文嗎？」

「是，那當然！」

「那麼給我兩碗。不，全都煮來給我。」

路旁兩名年輕的彪形大漢正呆呆地站立，直瞅著一路看，那模樣看起來不像有事找他。或許他們也是餓腸轆轆，正以怨恨的眼神，對著烏龍麵不斷被吃下肚的景象看得入迷。

一路揉了揉眼睛，他以為自己眼花，把一個人看成了兩個人。兩名年輕人之間站了一匹壯碩的花斑馬，而花斑馬怎麼看都只有一匹。

老太婆嘆了口白色的氣。

「那是丁太跟半次，陣下赫赫有名的馬販子。雖然想忠告大人別跟他們扯上關係，但咱家也是做生意的。我好心提醒大人，如果您想請他們幫忙扛槍，僅此一回就好。工錢就先付吧！不，如果您請他們吃碗烏龍麵，就不必給工錢了。畢竟他們老是挨餓，過一天算一天。」

一路聽懂了。這兩個人是對雙胞胎馬販子。身長六尺有餘，重約二十五貫吧！兩人牽了匹花斑馬到大垣一帶的馬市兜售，但不曉得是笨口拙舌，或是馬的花色古怪遭嫌，沒能賣掉。

兩人同樣一身布衣打扮，衣襬只到腰間長，底下是一片兜襠布，兩臂盡露。那隆起如小山的大腿上腿毛倒豎，一片青灰。如果不凝目細看，還真看不出哪隻是人腿、哪隻是馬腿。

「這真是奇景呢！窮苦人家多是瘦骨嶙峋的，熊腰虎背的餓漢倒是少見。」

「那是因為啊，武士大人……」

老太婆朝一路的耳朵吐出帶著蔥臭味的呼吸，小聲地說道。

「要是馬沒賣出去，他們就會忍不住宰來吃啊。從不見他們賣了馬後空手而歸，既然如此，乾脆別就賣了，直接宰來吃算了嘛！那就真的是靠馬維生了。」

雙胞胎馬販子丁太與半次。世上還真有這種人，彷彿上天開了個玩笑。

「武士大人您聽我的。就請他們吃烏龍，讓他們扛槍，但往後最好別再有瓜葛。畢竟他們除了塊頭大，一無是處啦！」

拉屎老太婆都說到這個分上了，這兩個人肯定相當愚笨無用吧！老太婆再三嘆息，走進店內深處。

「嘿，門外的兩位兄弟。」

刻意以勢制人也許會引起反彈，一路先客氣地招呼。

雙胞胎真有意思，明明沒有說好，卻做出同樣的反應。被一路叫住時，赫然一驚的表情也一模一樣，接著兩人就像一對鏡子，對看彼此碩大的臉龐，然後轉回正面，伸手挖鼻孔，接著分秒不差地同時打了個噴嚏：「哈啾！」

「是，有何貴事？」

低沉的啞嗓子也像同一個人的聲音。

「可以讓我看看後背嗎？」

「是。」

兩人老實地轉身。一路聽說，做仲介的在挑選雇工或臨時工時，都是看背部定工價的。不管老太婆怎麼說，一路都覺得兩人是可用之才。筋骨無可挑剔，如果是在江戶或大坂，被仲介工看上之前，肯定會先被相撲師傅相中吧！最重要的是，兩人毫無疑念，馬上聽話地轉過身去。換而言之，雖然塊頭大，個性卻十分溫順。

一路起身報上名字：

「在下蒔坂左京大夫家臣，供頭小野寺一路。我想在此次參勤的路上帶上兩位，不知意下如何？」

好像沒聽懂，兩人對望一眼，丁太的頭往左撇，半次的頭往右歪。不，也許反了，但誰是誰無所謂吧！

老太婆說他們赫赫有名，看來並非「赫赫有名的惡無賴」，而是「赫赫有名的大傻瓜」。兩人反應之遲鈍，確實非比尋常。

一路覺得與其用說的，不如直接以肢體讓他們明白，於是向兩人招手。這回雙胞胎首次有了不同的動作，丁太將馬繫在路邊的枯柳上，半次則對馬說「乖乖等著喲」。也許反了，但誰是誰無所謂吧！

兩人巨石般的肩膀並排走進店中，茶店的泥土地就像木板似地被撓彎。一路覺得是心理作用，但兩人相加確實有五十貫重。

湊近一看，確實驚人，這可不是靠吃米麥虛肥的軀體。兩人頭髮蓬亂雖似草寇，但既黑又濃，只要請梳頭師傅打理一番，立刻就是一對大髻撥鬢、天下無雙的家奴了。天下無雙的雙胞胎，世上還有比這更奢侈的事嗎？

「你們扛起這對槍看看。」

一路指著再也不想拿起的長槍說。

「多好看，」

「的槍啊。」

「這麼好的東西，」

「我們可以拿嗎？」

句子較長時，他們似乎會像這樣接力說完。

「沒關係。它們比看上去更重，小心拿啊。」

「在茶屋裡，」

「不能立起來。」

兩人一人提起一把——難以置信的是，那動作就像手持筷箸般輕鬆——走出屋簷下。

「槍尾可以立在地面，但其他部位絕不可以碰到泥土。」

「既然那麼寶貝，」

「不要立在地上也行。」

「要像這樣，」

「一直拿著，」

「也沒問題。」

一路懷疑自己的耳目是不是失靈了。只見兩人各以左右手拿著長槍，伸直了圓木般的手臂，槍尾沒有著地。

太好了！管他是無賴還是傻瓜，那都不重要。這兩人過去的人生根本只是為了掩人耳目吧！他們是天生的御槍手，生來就是要站在隊伍前頭的。

「這一路上，三餐飯菜任你們吃飽，也會給你們大筆的薪俸。隊伍起駕時間是十二月三日的明六刻，在那之前，你們就在城門大道上的麴屋要間房住宿，聽我的指示，明白了嗎？」

沒必要問他們意願，畢竟兩人連今天的餐飯都沒有著落。

「喲！」老太婆發出無奈的聲音，端來烏龍麵。

「不聽老人言，吃虧在眼前。噯，沒想到田名部家臣裡，有像你這樣的頑固傢伙。」

丁太和半次的眼珠都被烏龍麵碗吸了過去。一路正擔心他們會不會將長槍一把扔下，沒想到兩人以意外恭敬的動作將長槍平放回原位。

兩人相鄰站在泥土地上，三口就吞完一整碗烏龍麵。

「老婆子，整鍋端來吧！用面盆裝也行。」

丁太和半次聞言露出微笑，那笑容比正經八百時的表情更加嚇人。

雪停了，微弱的日光灑在街道上，而撿回一命的花斑馬正在吃草。

這難不成是八幡天神護佑？一路心想，耳底響起神官的祝詞：

「伏乞如天斑駒之振耳垂聽之。」

4

〈供頭守則〉

三、參勤之餉銀　軍餉也

萬一敗於會戰　主公遇害　則主家終矣

故領國不留分毫銀錢

此氣概　供頭之威信也

宜與勘定役商斟之

道上雖一分一文不敢含糊

刻不離身　不任他者

「原來如此。連參勤交代的路錢都算在你的職責裡，還真是個教人頭疼的差事吶！」

朧庵拿得遠遠地讀著《行軍錄》，同情地說。

「上頭說要是主公有個萬一，主家也將就此終結，所以要帶上所有錢財。唔，這守則未免太誇張了！」

一路這麼回話，沒想到朧庵蹙起眉頭，搖頭說：「不不不！」

「元和年間天下未平，路途上會出什麼亂子也不奇怪，就算是現在的文久年，也不可掉以輕心。近來高喊攘夷、為非作歹的人不少，去年不是有位大老[43]死在他們刀下嗎？即使沒辦法帶走領地全數錢財，也應該懷著那樣的氣魄，和管帳的官員談判吧！凡事都得用錢啊。」

浴場傳來丁太與半次的馬販子歌。看來他們心情極佳，唱得也好，令人心蕩神馳。

一路連那管帳的勘定役[44]的長相都不認得，怎麼談判？更何況現在已非元和古代，實在沒必要將《行軍錄》的記載囫圇吞棗，為難官吏。

「話說回來，這小冊本上的文字真沒有半點多餘呢！」

朧庵敬佩地點點頭。

「不，參勤是例年慣習，總該有固定預算吧！如果要求今年拿出更多，就算是供頭，不也算是僭越嗎？」

「問題就在這裡，小野寺大人……」

朧庵稍微挪近膝蓋，就像算命的私下傳授卦象般低聲說。

「這陣子連年歉收，每處主公都在鬧窮。如今又逢供頭換代，帳房一定會趁機砍餉銀。如果在路上糧盡援絕，那可是您的責任。您得存著這樣的念頭，好好談判才行。哎呀，您的祖先實在了不起，我愈讀愈覺得裡面字字精華。」

這時，浴場忽然傳來女傭的尖叫聲。莫非那兩個馬販子幹出了什麼事來？一路連忙奔往浴場。

只見女傭在浴場門口像根木頭般定住不動。

「真是抱歉，這兩個人是參勤路上的持槍家奴。啊，他們兩個一起進浴槽，熱水都流光了是嗎？」

一路安撫著女傭，探頭窺看浴場，目睹了奇異的情景。

雙胞胎馬販子絲毫不以為意，龐然的身軀浸泡在熱水中，繼續哼著動聽的趕馬歌。而浴槽裡的水面，還有沖澡處的木板地，就像金沙銀沙般潑了一地，燦然生輝。

這兩個人果然是八幡大菩薩派來的金剛力士化身嗎？

一路正這麼想，但仔細一看，浴場上那宛如金沙銀沙般閃閃發亮的，原來是數量驚人的蝨子。

「不愧是以一抵十的壯漢，連蝨子也是常人的十倍之多。不，加起來有二十人之多吧？總之，我這就去請梳頭師傅，你們把髮髻給解了，頭洗乾淨，聽到了嗎？」

一路命令，丁太和半次哼著趕馬歌，唱和似地，齊聲「嘿嘿」地應聲。

看這個樣子，無法交代女傭去辦。

一路親身去找梳頭師傅，但就連客棧都不願與他有所牽扯、讓他投宿了，他覺得梳頭師傅大概也會拒絕他。

陣下的天色逐漸轉暗，吹過城門大道的北風也格外侵骨。

43 江户幕府職稱，地位在老中之上，是最高執政官。

44 江户時代的官職，掌管財政出納。

他伸手摸摸頭髮，自己的髮髻也亂得很。一路並不是個講究外表的人，但生長在江戶的他，從不蓬頭亂髮地上街露面。

不只髮髻，鬍子和月代[45]也沒剃，外衣和褲裙也髒污許久。他覺得路上的行人都在嘲笑自己，看不起他是燒燬家屋的罪人。

然而不能放棄。無論學問或劍術，不都是從看輕自己才能的人開始，逐一被淘汰嗎？就算是不動如山的天岩戶，也得使盡全力去推。

一路想到這裡，奮力抬頭挺胸，看見前些日子被謝絕投宿的一間客棧門簷，掛了把巨大的楊木梳，隨風翻飛的木板上寫著「梳頭綁髻」。

看來是巡行各地的梳頭師傅。看啊，即使是不動如山的天岩戶，只要鍥而不捨，終究能夠打開。一路朝著二樓的方向呼喊：

「梳頭師傅在嗎？」

「來囉！」屋內立時傳來迫不及待的回音。探出頭來的是個鄉下少見、時髦俊俏的師傅。

「請上來。」

「不，可以勞你走一趟前面不遠的客棧嗎？除了在下，還有兩個人要麻煩你。」

「包在我身上！小的一早就只能不停地灌茶，閒到都想替貓刮鬍鬚了呢！」

沒過多久，梳頭師傅便跑下樓來。

江湖術士也好，巡行的梳頭師傅也罷，有一技之長真教人羨慕，再也沒有人活得比他們更自由自在了吧！

「師傅的技術沒話說吧？」

對專家問這種問題雖然愚蠢，一路還是像打招呼一樣問他。

「沒有師傅會說自己本事不好。講價就俗氣了，咱們不講這個，等梳理完大人看了滿意，再隨意賞錢吧！」

一路對男人的面容看得出神。梳頭師傅自己的髮髻就是招牌，但當今大都市流行的銀杏髻，就算在江戶也沒人能梳得如此俊俏。剃得窄窄的月代上斜擱著一朵大髻，看上去相當時髦。

那人鼻樑高挺，臉蛋細長，皮膚有如白煮蛋般光滑，連戲子都要讓他三分。一路心想，難怪剛剛與他擦身而過的女人，莫不頻頻回頭看。

黑白細格的便裝和服上，不著痕跡地繞了條呢絨圍巾，以繩帶綁起一邊衣袖的手上，提著有許多抽屜的長型梳頭箱。簡直是從畫中走出來的江戶風梳頭師傅。

「小的叫梳頭新三。」

兩人被北風推著，走上城門大道。

「我會請教師傅的本事，是想請你綁個有點麻煩的髮髻。」

「是，何來麻煩之有？」

「要打理兩個參勤隊伍的持槍家奴的頭。怎麼樣？棘手吧？」

45 日本古代男性髮型，須將額頭至頭部中央的頭髮剃除。

一路原以為對方會退縮，沒想到新三一邊走，一邊「哈哈哈」地笑。

「對我這種巡行梳頭師傅，家奴的頭怎麼能說棘手呢？那就是咱們的看家本領啊。」

能說大話的也只有現在，這處小小的陣下，城門大道很快就走到了底，過了町鎮邊界的橋，馬上就是麴屋了。

「唔……」

梳頭師傅低吟起來。

不過，他看起來並不像是不知所措。那模樣真要說，就像紅極一時的歌舞伎優伶音羽屋，即使忘了台詞，風采依舊迷人。

洗好頭的丁太和半次，合計五十貫重的巨大身軀並坐在房間裡。

真是一幕奇觀。不像斬首示眾那般可怕，卻也沒有上了競技台的力士那麼喜慶。而且這幕奇觀中的人還是只穿著一條兜襠布，兩人並坐著。

「在下的很簡單，可以最後再弄。」

「唔，大人的確實無關緊要。」

「總之，要把這兩個打理成適合持槍家奴的頭臉。」

新三交抱修長的雙臂，不停「唔唔」地發出聲音。

「如果不行就直說吧！畢竟這兩人生了張失敗了就無從挽回的相貌。」

朧庵、女傭和麴屋掌櫃都屏息注視著新三的表情。回頭一看，樓梯處擠滿了地痞與賭客。

片刻之後，新三「嗯」地點了下頭。看來是在腦中左右盤算，總算理出了頭緒。

「行得通嗎？」

「嗯，已經行了。」

新三進了房間，將梳頭箱的抽屜一個個拉出來，擺到榻榻米上。女傭端來熱水。

「這可是大工程，小的得關上紙門，先失陪個小半刻[46]。」

新三以女人般細白的手指關上紙門，裡頭傳來丁太與半次困惑的聲音。

「我們生來就這樣。」

「從來沒有，」

「綁過什麼髻。」

「剪刀好嚇人！」

「剃刀也好嚇人！」

「請手下留情。」

一路焦躁難安地坐在帳房地板上，啜飲熱開水。

暮六刻[47]的鐘聲傳來，二樓賭坊也開張了，但他們似乎十分好奇樓下的狀況，聽不見甩壺

46 江户時代一刻為兩小時，小半刻即四分之一刻，即現今的三十分鐘。

47 即酉時，也就是現在的晚上五點至七點。

的聲響。

等待之中，零星地有賭客被下人帶進屋來，他們都為這異於平日的詭異氣氛納悶，一邊歪頭，一邊走上樓梯。

就連外行的一路都看得出來，這賭坊的客層極好。沒有拿飯桶做賭注的農民百姓，多半是陣下的商人、鄰村村長，或是投宿城門大道客棧的旅人。

據麴屋的掌櫃說，彥根的大當家曾經嚴厲地囑咐過。可見他們很有一套，找來的全是些無論輸贏都能笑著回去的闊大爺。

暮色四合，店門外有個女人的身影來回逡巡。

一會兒之後，那個人似乎下定決心，掀開門簾，怯生生地探進頭來。是個看上去十六、七歲的武家姑娘。雖是偏鄉的陣下，卻連個僕從也沒帶，獨自造訪落魄的客棧，實在不尋常。

「不好意思，我想打聽一下。」

難道是出於某些原由，女人家必須獨自一人匆促旅行，瞥見陣下頭一家客棧的招牌，便踏了進來？

麴屋掌櫃不等她問，便答：

「過了橋走進城門大道，有更乾淨點的客棧喲！」

頓時，一路感到一陣不安。因為那張有著烏黑眼睛的可愛臉蛋，正直勾勾地盯著他看。

「不，小女子不是旅人。聽說供頭小野寺一路大人在此投宿，請問大人在嗎？」

姑娘直視著一路說道，就像是在問他：「是您吧？」

瞬間，一路的茶杯掉落，熱水潑在膝上，把他燙得跳了起來。那個姑娘跑了過來，從懷裡掏出手巾，仔細地擦拭一路的褲裙。從這反射性的動作，一路看出姑娘是誰了。

究竟該怎麼招呼才好？一路完全忘了自己在故鄉陣下，有個素未謀面的未婚妻。冷靜下來，一路這麼告訴自己。雖然忘得一乾二淨，但他並非誤了次序，只是現在不是談媒妁之言的時候。

「請原諒小女子的冒昧，我是國分家的薰。」

姑娘跪坐在一路膝前，一雙渾圓大眼睜得更圓，報上名來。

薰，字怎麼寫？瞬間浮現在一路心中的，是馨香高潔的「薰」這個字。

姑娘的髮型是綁得較小的島田髻，略顯土氣，但仍散發出人如其名的春季芳香。

國分家是蒔坂主家中的老家族。一路聽說國分家的家格與小野寺家相當，因此長年以來兩家常有嫁娶往來，算得上是親戚關係。

而國分家的女兒與自己究竟是如何訂下婚約的，一路毫無記憶。應該是以傲岸孤介之士聞名的祖父當家時，就這麼定下來的吧！祖父甚至將代代世襲的「彌九郎」名號，一時興起而從孫子那代改為「一路」，所以為幼孫訂下婚約，對他來說肯定不算什麼。

事到如今，這紙婚約還有效嗎？主公恩賜的屋舍燒燬，當家的父親也葬身火窟，那麼婚約就算歸為白紙也是理所當然。

「薰姑娘……」

一路振作精神免得聲音走調，對著未婚妻這麼說。

「是。」

好美，惹人憐愛。為什麼我落到這步田地，都還不曾動念去找她？一路過去一直把未婚妻視同未曾見過的故鄉屋舍和家產，早知道是這麼個可人兒，即使父親安康在世，他也早就回田名部陣下了。

「令尊和令堂不曉得這件事吧？妳怎麼會來找在下？」

為什麼如此惹人憐愛？薰滿腔情緒無法訴諸言語，淚水就快奪眶而出。

「我什麼忙也幫不上。一想到大人您在生活上肯定遭遇諸多不便，便覺得坐立難安，徹夜為您縫製衣裳。我對大人一無所知，但聽說您的身量與令尊相當，便自己估計著縫製了。萬一尺寸不合，還請多多見諒。」

薰說著，打開放在進房處的包袱。那是一套符合道上供頭身分的外衣及褲裙。

我是不是在作夢？無論國分家怎麼想，未婚妻都相信這是妻子的職份，不但親手為他縫製衣物，更避人耳目地為他送來。

「這樣的東西我不能收。」

一路毅然地拒絕。

「大人怎麼忍心……」

「不。在下不認得薰姑娘在領國的令尊大人，但既然主家上下無一人理會小野寺家，那麼我們的姻緣也只能成為泡影。薰姑娘往後或許會成為他人的妻子，我不能收下妳親手縫製的衣物。」

斷然說完後，櫃檯、廚房和樓梯處頓時傳來「啊……」的一陣噓聲。

一路毫不退縮地說：

「薰姑娘的好意我心領了，請把東西帶回去吧！」

人們見他心意已決，噓聲遂轉為嘆息，薰也捲起衣袖啜泣起來。

就在這一陣愁雲慘霧中，一道宛如醒木般的高亢聲音響了起來：

「嘿，各位久等啦！參勤路上的持槍家奴，這副模樣可行？」

客房紙門倏地打開，眾人口中頓時驚嘆連連。

在兩側放了紙罩燈的房間裡，丁太與半次依舊只紮著一條兜襠布，拘謹地坐著，但那兩張臉已非先前那個邋遢馬販子的模樣了。

一路從沒見過如此威風的髮髻。月代剃得青溜溜的，上頭頂著孩童手臂粗的大髻，後頸的髮包大大地突出，就像戴了冠似地端正整齊，只有鬢毛如火焰般膨鬆捲起。當然，那可是大名家奴的招牌撥鬢，撥鬢前端更直接與上唇的蓄鬍連成一氣。

這模樣就像古今無雙的持槍家奴。

「如何？」

新三又再問一次，但成果實在太驚人，大夥全都說不出話來。雖然不知道他這一身巡行梳頭師傅本領怎麼來的，但看來確實是個行家。

「薰姑娘……」

「是。」

梳頭師傅新三一定也能讓一路憔悴的面容煥然一新，成為出眾的供頭吧！既然如此，服裝也得配合得上才行。

「妳的心意在下就感激地收下了。這次要是能順利完成差事，在下希望能與妳成婚，好嗎？」

「好。」

薰嬌羞地回答，四周瞬間爆出搖撼破舊客棧的歡呼聲。

幾天之後就是起駕日，帳房官吏繁忙至極。

隔日一早，一路便按著《行軍錄》上的守則，拜訪陣屋的勘定役。等候室已經有幾名貌似商家主人正等候者，一路以為勘定役會擱下一切，第一個接見供頭，不料被叫進去的全是商賈之人。

而且每一位都耗時許久。看來除了結清年末的帳款外，還得商議籌措參勤路上所需。

與地位低賤的商人共坐火盆旁教人氣惱，一路走到外廊日光映照之處坐下。

參勤就是行軍，因此不可以將金銀錢財留在領地。他準備以這樣的氣魄與勘定役談判，好樹立自己身為武人的供頭威信。

一路連往年的預算多寡都不曉得，而勘定役肯定先會減去兩、三成的糧餉，充當往年的數目報給他，所以絕不能輕易答應。

不同於昨天，今天是日麗風和的好天氣，冬季的天空一片清朗。

昨晚見過面後，一路送未婚妻回家。不，正確地說，是過去的未婚妻吧！雖然不曉得情況如何，但小野寺家正遭逢災禍，他不認為這紙婚約還能保住。

因此，一路送薰回到國分家門前，在大門關上後，打從心底向屋內薰的雙親行禮敬謝。有閒求神拜佛，不如向添了麻煩的人低頭致謝。這是先父常掛在嘴上的話。

一路在暗夜中靜靜地行禮，忽然覺得內心一陣軟弱，以雙手掩口。這突來的軟弱所為何來？一路想不明白。

也許是來自孩童般的感慨。自己那化作灰燼的家本來也像這宅子般壯麗嗎？他這幾天飽受陣下人們的冷漠，但素未謀面的未婚妻卻向他表露真情。自己會難過想哭的理由很多，種種複雜的感情，現在全投射在國分家的宅子及薰的身上，這大概就是一路心裡一陣難受的原因。

兩人隔著燈籠的火光，走過漆黑漫長的夜路。一路多希望這條路能更長一點，永遠走不到盡頭。四周只有滿天星辰以及潺潺流動的水聲。

兩人在門前道別時，薰才總算開口：

「請您順利完成職務。」

一句稀鬆平常的話，卻回答了一路心中的忐忑。薰這番話正是表示：我想成為你的妻子。然而一路卻無法回話，只能盯著燈籠的火光。他認為輕易承諾，反會為薰招來不幸。對於這項差事，一路至今仍然毫無頭緒，沒有自信能夠成功。

大門關上時，一路為自己的不孝向薰的雙親道歉，所有的委屈一湧而上，讓他不禁掉下眼淚。

但這無疑是難忘的夜晚。他初次跟姑娘單獨走在路上，共度美好時光。即使彼此的結合終究只是美夢一場，光是擁有這段回憶也就不枉此生了。

待在外廊的日光下，身體逐漸暖和，舒適得教人發睏。太陽正要爬升至天頂之際，總算才叫到一路。

「下一位，供頭小野寺一路大人。」

勘定役的辦公間就在等候室的對面，中間隔著一條內廊。他聽見商人們竊竊私語著。

那就是燒掉家屋的小野寺大人之子啊！年紀那麼輕就要當供頭，真是令人同情。

八成在談論這樣的事吧！

不曾從父親那裡得到任何指點的一路，連八十俵供頭是何等家格都不清楚。陣屋的每個人也對他視若無睹，讓他更是迷糊。他一見外貌體面的武士就行禮，只見有些人把頭一撇，有些人則一臉驚懼。

而這塊門板後面的勘定役，地位究竟比自己高還低，一路也不清楚。

「在下供頭小野寺一路。」

他恭敬地說道，勘定役的聲音從門裡傳來：

「久等了，請進吧！」

那聲音聽起來不像是位高權重的人。但掌理蒔坂家財政的勘定役總不可能是下級僕吏，看來，供頭的地位或許遠超越一路的想像。

帳房內十分忙碌。宛如陣地般擺滿几案的上座坐著疑似勘定役的人，他瞥了一路一眼，隨即擱下筆來，一副鐵面無情的能吏模樣。

對邊牆壁的几案上坐著兩名僕吏，他們頭也不抬，與帳簿拚搏著。

「有何貴事？」

勘定役也不寒暄，劈頭就這麼問道。明知一路的來意，卻這麼問的用意是打算先發制人？

「參勤起駕的日子近了，我來領取伙費。」

「哦，對了，供頭也差不多該著手準備了。那麼你要多少？」

一路沒料到對方會這麼出招。這是在試探他是否從父親那裡聽聞這方面的事吧！與其端出個胡猜的數目，倒不如開誠布公。

「在下這次突然接下大任，並不清楚通例的伙費是多少。」

勘定役苦笑。是瞧不起他，還是自覺得逞？

「那麼，我這裡撥出四十兩的經費。這個時節開銷煩重，這個數字可以吧？」

一路猜想往年應該是五十兩。

「這可不行。雖然家父不曾正式將職務交接給在下，但我從江戶歸來的途中，也造訪了各宿場[48]、本陣[49]，在下雖然愚鈍，但也粗略估算了一下，四十兩實在支應不了。」

勘定役板起臉來，對壁忙碌的僕吏聞言也驚訝地回頭。這是關鍵時刻。

48 宿場為江戶時代的官方驛站、宿站。

49 專供大名於宿場休息投宿之處，多為當地名家豪族屋舍。

「此外，在下惶恐，希望在這次的參勤路上重現東照大權現所定的軍役。」
「那是什麼？」
「往年隨行家臣都是三十徒士，但這次我將率領五十徒士參勤。如果依近期的各種物價計算……」
一路從正面直視勘定役。
「少說也要一百兩。」
辦公間瞬間安靜無聲。不久之後，勘定役命令隨從：
「你們迴避一下，我得跟這糊塗小子好好談一談。」
僕吏離席後，正好到了午餉時刻，往來走廊的腳步聲變得頻繁。
「好了，來吃便當吧！」
勘定役打了個大哈欠，伸伸懶腰，從几案底下取出用布包裹的餐盒來。
「用餐之前，請先跟在下這個糊塗小子談完正事吧！」
「噯，你過來。在日光底下用飯吧！」
「大人的心意我心領了。這一百兩沒問題嗎？」
勘定役跨過几案，在面中庭的簷廊坐了下來。
「叫你過來便是，難得內人準備了兩人份的便當。」
「便當是收買不了我的。在下要支領一百兩。」
勘定役沒有回話，而是回望房間。然後乾燥的嘴唇顫抖了一下，百感交集地喃喃自語：

「跟彌九郎就像同個模子印出來的。言行舉止，就連那千斤秤也扳不動的固執脾性也一模一樣。」

隔年往返江戶與領國的家父，在蒔坂家可謂無人不曉。但這勘定役的臉上，卻有種熟悉父親之人的親近。

「二百兩，虧你敢這麼獅子大開口。什麼要率領五十徒士，這話雖令人摸不著頭腦，但如果能給無能的上頭一記當頭棒喝，那倒挺有意思的。如果彌九郎在世，也許也會說出同樣的話來。」

「那麼大人您是同意不同意？」

「都叫人迴避了，你就坐到我旁邊來吧！」

一路挪膝靠近簷廊。擺在膝前的餐盒確實是兩人份，他覺得這不是為了別人，而是勘定役的夫人特地為他準備的。

「首先呢，往例的伙費是五十兩。我從公庫私房撥出三十兩，再從自己的口袋撥出二十兩，一共給你一百兩。彌九郎生前開口閉口，盼的都是將你栽培成天下第一武士，而非天下第一孝子。我與他是竹馬之友，但我想看清楚，他是個一心溺愛兒子的傻父親，還是真心覺得你能成材。」

一路嚥了口口水。這或許是個陷阱。但即便如此，他也無從問起。

勘定役以手遮眉，仰望冬季的天空，模樣看上去比父親略蒼老上一些，是職務辛勞的緣故嗎？

「你好像不相信我的話？」

「是的，這實在教人難以置信。」

「那麼，我來告訴你為什麼叫你糊塗小子吧！」

「在下願聞其詳。」

「有哪個傻瓜會在別人家門前行禮半天，最後甚至像個娃兒般放聲大哭的？連內人都被你惹得掉眼淚，我這個做丈夫的還能不拚命嗎？你這個糊塗小子！」

一路仰望故鄉澄澈的天空。會有那麼一天，他能名正言順地喊眼前這位國分大人岳父嗎？

## 5

當日午後，一路靈機一動，前往菩提寺。

當然，他一回到田名郡陣下，第一個前往的就是寺院，但當時連事情的來龍去脈都不清楚，帶路的與平又犯痴呆，不巧住持也不在，所以他只能朝墓碑合掌，向先人報告自己回鄉的消息。

淨願禪寺位於陣下主街道往西半里之處，枯田中有一片浮島般繁茂的杉林。外觀被略高的石牆圍繞，稱作寺院似乎有些誇大了，這在戰國古代應該算是田名部陣屋的支城吧！

路途中，一路忽然想像起老僕與平佝僂著腰，以大板車拖著父親的棺材前行的模樣。父親是燒燬主公恩賜屋舍的罪人，肯定沒有人前來送葬憑弔吧！

一路到住持住處告知來意，小和尚卻說住持今日不在。他原是想來敬拜先人，但太不湊巧，令他大失所望。在起駕之前必須辦好的事堆積如山，這下或許來不及祭祖，就得出發了。

小野寺家的墓地背對伊吹山，坐西朝東。十幾座墓碑排成一列，中間是古老到連法名都無從辨讀的祖先之墓，而父親棺材的下葬處，只有一塊簇新的土饅頭。

竹筒上插著鮮嫩的菊花。先前跟與平來訪時，也供奉著鮮花，但那時的花是紫紅色的秋牡丹。

是與平前來祭拜，還是叔父或國分家的誰？一路總覺得另有其人。

即便被打為罪人，父親仍是田名部家臣的一分子，肯定有人為他的死哀悼，悄悄前來祭拜。這表示即使表面上裝作不認識，仍有人在內心為一路的辛勞憐憫不已。

父親是個耿直的武士，他狷介的性格雖然不免與上司、同僚起衝突，但也因為這樣的脾性，才能長久擔任供頭，眾人也都對他信賴有加。一路決定把這悄悄供奉的鮮花，當作是田名部家臣的心意。

「請列祖列宗護佑子孫。」

一路對每座墓碑合掌膜拜，祈求庇蔭。

「請列祖列宗保祐子孫路途平安。」

一路出聲祈禱著，忽然想到一件事。

能夠辨讀的墓碑名字全是「小野寺彌九郎」，底下記著諱名。擁有相同世襲之名的祖先，都繼承了道上供頭這個職份，那麼背對伊吹山、面東而設的這排墓所，是否並非對著陣下，而是遙望著中山道？

連年歉收，物價也不斷高漲，社會處在不景氣的無底深淵之中。自黑船來航以來，幕府完全亂了陣腳，威信近乎掃地。由於世情如此，供頭的職務也從父親開始，一年變得比一年艱難吧！

一路向父親墓旁的墓碑合掌，明白了祖父寄託在自己名字之中的期許。

彌九郎這個名字已經扛不起這個職務了，但仍一心一意，只想不斷地走在中山道上，祖父是將這個心意寄託在名字中吧！

「祖父大人的心意孫兒明白了。」

一路不是祈求保佑，而是這麼說道，接著垂下頭來。

這時他忽然覺得背後有人，回過頭去。分開本堂後方茂密枯芒草的來人，是個頭戴斗笠、手持六尺棒的雲水僧。看上去相當年輕，身材魁梧，動作輕巧。

「喝！本想大罵你一聲，但念及你的辛勞，也就不忍斥責。」

從這口吻來看，不可能是行腳的雲水僧，應該是寺院的住持。但對著一介武士，那是什麼口氣？一路怫然作色。

「在下不記得做過什麼失禮的事。前些日子和今天，都是住持你不巧不在寺院，不是嗎？」

被正面反駁，和尚似乎有些意外，他觀察一路的表情，接著緩緩地摘下斗笠。

那人眉毛粗獷，眼神銳利，看上去就是個從永平寺學僧幹起的禪僧。可能是旅行了好幾日，頭上滿是棕刷般濃密的硬髮。

「寺院信徒竟敢直呼和尚『你』？」

「不然應該如何稱呼？」

「本寺是禪寺，應該稱我師父才對。」

「好，那我再重說一遍。在下並未對師父失禮，反倒是丟下為信徒供養的職責，乞討托缽去的師父才更要無禮吧？」

「什麼？」和尚一時語塞，表情就像在打禪語中敗下陣來，進退維谷。年紀大約三十，算是禪僧的盛年，但一路覺得他的相貌和體格都是虛有其表，只是隻紙老虎。

「原來如此。令尊總是以你為傲，說你在北辰一刀流出師，還是東條學塾的塾長，少年才俊，如今一看確實反應機靈，雖然可能只是個貧嘴的小夥子。」

「怎麼說是在下貧嘴？師父默不吭聲地從武士背後冒出，還想大聲嚇唬人，無禮也該有個限度吧！」

「貧僧並沒有嚇唬人的意思。雖然想喝罵一聲，但終究還是沒有這麼做。」

論貧嘴，對方也不遑多讓，但再辯下去也不是辦法，一路雖然百般不情願，還是選擇退讓。

「在下小野寺一路，這次給貴寺添麻煩了。雖然晚了許多，但我想為亡父供養，還請師父多多擔待。」

意外的是，和尚也低下那顆棕刷頭來。看來這個和尚雖然是紙老虎，但或許人還不錯。

「我為剛才的失言致歉。貧僧是淨願禪寺住持空澄。弘法大師空海的空，傳教大師最澄的澄，空澄。雖是已逝先祖父命的名，但說實話，是名不符實。」

和尚搔了搔棕刷頭。一路想到自己或許也算名不符實，便忍不住對這個紙老虎和尚產生親近之情。

「話說回來……」

空澄和尚抬起頭來，表情已經回復原本的嚴肅。

「貧僧想要對大人喝罵是有理由的。起駕日迫在眉睫，大人卻忘了首要之務，對吧？」

就算真有什麼首要之務，但對於供頭這項職務，一路根本沒有概念。

「首要之務……？」

「看，大人果然完全不懂。參勤之行與農民百姓上伊勢神宮或御嶽神社參拜可不一樣。既然起駕日已定，就該撇下一切，先安排本陣才對。」

一路聞言「啊」地一叫，驚愕失語。他忘了最重要的事，這可不能用一句「在下毫不知情」搪塞過去。一路忘了預訂主公和隊伍要投宿的本陣和客棧了。

在歸鄉匆促的旅程中，一路也不忘打聽各宿場的本陣。他向當家、掌櫃和夥計問出禮金與用膳事宜，卻忘了預訂這回事。

「完了！」

一路在墓地間癱軟下來。那失望的模樣就好像棺材的箍子鬆了，裡頭的屍體整個露了出來似的。

「人一旦絕望，隨時都會走到盡頭；但只要還有一絲期望，永遠都還有路可走。」

「我不想聽你說教。這可是十一站、五十人的住宿呢！如果這樣還有得救，那麼人死都能復生了。」

「不，還沒完。大人還不能絕望！」

空澄和尚拄著六尺棒，走近一路，一把揪住他的手臂將他拖了起來。一路感受到一股絕非虛有其名的高僧氣息，是心理作用嗎？

「貴府是本寺信徒。上代住持總是說，和尚的工作不能只是憑弔死者，寺院最重要的是人，而不是神佛。貧僧雖是個德行遠不及先父的破戒和尚，但還不會只因為信徒燒了一兩棟屋舍，就置之不理。」

一路戰戰兢兢地望向和尚那身雲水僧打扮。袈裟和綁腿又破又髒，彷彿從好幾年的長途旅行中歸來似的。那顆棕刷頭和鬍子臉，也和托缽的模樣格格不入。

「貧僧之前就懷疑大人可能忘了住宿的事。加上起駕日早已經定下，等大人趕回陣下再辦肯定會太遲，因此令先君發生不幸的隔日，貧僧便從中山道往前江戶。或許我們還曾擦身而過，但因為互不相識，再加上趕路，所以未曾相認。」

「師父到底出門做了什麼？」

「很簡單。只要在每處宿場造訪本陣，詢問是否為田名部蒔坂左京大夫慣例投宿之處便能知曉。從十二月三日起駕開始，到桶川宿的十一站，貧僧全已安排妥當，請寬心吧！」

別說大師了，一路覺得這位和尚必定是神佛化身。

「師父是去辦這件事，所以才剛回來？」

「沒錯。啊，從桶川回來的路程可是追星趕月。畢竟這年頭，窮寺院要是少了個信徒，那可是莫大損失。噯，總而言之，大人還大有可為。」

一路放開和尚的手，跪在他腳邊，我怎麼能口出惡言？他想起剛才那番無法挽回的惡罵。自己剛剛對著師父說：丟下信徒，托缽乞討去的師父才更要無禮。

「請原諒在下先前放肆無禮。」

一路用額頭磨擦和尚的腳。一定是因為兼程趕路，連換草鞋都來不及換，師父的鞋原本繫鞋帶之處，插著從衣角上扯下來的黑木綿布條。

一路彷彿聽見了和尚那素未謀面的父親的聲音：和尚的工作不能只是憑弔死者，寺院最重要的是人，而不是神佛。

「快起來，武士趴在和尚腳下成何體統！請別誤會。要是沒了信徒，那麼寺院也甭開了，對寺院而言，沒有比終生供養無人祭拜的墳墓更不合算的事。唔，先不論這個，大人剛才說需要五十人的住宿，這可不妙！我一直以為參勤隊伍至多三十徒士，原來是五十嗎？」

一路從腳底仰望空澄和尚的臉。這不是誤會。父親指揮的隊伍，確實最多只有三十人。

「其實從今年開始……」

「咦？怎麼會！」

「東照權現那時是五十徒士，所以……」

和尚仰望著天空思考著這番話的意思。

「以一個和尚來說，貧僧已經夠古怪了，看來大人也不是尋常的少年。大人想在這捉襟見肘的年頭，刻意回復光榮的古禮，究竟有什麼原因？」

「懈怠就是不忠。」

一瞬之間，和尚破顏微笑，彷彿結束了漫長的問答。

「答得好。」

既非紙老虎，也不是名不符實，這名和尚肯定是真英才。和尚明白「忠義」只是「忠」的狹義，「忠」的真意在於中間的「心」字，也就是「真心」、「真實」。

和尚正確地理解了一路所說的「懈怠就是不忠」的含意。

如果不用武士的話來說，而是以學者的語氣說明，那便是「懈怠有損真實」。

不動如山的天岩戶緩緩地移動了。當然，前方依舊處於五里迷霧中，但已經透露出光明的徵兆。

在淨願禪寺的本堂，一路請空澄和尚念誦靈驗的功德經，完成遲來的供養後回到麴屋。這時，來了個意外的訪客。

「久疏問候了。」

會這麼說想必是認識的人，但那人看上去像個下級武士，正傴促地跪在客房角落，雙手伏地，遲遲不肯抬起頭來。

一路一臉困惑。自己雖然是上級武士，但也只是俸祿區區八十俵的供頭，繼承家業也實屬突然，因此從未被人如此恭敬地行禮過。

「在下早就知道小野寺大人回到陣下，卻沒有登門致意，失禮之處懇請原諒。」

看樣子，對方並非來問候，而是來致歉的。這種時候，如果是父親會說些什麼呢？「頭抬起來」聽起來太傲慢，但「別拘禮了」應該也不符合對方的來意，一路只好交抱雙臂，先聽聽他還想說些什麼。

「家老由比大人親自下令，如果沒有接到命令，絕不許私下與小野寺大人見面。在下剛才被召至陣屋，接到命令說起駕日將近，是時候開始準備了。」

原來如此，事情簡單明瞭。聽完對方的話，一路半是氣憤，半是感激。

武士微微仰起頭來，但昏暗狹小的房間中，連表情也看不清。一路正起身打開裡頭的懸窗，卻察覺周圍不太對勁。

難道有刺客？不可能。隔開左右房間的紙門縫裡擠滿了湊熱鬧的眼睛，老闆、女傭、朧庵、地痞……，門楣處的肯定是丁太與半次的眼睛。

「沒什麼好看的，走開！」

一路對眾人罵道，眾多的眼睛便像螢火蟲的光芒熄滅般消失了。

「好了。在下是道上供頭小野寺一路，你也先報上名來吧！」

武士依然低垂著頭，壓低聲音說：

「在下栗山真吾，大人您忘了我嗎？」

「啊！」一路拍了一下膝蓋。不正是住在江戶官邸的門長屋那個供頭輔佐的兒子嗎？真吾應該比一路小一兩歲，但因父親地位低微，加上性情懦弱，曾經被同伴欺負得很慘。

「怎麼會忘呢？你是來幫我的吧！我還以為凡事都得自己來，這下子總算有依靠了。」

一路打開懸窗。如常的故鄉景色就像展開的繪卷般擴展開來，日光刺痛了眼皮。

那一剎那，他回憶起種種往事。

他記得自己經常搭救被上級武士之子們欺侮的真吾，並不是他年紀還小就懂得行俠仗義，而是父母要求他這麼做。

真吾的父親是供頭唯一的下屬。

「令尊好嗎？」

一路背著他問，他不想當著面問早已知答案的問題。

「今年秋初過世了。發喪之時，多虧小野寺大人鼎力相助，栗山家原本將被收回家祿，流放新田，幸而蒙恩繼續錄用。」

流放新田，這一路倒沒聽說，但那表示要拋棄武士身分，成為農民。簡而言之，就是想在這開銷繁重的關頭，減少家臣的數目吧！

「我完全不曉得你碰上如此不幸。我們可說是同病相憐呢！」

女傭送茶過來。紙門縫間似乎又聚起大批螢火蟲似的目光，但反正談的也不是什麼怕人聽見的事。

光中對坐，真吾兒時的面容歷歷在目。

「你回鄉多久了？」

「七年了。」

難怪一路印象模糊。這麼一說，倒勾起了隱約的記憶。

「我記得是因為令堂的不幸？」

「是的。家父帶我回鄉，由外祖父母帶大。不過外祖父母原是過去流放新田的人家，因此在下打從骨子裡就是個農民。此次家父過世，在下竟能繼承栗山家家業，反倒覺得被厚遇了。這一切都靠彌九郎大人的幫忙。」

蒙在心上的沙，又被拂去了一些。他回想起栗山父子回鄉時，自己一路送他們到板橋宿的那一天。

「你一直哭個不停呢！」

一路唐突地說，真吾這才看著他的眼睛，並從粗布和服裡掏出一條以繩繫的護身符，錦布之處早已經破舊不堪。

「在板橋宿道別時，彌九郎大人給了家父護身符，而一路大人給了在下這個。」

有這回事？看著真吾從頸上解下的護身符，一路也想不起當時的場面。

左思右想，他竟回憶起幼時父親曾帶他去參拜神田明神，買了對寫著「武運長久」的將門天神護符，當時的他覺得獲得將門天神的加持，似乎更強健了。

「看到彌九郎大人將護身符交給家父，一路大人也將護身符掛到在下身上，總覺得有了力量，後來在初冬寒風吹拂的中山道上，我一次都沒有掉眼淚。」

紙門另一頭傳來擤鼻子的聲音。一旦有人掉淚，立刻便會傳染四周，這是看戲的通例。左右紙門傳來壓抑著的嚶嚶哭聲。

「就說沒什麼好看的了！就算被你們看到、聽到也無所謂，但別在那又哭又笑地瞎攪和！」

好像到了這個時候，真吾才發覺自己被眾多耳目圍繞。一路心想下屬現身，確實是件好事，但他似乎懦弱一如往昔，反應又如此遲鈍，劍術想必也沒有長進。

這麼一想，便覺眼前的真吾頓時有些不牢靠。這可不是輕視小輩的偏見，看他怯生生的，又浮躁不安，外表寒愴，個頭也十分瘦小。一言以蔽之，就是個弱不禁風的武士。

真吾的父親也跟他差不多，但一路記得好像更稱頭些。

不，應該是自己的偏見吧！一路打起精神，既然真吾繼承了供頭下屬的職位，肯定從父親那裡學到了許多事，即使生性懦弱、反應遲鈍，他的知識還是大有助益。

「其實，這話不可外傳……」

外頭旁觀者眾，一路帶著演戲似的心情繼續往下說。

「關於供頭的職務，家父並沒有傳授我任何事。」

真吾沉著地啜飲著茶水。

「一路大人愛說笑！」

咦，這時應該要回「萬事交給在下」吧？

一路忽然覺得乾渴，大口喝光了茶。

「為什麼說是玩笑？」

「彌九郎大人總以一路大人為傲，他說您在神田玉池千葉道場出師，又在東條學塾擔任塾長，少年才俊。」

「那又如何？」

「也就是說，對優秀的大人而言，供頭的職務肯定易如反掌。」

這件事朝意外的方向發展，一路有了不好的預感，他鬆開跪坐的雙腳，胸口因驚懼而怦然跳著。

「喂，真吾，千葉道場和東條學塾可不會教你怎麼當供頭。」

「所以說，對如此優秀的大人而言，應該是易如反掌啊。」

「你仔細想想。確實，我直到這個年紀都在文武兩道勵精圖治，但家父每隔一年才會來到江戶官邸，而且居住江戶的那一年，在主公抵達後又得忙著收拾善後，等到收拾妥當，才剛入夏，又得離開江戶，忙著安排中山道的住宿。」

「原來如此，真的是這樣呢！家父是彌九郎大人的下屬，也像大人所說的鎮日奔波忙碌。」

主公在十二月中旬進入江戶，當年就在四處拜謁的忙碌中結束，等年關一過，正月二日進府拜年。左京大夫雖是無職旗本，但地位與大名相當，因此，每月一日及十五必須依例登城，五大節期及各大儀式也得組織森嚴的隊伍進城，將軍前往寬永寺或增上寺祭拜之時，也必須隨行。這種時候，隊伍無論走到哪裡，供頭都得像參勤一般指揮調度，論其辛苦，非同小可。而且在繁重的公務之間，還得為年底離開江戶的旅程做準備。

「正因如此，直到這個年紀，家父都未指點我任何關於職務的事。」

「大人又說笑了。」

真吾話聲剛落，臉上的笑容就消失了。片刻沉思後，兩人耷拉著腦袋，一股鬼怪般的氣息「唰」地拂過其間。

真吾冷不防立起旅用褲裙，站起身來。

「什麼！大人剛才說什麼？」

那副驚愕的模樣非比尋常。不祥的預感瞬間變得無比真實。

「冷靜下來，真吾。有人在看，別失態了。聽好了，對職務一無所知，全是我自己失德所致，但只要你曉得不就行了？我們就不要管什麼上司、下屬，視為同一職位，同心協力吧！」

兩鄰客房傳來鬆了口氣的聲音，但這種安心只是一瞬。栗山真吾就像被吹入懸窗的風給凍成冰柱似地半跪半坐著，說出一句讓人難以置信、聞之喪膽的話：

「在下也沒有從先父那裡得到任何交代。」

一路在路上奔跑著。

一大早本來天氣和煦，不知不覺間卻開始烏雲密布，城門大道颳起了沙塵。

「小野寺大人，這邊。」

真吾追趕上來說，但一路也不知道自己正往哪跑。驅策著他胡亂往前奔跑的，是無法靜坐等待的心情。

「總之先去倉庫，命倉庫官吏先行準備。」

咦！真吾發出慘叫般的聲音，抓住一路的手。一路轉念心想，事到如今再趕也是徒勞，於是喘著氣放慢腳步。

退城的午八刻已過，離開陣屋的武士，也許是不願回家受夫人差遣，不是跑去茶店吃烤糰子，就是溜進居酒屋裡。他們瞥了一路和真吾一眼，隨即佯裝沒看見。

一路知道不能讓這些武士看見自己驚慌失措的模樣。許多武士將加入隊伍，如果不能表現得從容不迫，事態更會更加惡化。

「家父因為遭逢意外，莫可奈何，但令尊怎麼沒把工作交代給你？」

故作從容的聲音，連自己聽了都覺得惺惺作態。

「家父也是突然中風。」

「什麼？中風？」

「是的，而且時機和場合都不湊巧。家父被陣屋的將監大人召見，隨即暈厥過去，不巧主公正從內室走來，因此氣絕前的醜態全被瞧見了。」

中風可不會挑時間，但偏偏發生在主公面前，有違體統。這不只是單純的無禮，主公是武將，而武將最忌諱晦氣。

沒收家祿、流放新田，這與其說是為了削減家臣，更該說是懲罰吧！為了撤銷責罰，恢復栗山家原職，父親想必付出了相當的努力。

「竟然在主公面前發生這樣的事，太不幸了。」

「是的。據我所知，當時適逢初秋，走廊的紙門大開，主公正巧從那裡出來，來不及遮掩。小姓為了不玷污主公的眼睛，立刻脫下外衣，罩住主公的頭，但不知道為什麼，主公突然甩開衣物，踏入淩亂的房間裡。感人的是，主公竟然抱起家父，甚至呼喊他的名字：『你怎麼了？栗山，振作點！』」

一路不清楚主公的為人，只在江戶官邸遠遠地偷覷過他，前些日子受召見時，也只聽到簡短的一兩句話。

絕不能沾染晦氣的神聖武將，竟抱起垂死的下輩，呼喚名字。這情景超越了一路的想像。

「太感人了。」

「是的。在下從小姓那裡聽到這件事時，覺得栗山家被沒收家祿是莫可奈何的事。然而彌九郎大人主張如果少了栗山家的幫助，就無法辦妥參勤事務，主公於是撤回了裁決。」

話說，真吾重重地嘆了口氣，搖搖頭，以細微的聲音說：「然而在下卻無法為大人出力……」

「好了。」

一路已經明白此事的來龍去脈。真吾的父親沒料到自己會因中風而喪命，所以尚未將職務傳授給兒子；而想將真吾培育成下屬的父親，也來不及教他就命喪火窟。就這樣，宛如兩張白紙的道上供頭與唯一的下屬，依據職務世襲的規定，如今被拋在這處田名部的陣下。

「對了，真吾，今天是幾月幾日？」

「是，今天是十一月三十。」

說完的瞬間，真吾的嘴唇凍住，一路的耳朵化成了石頭。

兩名年輕人無精打采地往正門走去，籠罩在他們頭頂的不是灰黑的天空，而是「不可能」這三個字。

# 6

〈供頭守則〉

四、主家采邑雖寡　東照神君公冊封之旗本也
故供頭職同大名家道上奉行
一旦出任　隨從諸臣皆須從其差配
道上無身分上下　皆吾之下屬

「你們幾個，今天都什麼時候了，還在那裡悠哉地晾東西！」

一路大聲斥喝。

既然就任供頭，參勤隊伍的家臣們就全是自己的下屬。不，正確地說，如果不懷著這樣的氣魄行事，就無法順利完成職務。

倉庫位於田名部陣屋西廓，幾個官吏正在晾曬旅途所需的物品。三天後就要起駕，眾人卻不見匆忙緊迫，只是放任長滿霉斑的長衣箱吹著風，自顧自地打著哈欠或吞雲吐霧。

供頭突然現身，慌張的只有雜役小廝。每個僕吏——其中應該也有家格低微的人——都用一副「神氣什麼」的表情看著一路。

「如果各位不認得在下，我這就報上名來。在下道上供頭小野寺一路，已經接獲主公命

令，著手準備參勤事宜。從今以後，不分身分上下，都請聽從在下的指示。如果有疑慮，請即刻提出。」

僕吏各個一副吃不消的模樣，搧了搧煙管的火站起身來，只有一名武士繼續坐在倉庫門口抽著煙管。

「哈哈！說到疑慮，那可多了。」

那男人身材魁梧，年近三十，眼神銳利，氣勢剽悍。因為長期駐在領國，一路對那張臉毫無印象。

「你先報上名來。」

從對方自然流露的威嚴看來，應該不是一般家臣，但一路仍毫不畏懼地問。

只見武士冷冷地哼了一聲，把臉撇開。

「那是藏役[50]佐久間勘十郎大人，客氣點吧！」

真吾拉扯一路的衣袖悄聲說。

僕吏們屏氣凝神地看著。從他們的模樣與真吾的態度來看，一路明白佐久間勘十郎的身分比他還高，而且是個不容易應付的人。但他不能在這時示弱，起駕前的準備就是參勤的一部分，無論身分高低，必須把所有的人都當成自己的部屬。

「既然你有疑慮，我洗耳恭聽。不必客氣，但說無妨。」

50 江户時代的職稱，管理公家倉庫。

勘十郎叼著煙管瞪著一路，歪起那張武者般的相貌笑了。

「對你，我有什麼好客氣的？」

「現在彼此都不是要面子的時候，有話就直說吧！」

真吾不停地拉扯他的衣袖。但對方愈是傲慢，一路愈是不能退讓。不是因為《行軍錄》上這麼指示，而是他惱怒了。

勘十郎熄滅煙管上的火，緩緩站起身來，下屬立刻在他肩上披上外衣。勘十郎也不套上衣袖，慢慢地走近一路。

「那麼我就直說了。剛才從勘定役國分大人那裡聽說，這次參勤要帶上五十徒士，害得我也得陪同參與陌生的旅程。不只是我，由平時的三十變為五十，我的下屬就不必說了，甚至連意想不到的成員都得加入。我問國分大人這是何緣故，他說全是供頭的指示。在主家用度吃緊的這個時期，你是瘋了不成？」

看來國分大人開始行動了。他大概認為以供頭之令為由，就不會被視為越權，便可以此支持一路的差事吧！

說到蒔坂家的家臣，自古就定為百家百人。除了駐江戶、大坂倉庫的人員以外，要將平時的三十徒士增加至五十，絕不是容易的事。做好起駕準備後便閒來無事的倉庫人員，自然會被第一批算進人數裡。

「很好。」

原本應該說「不勝感激」或「過意不去」，一路卻盡可能神氣活現地這麼說。

「什麼？」

勘十郎氣憤地板起臉來。

「不是對在下好，而是對大人來說是件好事。」

「胡鬧也該有個限度。敝家代代都是藏役，不曾參與參勤。突然參加陌生的長途旅行，哪裡算是好事了？」

一路細細地打量怒不可遏的勘十郎。他是個魁梧奇偉的男子漢，長得體面，英俊瀟灑，派頭十足，劍術本領也看似非凡。

「啊，您真是個戲子般的倜儻男兒。」

一路這話不是奉承，事實上確實如此。結果令人意外，勘十郎聞言竟然有些害臊。

「唔，這一點我也不是不曉得。像內人，可是人稱田名部西施呢！雖然她是商賈之女，卻求我說什麼都得娶她，我也只好娶她為妻了。」

這個機會不善加利用就太可惜了，一路更仔細地上下打量靦腆的勘十郎。

「原來如此，這恐怕是上天的旨意吧！如果尊夫人是田名部西施，那麼大人就是田名部家臣的典範了。」

「啊，這不敢當……」

「所以，在下希望你能擔任參勤隊伍的開道先鋒。」

「那是什麼？」

一路從懷裡掏出《行軍錄》。

「請看看這裡，就知道這是什麼職務了。」

〈供頭守則〉

五、道上當先　主家第一勇士
武勇拔群　容姿端麗　且行止優雅
非田名部眾之楷模者　無以任之
頭戴捶金笠盔　身披猩紅戰袍
手持單鐮十文字槍　背掛御旗

勘十郎嘴裡唸唸有詞地讀著，臉紅得都快著火了。

「啊，這我可無法勝任。」

看他一邊這麼說，一邊手扶著後頸，喜不自勝的表情明白地寫在臉上。就差臨門一腳了。這種人表面上害羞推辭，實際上肯定無所不從。

一旁的真吾趁機推一把地說：

「聽說佐久間大人是那位玄蕃允盛政公的後裔，難怪如此英勇出眾、眉清目朗，舉手投足更是雍容高雅，真正是田名部家臣的活招牌。」

一路雖覺得這番話言之過甚，但一聽到是戰國猛將佐久間盛政的子孫，便也覺得怪不得如此。

「唔……」勘十郎低吟起來。並非心中愁煩，只是喜上眉梢有失武人顏面，所以藉此吊人胃口吧！

「倒是你……不，小野寺大人，這本冊子究竟是什麼？看起來年代相當久遠。」

身為供頭，不能向人低頭請求，只能命令他人，或是准許他人的請求。

一路闔上小冊本，指著古老的柿漆封面。

元和辛酉歲蒔坂左京大夫行軍錄──這個標題沉重無比。

「元和辛酉，從大坂夏之陣算來不過六年後。當時雖然是元和偃武，但仍非天下太平，參勤不折不扣正是趕赴江戶的行軍。我的祖先為了平定天下的東照大權現，籌畫了這宛如布陣的行軍陣勢。但在現今的太平盛世，參勤已經喪失了武門行軍之姿，不僅將規定的五十徒士減為三十，甚至淪為徒然騷擾路上旅人、做做樣子走完就是，這全是在下歷代祖先怠忽職守的緣故。所以在下為了主家，也為了將軍幕府，打算遵循《行軍錄》的所有規定，重振古老的武門榮耀。希望大人能接受這不知何時從隊伍中被省略的先鋒大任，請問意下如何？」

半晌之間，佐久間勘十郎交抱粗壯的手臂，盯著倉庫白牆。然後他穿上外衣袖子，仔細綁好繩帶，轉向一路。

「為了避免誤會，我得先聲明，在下絕不是貪慕虛榮的人，對招搖過市深以為恥。但我相信這先鋒大任，捨我之外無人得以勝任，請務必指派我。小野寺大人，你可真有一手。」

這時，宛如武者畫像中走出來的勘十郎已經熱淚盈眶，與他的模樣格格不入。

「這樣可以嗎？」

確實，他並非愛慕虛榮，而是個靦腆小生。

在倉庫中，按照《行軍錄》記載盛裝打扮後，勘十郎羞得連旁人看了都忍不住要同情起來。但撇開那靦腆神情，勘十郎十足是威風凜凜的武者模樣。這絕不是奉承，也非客套或迎合，一路、真吾及倉庫僕吏們，全都真心讚嘆不已。

「佐久間大人，你就收起那害臊的笑容吧！」

一路這麼說，勘十郎便老實地擺出正經八百的表情。只要他願意就做得來，相當可靠。然而稍一鬆懈，勘十郎的嘴巴立刻鬆開，臉也低垂下來。

「最好接下來三天都做這副打扮，凡事都得習慣。」

「不，無論如何絕對不可。內人近來忙著看顧孩子，早已經不肯理睬我，要是穿戴成這副模樣回家，她肯定不願意靠近我。」

「大人多慮了，夫人一定會重新迷上你的。」

勘十郎不解地歪頭，將甲冑搖得嘩啦作響，在黑漆油亮的御槍箱前站定。

「這模樣真的不壞？」

「豈止不壞！別說夫人，每個女人都會為大人神魂顛倒。」

「果真如此？要是太過招引女人，不會反招內人生氣嗎？」

「大人真是多慮了。」

看來為田名部西施痴迷、無論如何都想娶她為妻的其實是勘十郎。

擇日不如撞日，眾人立刻檢查倉庫，發現三座之中，有座專門用來收藏古物、平日不曾打開的倉庫裡，安放著先鋒勇士的全副物品。因為受到上好樟木箱的保護，沒有半點蟲蛀。

首先是捶金笠盔。內側捶金的頭盔並不稀罕，但表面鋪滿金箔，細細捶勻的笠盔卻是前所未見。光是這一項，不必戴上就招搖得令人害臊。

猩紅戰袍也十分驚人。表面是令人眼睛一亮的呢絨料，衣領和內裡縫綴著漆黑熊皮，鮮紅與漆黑形成醒目對比。

單鐮十文字槍一看便知是戰國名刀，雖然穗頭免不了浮出鏽斑，但也不是拿來砍殺的，只要研磨清理，套上槍套就行了吧！

插在身上的旗幟雖是絲綢布料，卻不曾遭到蟲蛀，也無一斑一點，宛如剛剛織就。這肯定是祖先庇佑。白底中央染黑，黑中又復留白，染有蒔坂家的「割菱」家徽。由於衣裳絢爛奪目，這面黑白旗幟更顯得醒目。

此外，還得穿上主公穿的那種錦織的旅用褲裙。由上到下，紅與金交輝，背部則是黑白旗幟飄揚。

戰國之世，如果真有武士如此穿戴出陣，開戰鼓聲一響，雜兵們必定蜂擁而至，搶奪其項上人頭。不過作為端午佳節的贈禮飾偶，倒是不壞。

「還是太丟人了。差不多該回家了，內人會不會對我另眼相看姑且不論，但穿成這樣走回家，實在有點……」

一路以手遮擋燦爛的金色反光，鼓勵勘十郎：

「大人不也贊同在下的想法嗎？想要使隊伍別開生面、異於尋常，關鍵就在先鋒勇士。若遵循古禮，必有許多令人難為情的地方，而你這金字招牌現在就退縮，往後可怎麼辦？如果大人還認為自己是田名部家臣的楷模，就該堂堂正正地從城門走回家！」

一路指著正城門的方向，嚴厲地鞭策道。

勘十郎的脾性宛如一匹悍馬。低聲下氣對待，他便趾高氣昂；如果拿鞭子教訓，則必定順從——一路這麼估計。

「好，既然你都這麼說了，往後三天，我就志願擔任陣下的笑柄吧！」

一路正擔心他會反抗，卻見佐久間勘十郎就像對雜兵不屑一顧的戰國武將，擺出只有慶祝端午佳節時才會有的九郎判官[51]飾偶般模樣，朝向城門飛奔而出。

眾人奔出倉庫想要制止，遠遠看見午八刻退城的眾家臣們那驚恐的模樣，便失去追上前去的心情。

「什麼？參勤路上要準備兩匹馬？這太強人所難了。」

馬役把手按在連剃的工夫也省下的光禿月代上，一臉困窘。那是個老態龍鐘、看上去教人同情的老官吏，不曉得是作了什麼孽，一大把年紀了還得當差。

「噯，我跟彌九郎大人也是老相識了，為了大人必當不辭勞苦，但……」

馬廄位於西廓倉庫後頭、岩山的山腳下，鋪滿沙土的小馬場旁蓋了兩棟馬廄。雖然是背山處，但通風良好，處處都還留有楓紅。

「不是有這麼多馬嗎？」

一路指著馬廄說。從馬吃糧草的平靜神情來看，想必十分溫馴。光是從馬廄探頭出來的就有三匹，實際上應該更多。馬場上，光著小腿的小廝正在安撫性情火爆的幼馬。

老官吏拄著杖，在木酒桶上坐下。

「主公的馬，喏，只有那一匹。另一匹前些日子便秘死掉了。參勤的路上當然必須有馬，但從沒聽過要兩匹的。我聽說主公愛馬，坐轎坐得膩了就會騎馬，但也用不著兩匹吧？」

如果要說明話就長了。即使搬出古禮如何，對方也不會輕易允諾吧！因為這名老官吏幾十年來，都理所當然地供應參勤隊伍一匹主公的座騎。

老官吏以杖指示的馬廄，確實有隻與眾不同的灰馬。

「第一馬廄只住著主公的馬，所以相鄰的第二馬廄非常擁擠。那是將監大人和由比大人的馬，其他則是沒有固定騎手的公用馬。馬場的駒子將來會成為少主的座騎，現在還在馴養中。」

「既然是公用馬，拿來當主公的座騎也沒問題吧？」

「這是什麼話？」

老官吏責備似地仰望一路。

「聽好了，我們的武將只有蒔坂左京大夫一位，其他人無論權位如何，也不過是蒔坂家的

---

51 九郎判官即平安時代的武將源義經。在日本，端午節也是男孩的節日，這天會擺飾武將人偶，祈求男孩能成長得英勇健壯。

家臣。即便是百萬石的加賀宰相，武將也只有前田主公一個。自源平時代就繼承武將血統的主公，怎麼能跨上家臣用馬？雖然不知道是什麼原因要求兩匹馬，但與其將不潔淨的馬當成主公座騎帶上路，倒不如一匹就好。年輕人不懂事理，真教人傷腦筋。」

老官吏言之有理。雖然是旗本，但左京大夫的身分是交代寄合表御禮眾，地位如同大名。大名是以一擋千的勇者，誇張點說，就是超越凡人的鬼怪，神秘不可測度。

「明白了。那麼我再請教，既然主公的一匹座騎因便秘而死，理應買新的馬匹補充吧？」

「是的。」

點頭之後，老官吏深深嘆了口氣，彷彿全身都要乾縮下去。那模樣不言可喻，看來即使想買，也沒有錢。

「買賣馬匹可是件麻煩事啊！田名部領內自古就不產好馬，得去近江或信州的馬市尋馬，但其他領地的馬市不能賒帳，即使要求賒帳，賣馬如同賭命的馬販子怎麼可能答應？何況主公座騎至少也得八十貫重，重逾百貫的健壯馬駒尤佳。而那樣的好馬，至少也要一、兩百兩。」

一路也消沉了。勘定役的國分大人勉強湊給他的參勤餉銀是一百兩。雖然不清楚主家的財務狀況，但帳房確實擠滿了要債的商人。而在這當中，國分大人還從公庫私房和自身積蓄裡掏出錢來，為他湊齊一百兩的上路錢。即使兩匹座騎中的一匹因為便秘而死，也不可能有閒錢立刻購置新馬。

一路不禁仰望故鄉的天空。

《行軍錄》上的種種規定，靠眾人意想不到的協助正逐步實現。絢爛光采的先鋒勇士、一百兩的餉銀、五十名徒士與東照權現御賜的一對朱槍，甚至還得到了持槍的一雙家奴。

但唯獨馬匹之需無以兌現。神聖的武將座騎絕不容他人玷污，必須至近江或信州馬市，購買作為主公座騎飼養長大、重逾八十貫、要價一兩百兩的馬匹才行。這實在難如登天。

「啊！」

絕望的漆黑深淵中忽然射入一道光明，一路忍不住驚呼出聲。

因緣際會得來的一雙家奴丁太和半次原本是馬販子，當時正牽著一頭沒在大垣馬市賣出去的健壯花斑馬。雖然不曉得值不值一百兩，但那匹馬肯定有八十貫重。

「請教馬役大人，主公座騎的毛色可有規定？」

從第一馬廄探出頭來的，是一頭看似白馬的灰馬。

「不，雖以栗毛最佳，白、灰次之，但毛色通常不問。」

「花斑馬也行？」

「花斑馬啊？只要長相別太蠢，也不打緊吧！重要的是穩重。」

雖然穩重與身重不同，但只要身子夠重，自然也就穩了吧！就連那對雙胞胎馬販子，都靠著梳頭新三的妙手，化身威嚴十足的持槍家奴。

「我不曉得你有什麼打算，但可別勉強。聽好了，令尊就是在許多地方過度勉強，才會遭逢如此災厄。」

一路將老官吏的忠告當作馬耳東風，草草道謝便離開馬廄。

奔跑，奔跑。雙腳陷在馬場的沙土中，令人焦急，一路脫去草鞋狂奔而出。

穿過隔門便是倉庫。或許是受到一路的熱情感召，僕吏們正把槍砲排列在倉庫白牆上，勉力除鏽。

「小野寺大人，怎麼了？」

真吾喊道，轉身時手中的槍炮也往倉庫僕吏的頭揮去。

「快，真吾！可能太遲了，但我們快回麴屋！」

那匹花斑馬怎麼了？記得丁太和半次把牠牽到麴屋，但後來一陣忙亂，完全沒有留心。

「太遲了？究竟是什麼事？」

「噯，現在沒空多說，總之快跑！」

在朝正城門狂奔的一路腦海中，出現了茶屋老太婆的聲音。

「要是馬沒賣出去，他們就會忍不住宰來吃啊。那就真的是靠馬維生了。」

「糟了！太遲了嗎？」

跑過城門大道，越過町鎮交界的橋，一路扶住岸邊的柳樹，失望地垮下肩膀。

四周彌漫的氣味，無庸置疑是馬肉鍋的香氣。往來的行人望向隨風擺動的麴屋門簾，姑娘紛紛以袖掩鼻。

「太可惜了，備馬沒了！」

一路扼要地說明經過，真吾也抱頭沮喪。

「果然無法事事硬是依循守則。不過只差一項不打緊吧？不必全照古禮行事啊。」

因為一路的脾性使然，真吾這番安慰絲毫鼓勵不了他。一路無法忍受「差不多」，事事皆求完美無缺，只差一點便是功虧一簣，他對任何事都抱持相同的心態。

「既然如此也莫可奈何，去吃點馬肉補充精力吧！」

其實一路也酷愛此味。雖然他不曾踏入官方花街的吉原大門，但不時特意前往日本堤一帶，為的就是馬肉鍋。在回田名部路上的下諏訪宿，儘管正在服孝，他也還是吃了生馬肉片，一飽口福。

這真是一股令人悲痛又垂涎的香味。醬油、味醂一比一，不加水是江戶人的吃法，佐料則是長蔥和牛蒡。不，這無關緊要，八成是因為他在服孝中開葷才會遭此天譴，一路決心從今以後一定要戒了馬肉。

他蹣跚地走到門口，掀開門簾。接待間內一圈人圍在鍋旁，四周充斥著煮肉的香氣。教人氣惱的是，一路沒資格罵人。丁太和半次不過是吃了沒賣出去的馬，而麴屋老闆、賭客和朧庵，甚至連梳頭新三都只是作陪，一同吃這實在不易解決的八十貫壯馬。

「啊，大人回來得正巧。」

開朗的女傭端著熱酒說。

「噢，兩名年輕武士來助陣了。哎呀，光靠我們幾個實在應付不了。」

不知為何竟然連空澄和尚也在，還盤坐炭爐邊當起火鍋將軍來，未免破戒得過分。

但他不能對任何人發怒。一路站在房門框上，茫然地望著參勤隊伍敗壞的情景。他原以為遵循古禮的隊伍已經萬事俱備，只要閉上眼皮便歷歷在目。然而他絕不允許「差不多」，尤其是兩匹備馬只剩一匹，實在是畫龍欠點睛。

「大人，」

「怎麼了嗎？」

丁太與半次搖動豐盈的撥鬢咀嚼著說。

仔細想想，那匹花斑馬是這對雙胞胎馬販子有一頓沒一頓、費盡心血養大的，也是他們的一切財產。很快地，兩人就要以持槍家奴的身分踏上路途，而馬既然賣不掉，自然也只能吃了。這理所當然的事自己竟然沒有料想到，一路深以為恥。

麴屋老闆歪起臉上那道直劈而下的傷疤，對他笑道：

「大人怎還僵在那兒？快別挑嘴了，現在不好好補補身子，怎麼走完中山道十二天的路程呢？啊，這是因為這陣子收益大好，彥根的大當家送來犒賞咱們的馬肉。幸好馬肉上也沒指名給誰，來來來，別客氣。」

剎那間，一路慘叫似地大喊：

「什、什麼！這不是丁太和半次的花斑馬嗎？」

「不是。」兩名家奴以震動紙門的低沉聲音說。

「花斑馬難吃。」

「要吃就得吃栗馬或棕馬。」

然後兩人站起身來，動作宛如鏡中倒影，合力左右推起後方的懸窗。

「小斑兒！」

兩人同時柔聲輕喚，繫在河岸吃草的花斑馬撒嬌似地嘶叫了一聲。

果然不下八十貫。不，或許重達百貫以上。不過那張臉相當呆蠢，毫無威嚴可言。

「好啦，這樣如何？」

暮色四合，新三從後方河岸把馬牽了過來。

眾人迫不及待地打開紙門，瞬間麴屋歡聲雷動。

「剃人的腦袋易如反掌，但剃馬毛卻是頭一遭，還請多多擔待。」

別說什麼擔待，看上去完全不像同一匹花斑馬。俗話說，馬伕也得靠衣裝，這就叫馬兒也得化妝吧！

「體格雖然雄偉，但連臉上一片花斑，未免太不稱頭。撲上厚厚的一層香粉，就像各位看到的，還不壞！鬃毛理得短些，倒豎而上，只有前額的毛膨鬆，看起來威風凜凜。馬毛梳理一下，尾端捲毛再稍微熨燙，就大功告成啦！」

新三得意地撫摸馬頸。這個人的手藝果然神乎其技。手巧的梳頭師傅到處都有，但新三卻有點石成金的本事。

「在下還有事想拜託你。」

「是，有何吩咐？這回是替牛梳頭嗎？」

「不，不是的。能否請你一同加入參勤隊伍？有你的關照，別說馬兒了，每個人肯定都能氣象一新。」

艱難的路途暫且不論，一旦進入江戶，武士的外表必然引人側目。只要有新三那改頭換面的巧手，土包子武士肯定也能贏來江戶人的讚賞。

「反正小的是也個居無定所的巡行梳頭師傅。沒問題，包管隊伍進入板橋宿時，每位大人都成為讓仙台大人[52]也相形失色的俊俏男子。包在我身上！」

52 指仙台藩的藩主伊達氏。在日語中，「伊達者」也有風流瀟灑之意。

# 二

# 左京大夫起駕

# 1

主公醒來時是十二月三日的拂曉時分，或者說是夜半丑時。

其實，正確地說不是醒來。昨晚宴會之後，主公雖然比平日更早就寢，但因為過度興奮，遲遲無法成眠，好不容易昏昏沉沉地打起盹來，就被小姓的催促聲叫醒。

這個起駕的早晨主公已經期盼多時，因此絕非不快，但一想到或許會在轎中打起瞌睡，也不禁懊悔不已。

「主公覺得如何？」

小姓跪伏著問道。一夜不眠，心情豈能多好。但碰到這種制式問題，必須回以制式應答。如果回答「睡不著」，必會掀起一場風波，坐更的小姓更可能因為過度自責而切腹。

主公裝作彷彿酣暢地睡了一覺似地迅速起身，以黑綢睡袍袖子掩口，輕輕地打了個哈欠。

「小的立刻端水來。」

主公尿意頗急，但不能違背次序。不洗臉就不能如廁，這到底是誰規定的？雖然覺得毫無道理可言，但規定既已如此，也莫可奈何。

趁著小姓離開寢室，主公打了個大哈欠，雙手用力朝天花板伸了個懶腰。

因為旅行而過度興奮，前晚不能成眠，這個模樣簡直像個孩童。但論到期待，再也沒有比參勤更令主公引頸期盼的事了。

起駕日期一定，陣屋上下便忙亂地動了起來。即使並未喜形於色，主公的興奮之情仍隨之高漲。雖然不動聲色，但在起駕前日舉辦的例行宴會上，主公的興奮情緒就宛如隱火，悄悄達到顛峰。

主公的酒量極差。年僅九歲便繼承家名的他，即使現在已經三十四歲，身體仍完全無法接納酒精。主公自己分析，可能是父親突然的死，以及襲封的重責大任嚴重地戕害了他的精神。這種時候如果能喝酒，便可醉得不醒人事，直接睡倒在地。但主公甚至連慶賀的酒都只能淺嚐，因此無法安撫那股隱藏的興奮之情。

宴會從退城的午八刻開始，宴飲方酣之際，隨即進行出發前的檢閱。供頭在庭院中報告，幾名隨行人員出來展示他們上路的裝扮。

如果是一般的檢閱，頂多只是宴會的下酒菜，了無新意，然而這一次卻教主公瞠目結舌。長年擔任供頭的小野寺彌九郎前些日子死於意外之火，主公聽說此次參勤將由他的兒子指揮調度，但沒想到供頭換代，隨行人員也天差地遠，令人訝異。

彌九郎的兒子——名字很古怪，叫做「一路」——這位年輕武士在簷廊伺候著說：

「此次旅程在形式上雖異於往年，但全是依照古禮行事，請主公毋須擔憂。」

重臣聞言紛紛臉色大變，主公卻喜逐顏開地說「無妨」。主公並非特好珍奇，而是欣賞一路刻意採取異於父親做法的志氣。

首先登場的是為隊伍開道的武士，擔任這個職務的是蒔坂家中首屈一指的武人——佐久間勘十郎。

頭戴捶金笠盔，身穿猩紅戰袍，背上插著染有家徽的黑白旗幟，手中再握著看上去威武懾人的單鎌十文字槍。

主公感動極了。他聽說勘十郎的祖先是戰國勇將佐久間玄蕃允盛政，雖然不知道後裔什麼時候成了蒔坂家家臣，但過去肯定是以這身華美裝扮，在戰陣中一馬當先，展現無愧於先祖的英姿吧！

然而無論再怎麼感動，主公都不會喜形於色。雖然想大喊「好啊」，話到喉頭卻又嚥了下來。因為如果出聲稱讚，便得給予相應賞賜，眾多家臣也必須為此奔走，引發各種混亂。因此，這時主公至多只能制止驚叫或訕笑的重臣們，說聲「無妨」。

接著亮相的是兩名風貌堂堂的家奴。

主公吃驚地眨眼。論相貌也好、身形也罷，眼前都是別無二致的一對。主公聽說，某些大名會在隊伍進入及離開江戶時，於江戶官邸及板橋宿間，暫時雇用外貌出眾的家奴充場面，但不曾有人帶著如此出眾的家奴，從領國一路前往江戶。再說，田名部陣下有如此引人側目的一對雙胞胎嗎？

主公面不改色，不動聲色地看著。這時，兩名家奴將各自手中的朱色長槍靈巧地扔給對方，彼此互換。

想大呼一聲「精彩」，卻偏偏不能。主公在寥寥無幾的溫和讚賞詞中左挑右揀，最後說了聲「辛苦了」。

一雙家奴離開庭院，接著牽來了兩匹馬。鑲銀邊馬鞍的灰馬是主公熟悉的座騎，但另一匹他毫無印象。那是一匹更雪白、更壯碩的馬。馬鞍鑲著金邊，韁繩是成對的紅。

主公酷愛騎馬，不禁被陌生白馬俊偉的外表深深吸引。如此威武的駿馬，性情理當強悍，而這匹馬卻極為溫順。朝此俯首貼耳的模樣，就彷彿在危急場面中獲救的罪人，那表情就像在說：「既然如此，小的只能為大人奉獻身心，鞠躬盡瘁了。」

牽著舊座騎韁繩的是忘了名字的老馬役。他不知道是身子哪裡不適，月代冒著汗珠，握韁繩的手也顫抖不停。

牽著另一匹新馬的則是供頭輔佐栗山之子。

剛才還興奮著的主公，忽然一陣感傷。當年抱起中風倒地栗山的觸感，又歷歷在目地回到眼前。

栗山雖然是下輩，卻是個忠義之人，不僅旅途中隨侍轎旁，在本陣時也總在庭院門口處通宵坐更。主公懷疑，在這長達十二天路途中，栗山是否不曾闔眼？見如此忠義的臣子在面前倒下，豈有不淨或晦氣可言？

一想到栗山之子繼承父職陪伴自己上路，雖然是理所當然的事，卻在主公心中湧出一股灼熱的感慨。

馬匹牽離之後，緊接著是搬運箱篋、持傘及火槍的徒士們，他們展示著各自裝扮，模樣異於以往，極為出眾。

不只穿著體面而已。供頭小野寺一路所說的「全依古禮行事」，主公覺得確實如此。

重臣們都覺得排場有些過頭，但主公不這麼認為。雖然不明白古禮如何，但如果說供頭此行是讓這兩百多年間逐漸被省略的事物起死回生，那便是如此吧！

追根究柢，參勤並非只是依據幕府規定，組隊往返領地及江戶之間而已。換句話說，它必須是一朝有事，率軍馳赴江戶的行軍才行。那名年輕的供頭正拚了命想讓在漫漫歲月中被敷衍了事的行伍精神重新復甦，不是嗎？

這支華麗的隊伍不是為了讓人看了驚訝，而是震懾敵軍的武勇象徵。主公認為這才算得上德川先兵蒔坂左京大夫的行軍隊伍。

主公的想法並未表露於臉上，只是兀自領略在心。正因為無法說出口，徒增興奮之情，最後連上床休息時也輾轉難眠。

清水端來了。

小姓打開遮雨窗板，但離曙色初透還久，只有寒氣透過紙門傳進內室。

就連清晨用水也有詳細的規範。從床褥挪膝前進端坐，將手抽出睡衣兩袖，半裸上身。冷得要命。主公希望至少遮雨窗板能晚點打開，但既然規定如此，也莫可奈何。

主公忽然這麼想。兩百多年之間，是否只有不該疏忽的事物消失無蹤，留下的淨是些無關緊要的規矩？世道動盪至此，是不是就是因為武士的靈魂在這反覆的過程中消亡殆盡，徒留跋扈空洞的形骸？

如果真是如此，主公覺得那叫小野寺一路的青年，似乎正打定主意成就某種壯舉。要是真能這樣就太好了。

「主公早。主公本日也氣色極佳，可喜可賀。」

剛洗完臉，側用人便一如往常地現身伺候。

「有何要事？」

主公說道，這時才總算有了些應答。

「夫人似乎以為主公會前往臨幸，頗為失望。」

那又怎樣？主公本來想這麼回答，臨時嚥回怒意。

「抱歉，晚點我會去賠罪。」

他喃喃地說。

主公有兩名妻子。正室依照幕府規定，與一男一女的一雙孩子住在江戶官邸。而住在田名部陣屋內的，則是主公怎麼也喜愛不起來的側室。不喜愛，所以也少有肌膚之親，因此沒有孩子。但待在領國時，主公還是盡點職責，每個月至少一次與她同床共寢，尤其起駕前一晚更不曾遺落。但昨晚的亢奮之情令主公無法入眠，他不想擁抱不喜愛的側室，掃了興頭。

「別說晚點，請主公現在就去！」

側用人雙手伏地，瞪著主公說。太放肆了！比起主子，側用人顯然更關心側室。

這側用人名叫伊東喜惣次，今年春天才被拔擢到這個職位。他不是蒔坂家直屬家臣，而是後見役蒔坂將監的郎黨[53]，因此主公過去幾乎沒見過他，只是看在父親曾一度收為養子的將監面子上，不好駁回他的舉薦。

53 武士的家臣。

伊東確實伶俐過人，但似乎至今還是認定自己的主子是蒔坂將監，而非蒔坂左京大夫，所以那種側用人絕不該懷有的心態，動輒流露在他的言辭和表情中。

比方說，他剛才對主子的心情並不重視，反而更關心側室的感受。

側室縫夫人。啊，那個他連想都不願意想起、既醜又任性，而且還是個醋罈子，她正是將監的女兒。

「知道了，我更衣後就去。」

「遵命。」

伊東露出一副「快點過來」的嘴臉，再次抬眼瞪了主公一眼，然後退下。

主公光裸的肌膚上爬滿栗栗，鬱悶地嘆了口氣。

他滿心期待參勤，一方面是喜好出遊，更重要的是，他思念江戶官邸。

與田名部陣屋令人窒息的禮節相較，江戶官邸更要輕鬆自在許多。一雙孩子可愛無比，妻子也惹人愛憐。

正室鈴夫人，江戶官邸那讓人安心明朗的氣氛全是來自她吧！雖然是從一千二百石的旗本家迎娶而來的妻子，卻曉通家格差距，指揮廚房，勤奮地操持家務。雖然算不上是美人，但溫婉的性情展現在天生的笑臉上，無論何時絕不對他展露愁容。

主公認為自己與鈴夫人往後還是會懷上孩子，不需要另立側室，但既然是將監的請託，也不得不從。

畢竟如果不是父親年至五十才意外得子，養子將監早已經是當代的蒔坂左京大夫了。在發生繼承之爭也不無可能的狀況下，將監果決地退出，願意屈就家臣，對主公來說便是莫大的恩情。

「我到內宅去。」

主公站起身來。

「明六刻起駕。」

小姓叮嚀似地說道。對主公而言，這樣的忠告才真正棘手。

他覺得那像是在說「時刻尚早，請主公寵幸夫人」，但也能解讀為「已經無暇溫存」。這些當臣子的凡事都不肯說明白，教人難以判斷。

「我知道，明六刻出發。」

難以判斷的時候，鸚鵡學舌便是正確的回答。君臣兩茫茫，剛剛好。

打開區隔外室與內宅的杉木門，一股令人難耐的女人氣味撲鼻而來。不，正確地說，不是女人的味道，而是「那個女人」的味道。

主公不禁皺起眉頭，但前來迎接的內宅女侍還沒來得及發現，他便已經恢復原本的神情。無論什麼場合，主公的情緒都不能顯在臉上，尤其是不悅的神情，那會引來種種猜測，為家臣招來無妄之災。任何情況下都必須面無表情，這就是主公的本分。

「主公駕到。」

老女侍的聲音響徹內宅。昏暗的走廊前方，眾女侍伸出提燈照明路途。兩百多年之間，這處陣屋的時間完全靜止，數不清的蒔坂左京大夫無論願意與否，都必須走過這條通往內宅的走廊。

主公心中浮現江戶官邸的早晨，妻子穿著女傭似的樸素綿紬衣，以繩帶束起一邊衣袖，悄聲打開寢室紙門。

「主公大人，起床的時刻到了！」

阿鈴以略帶戲謔的聲音呼喊，她不時也會喊他「良人」、「郎君」。這時主公會盡情地伸個懶腰，可愛的一雙孩子便從妻子兩側撲上前來，騎在他身上，或摟住他的脖子。

他實在不覺得江戶官邸的那個自己，與領國陣屋的這個自己，是同一位蒔坂左京大夫。

「縫，我進去了。」

內宅女侍左右拉開紙門，那女人濃重的氣味立刻逼迫鼻腔，令主公幾乎嘔吐。他覺得如果不是武將，而是一般的武士，大多數人都會忍不住吐出來。

縫不僅散發出與馥郁芬芳八竿子搆不著的雌性騷臭，還有嚴重的狐臭。

「妾身一夜不曾闔眼，滿心期待主公臨幸卻苦等不著，教人情何以堪？」

縫挽起睡袍衣袖，掩住眼皮。她如果是個直率的性情中人，或者是愛哭鬼或火藥桶，也許還能聊得安慰，但每回她表現在臉上的，都與心中所想所念相違，教主公無從應付。主公猜想，她現在不是哀傷哭泣，而是怒意難平。

「抱歉。我本來要過來，但突然犯睏，睡得不省人事。」

主公斟酌措詞，免得怪罪到他人頭上，接著在被褥上端坐。

內宅女侍闔上紙門。主公想說「別闔」卻又不能，瞬間，縫以鬼怪般的蠻力撲向他。那張龐然大臉逼近眼前，主公忍不住抽身後退，卻被壓伏在地。縫的個子矮小，卻紮實飽滿，重若岩石。她用那身重量把主公壓得牢緊，一面喊著「妾身情何以堪」，一把朝他的子孫袋抓上來，讓人招架不得。

那豐厚的嘴唇就像巨大的蚯蚓般蠕動著，氣味不佳，在主公臉上磨蹭著。

「喂，馬上要出發了，別亂來！」

「時間多得很啊，別那麼冷淡嘛！」

主公心想，要是發生在江戶官邸，這番話可是男女顛倒的，不過那時妻子的態度不是厭惡，而是嬌羞。

雖然也不是不能任由縫隨心所欲，但主公已經一夜沒睡，如果在此耗損精力，肯定會在轎中睡得不省人事。

「嗳，真教人氣惱！旅途結束後，主公一定會和江戶官邸的夫人盡情溫存對吧？」

「知道了，知道了，妳放開。」

主公立下覺悟。如果這樣能讓縫甘心，那就閉上眼睛，屏住呼吸，抱了她吧！不愧是蒔坂左京大夫，令人欽佩！主公稱讚著無人讚許的自己。

就在這時，內宅走廊另一頭傳來老女侍尖銳的聲音：

「供頭小野寺大人稟報主公，起駕已經預備妥當，請主公移駕正門！」

小野寺一路，雖然不曉得你有多大能耐，但這回的救駕可真是巧妙！

明六刻的鐘聲響遍田名部陣下，接著就像回音般，正門望樓上擂起鼓聲。

那不是平日的鼓聲，而是從未聽過、宛如低聲朗唱般的節奏。步步走近玄關，那聲音讓主公更加興奮期盼。

「那是什麼鼓聲？」

主公問隨侍家臣。將監和伊東似乎都不知曉，但由比不愧是國家老，發揮了他老臣的智慧。

「那是出征的鼓聲吶！哎呀，臣過去曾經聽過，但已經有幾十年沒聽見了。」

「什麼，出征的鼓聲？」

「這應該就是供頭所謂『全依古禮行事』吧！」

仔細想想，參勤就是行軍，起駕時有出征的鼓聲也是理所當然。

「這樣啊。那個叫小野寺一路的頗有一手。」

「主公所言甚是。」

一身行裝的將監這時卻打斷主公與由比，說：

「還不是稱讚他的時候。過去歷代會修改古禮，自然有其道理，如果勉強恢復以往，難保不會出現某些齟齬。要是碰上意想不到的麻煩事，延遲抵達江戶的期日，幕府降罪下來，該如何是好？」

「噯，沒什麼不好吧！」

主公以言辭閃避將監的忠告。由比也好，將監也罷，明明是他們推舉已故的小野寺彌九郎之子擔任供頭，卻又對他百般挑剔。

「可不只這樣。」

將監連珠炮似地說。

「在嚴寒的清早時刻起駕，按慣例應將轎抬入屋內，再請主公上轎。他卻說為了遵循古禮，要主公親自走出玄關，冒犯也該有個限度。」

這麼說來確實如此，但主公沒來得及細想，走廊後方便傳來一聲：「請留步！」臉色大變地瞪住將監的，是勘定役的國分七左衛門。

「怎麼了？國分，看你一副有話要說的模樣。」

看來情勢不妙，主公心想。雖然早已決定不插手干涉，但聽說將監與國分兩人之間水火不容。傳聞國中開銷繁雜，勘定役的職位無人取代，所以將監也只能對國分七左衛門另眼相待。

「臣有話稟報，請主公允許微臣直言。」

國分轉向主公，垂下能吏般的冷酷鐵面。

「有什麼疑慮，但說無妨。」

主公回答。反正不論如何將監會隨隊同行，國分則留在田名部。他覺得國分如果想一吐怨氣，這是大好機會。

國分在廊上跪下，抬頭瞪著將監開口：

「參勤路上一切都由供頭指揮，就算是家老、後見役，一旦動身就該服膺供頭指示，因此如果有人刁難小野寺的指揮調度，就是越權之舉。」

遭到反駁的將監不可能沉默，他立刻推開旁人走近國分，無視於主公在場，大聲罵道：

「國分，你區區一介勘定役，竟敢以下犯上！好，起駕之後我不會再說什麼，但轎子還沒離開陣屋，現在我總有資格責備小野寺的無禮吧？」

「不。」

國分跪著反駁。

「將監大人沒聽見那鼓聲嗎？對我們武士而言，戰鼓聲就是征戰的信號。換句話說，雖然仍未起駕，但蒔坂左京大夫及田名部家臣早已置身戰陣之中，馳赴江戶之旅已經啟程。」

將監沉默了。聽在主公耳裡，國分的話頭頭是道。

國分七左衛門慢慢站起身來，與將監兩相對峙。

「我還有句話。如果大人不滿意在下，請速速革了我這勘定役的職位。與其刁難小野寺，大人更該有話要對我這個慘淡經營的勘定帳房說吧？請大人拔擢貴府郎黨，盡情地掌控帳房吧！」

沒有人出面調停。這下情況不妙，相當不妙。主公萬萬沒想到，素平沉默寡言的國分居然能把將監駁得啞口無言。

響徹四周的出征鼓聲激起了主公的勇氣。雖然地位等同大名，蒔坂家也只是擁有百名家臣的旗本，別再擺什麼主公架子，必須在這時展現做主子的定奪才是。

「放肆！」

主公以異於往常的強硬語氣斥喝家臣們。重臣與小姓全都驚懼萬分，在主公腳邊跪伏下來。

「我可是三十九代蒔坂家當家，十四代左京大夫。雖然允許諸位暢所欲言，但絕不容許你們視主公為無物，擅自起口舌之爭。」

「是！」家臣像青蛙般縮成一團。耀武揚威並非主公的本意，但如果不這麼做便無法收拾場面，無可奈何。

「諸位聽好了。我接獲將軍家命令，身在參謁江戶的戰陣中，因此無論任何人都不得對道上供頭小野寺一路的指示有異議。國分七左雖然言之成理，但仍逾分越矩，說得太過分了。七左，為你的無禮道歉。」

國分七左衛門滿心恐懼，轉向將監致歉：「請原諒卑職犯上之言。」

這樣就差不多了。但因為太久沒有暢所欲言，主公想趁機耍點威風。

與外頭的大名、旗本互相往來，主公深切地瞭解到，世上身為主公的大抵上都是傻子。傻子才能成為主公，或者是因為當了主公所以成了傻子，這一點他不清楚。但他認為，忝為主公的自己與那些人相較，應該屬於比較稱頭的，只是老跟傻子們相比較，久了實在難以認清自己究竟傻或不傻。

既然有這個機會，不如姑且試試，主公心想。也就是說，他想要極盡威武、宛如名君般說出平日即便心有所感，也不能說出口的話。

「諸位，武門之主不應贅言，所以我只說一次，你們聽仔細了。」

「是！」家臣們紛紛應聲，身體則像蟲子般縮成一團。

該說的話瞬間從腦海中蒸發，頓了一拍後，主公又振作起來，以停頓了多久就增添多少威嚴的聲音開口：

「年紀已經三十有四仍倚仗後見役將監扶助，是我的不德。此外，七左所說的『勘定帳房慘淡經營』，也全是我力有未逮。因此剛才的爭論，都不是起於彼此難忍的私仇，而是將原應對我傾吐的不滿，發作在對方身上罷了！聽好了，諸位。如果要我下轎行走，我就行走，要我向商人低頭，也無不可，但往後切勿再起任何爭執。臣子不敢對主君表白，只能彼此攻訐，再也沒有比這更令人痛心的事了。我十分清楚，這全是蒔坂左京大夫應當承受的責難。我不再說第二次，但請諸位明白……我的……用心。」

太精彩了！這些話到底是從哪張嘴裡冒出來的？連主公自己都感動不已。因為平日總是強迫自己面無表情、沉默寡言，積壓在心底的話和神情才會一口迸發而出吧！最令人拍案叫絕的是說著說著，最後連自己都要含淚的哽咽語氣。「請諸位明白……我的……用心。」宛如拉弓蓄勢一般，斷斷續續地說出，那些蜷縮成蟲子般的家臣，便一個個放聲大哭起來。

說完想說的話，主公踩著腳步聲經過走廊。據說這條走廊的吱呀聲響是有防盜作用的鶯聲地板，但主公還有自知之明，這只不過是沒錢修繕罷了。為了維持門面，連地板腐朽都得強辯為尚武之心。

將軍家的威望早已掃地，往後世局將如何轉變？無論如何，七千五百石的窮旗本，也只能隨著時勢浮沉了。

原以為吐出內心鬱氣就能讓心裡爽快清明，豈料內心卻彷彿失去重心。身為主公，果然還是不該說出心中所思、表露出內心所想吧！

然而一踏上玄關式台，主公便不禁「啊」了一聲。

以轎子為中心，是一排宛如繪卷般絢爛華美的隊伍，人人一身元和慶長的古代裝扮，正等待著主公駕到。

年輕供頭跪下穿著旅用褲裙的一邊膝蓋，打破勇壯的戰鼓，揚聲說道：

「臣等護送蒔坂左京大夫大人前往參謁江戶！」

主公仰起頭來，好隱藏那驚訝與感動的神情。這時田名部冬季的天空是無限高遠的蔚藍。

2

〈供頭守則〉

六、早發田名部御陣下　經垂井赤坂

渡揖斐川長良川　至加納城下

奧平公十萬石　東照神君之貴婿也

毋得失禮

至鵜沼宿雖十二里餘　道途平坦

故可一日長驅而至

天色完全暗了下來，隊伍卻絲毫沒有停歇。

要是依照往例的參勤路程，一早從田名部陣屋出發，悠哉地走過中山道兩旁的松樹之間，當天就會在加納宿下榻，然而這支隊伍卻直接經過加納宿不停。

因為往返多次，加上主公喜好旅行，因此中山道的行程他早已經背得爛熟。從江戶數來第五十三站的加納宿，與第五十二站的鵜沼宿之間的路程約四里餘，如此一來，第一天抵達宿場的時刻多半是夜深時分。

雖然想叫來供頭詢問，但如果這也是依循古禮，埋怨也沒有幫助。

四周轉暗後，隊伍的步伐加快，轎子左搖右晃，實在不可能睡得著覺。抬橋的轎伕有得換還好，但坐在轎裡的主公可是折騰極了。

主公雖然想騎馬，但隊伍如果在會被百姓看到的平坦大道上則不得如此，只好緊抓住吊環，靜靜地忍耐著五臟六腑都要翻攪過來似的劇烈顛簸。

全依古禮行事——為什麼這麼做姑且不論，小野寺之子指揮的隊伍對主公來說真是一連串驚奇。

齊聚在田名部陣屋玄關口的隨行人員，光是徒士就有五十人，雜役下人也有三十多人，是平時隊伍的兩倍之多。這些人穿著模樣也異常體面，不知道是不是心理作用，連表情看起來也英挺不少。

來到玄關式台的重臣，一個接著一個發出「噢」、「啊」等驚嘆聲。然而任何場合都不能將喜怒形於色的主公，只能裝作視而不見，仰望天空。換句話說，他等於是驚訝地仰天了。

蒔坂家雖然以與大名比肩的地位為傲，但畢竟是七千五百石的旗本，參勤隊伍也與一般的大名相去甚遠，十分簡樸。前頭沒有羽槍，也沒有鋪奢的道具箱篋，因此與大名隊伍不能比擬，極少會有旅人對著他們跪拜。但即便如此，蒔坂左京大夫也沒有斥罵那些百姓藐視權威就是了。

轎子離開城門，經過土橋後，必須稍微打開轎門，回應眾人送行。依照慣例，城門前的護城河邊站著留守的家臣，而町鎮那一側站著陣下的幹事、商家等，為隊伍送行。這時按例無須下跪，只要彎下身子，比主公的眼目高度略低即可。

然而這次的情況卻截然不同。所有家臣都跪伏在護城河邊，每一戶商家也都關上遮雨窗板，不僅掌櫃、夥計，甚至連一家老小都並排在店前趴跪著。

主公困惑了，這麼一來豈不是徹頭徹尾無異於大名？當然他並不覺得不快，只是想到因蒔坂家開銷繁重，使百姓吃了不少苦，便忍不住想責罵做出這個指示的供頭。

然而主公絕不能親身怪罪家臣，更別說是指揮參勤的供頭。

整個陣下的人都出來送行，直到過了町鎮仍持續著。連農民也全家出動，跪伏在路邊。行伍中有的母親跪在地上，驚慌失措地安撫後背上冷得哭鬧的嬰孩，看在他眼中實在於心不忍。

他曉得從祖先那時「四公六民」的年貢，現在已經成了「六公四民」的苛政。儘管如此，卻籌劃了這樣一支豪奢的隊伍，還要求老農民、小娃兒都跪在路邊送行，實在教人痛心。

「停轎。」

主公命令，四名轎伕同時停下腳步。供頭跑了過來。

「主公有什麼吩咐？」

不能罵他，供頭也是以自己的方式摸索職務，而得到這樣的結果。

「拿鞋來。」

主公沒有回答，而是下令。離轎二間遠的小廝立刻將草鞋拋了過來，精準得令人叫絕。草鞋就宛如親手遞放過來似地，同時落在轎下。

主公聽說過，雜役小廝因為不能靠近武將身邊，因此自古以來便練就了一身像這樣遠遠地為主公擲出草鞋的功夫。當然，這樣的習俗絕跡已久，想必這名小廝曾經默默地不停鍛鍊自己擲草鞋的本領吧！

主公下了轎，穿上草鞋，靜靜地走向跪在後方路旁的農民。或許是誤以為自己在無意間冒犯了主公，這一家人抖個不停，額頭死命地壓在地上。

如果農民有任何過失，必定是嬰孩的哭聲驚擾了主公。那母親嚇到連「請恕罪」三個字都說不出口，只是拚命地拍打揹在身後嬰孩的屁股。

主公心想，如果不能責備家臣，就只好親身致歉。但即使他曾在內心懊悔，也不曾真正出聲向人道歉。

「主公饒命！」

那嬰孩的父親總算開口。主公這才發現，原來這些農民深信自己將要因冒犯貴族而被斬首。不只農民這麼想，連小姓都捧著佩刀跑來。隊伍一行人全屏氣守望著。

「原諒我。」

主公在農民夫婦前蹲下，以旁人聽不見的細微聲音說道。農民不解其意，把身子縮得更小。

「我也是人父，早已經聽慣了嬰孩的哭鬧聲。喏，讓我來哄哄。」

話聲剛落，主公便抱起母親背上的嬰兒。不可思議的是，嬰孩的哭聲竟軋然而止。

「無妨，把頭抬起來。」

農民夫婦及疑似老母親的婦人抬起淚濕的臉龐。

「在這天寒地凍的一大清早被抱出來，會哭是當然的。為什麼要勉強孩子？」

「是村長大人的吩咐。」

答案雖然昭然若揭，主公還是忍不住心情一沉。如果這也是依循古禮，便不能責備供頭。此外，即便還想多安撫農民幾句，也必須自制才行。

主公以手掌包裹嬰孩冰透的腳掌，轉向隊伍。霎時，眾人就像被風吹過一般全跪到了地上。想說的話多不勝數，但為了維護蒔坂左京大夫的尊嚴，不能輕易開口。主公以臉頰摩挲嬰兒的臉，抱至胸前，接著轉向家臣。

這樣就行了。就像自己向農民道歉一般，家臣們也都向農民行禮了。

主公將嬰孩交還農民夫婦，若無其事地坐上轎子。這突如其來的意外，讓供頭臉色發白。

「小野寺，你的指揮看起來相當麻煩吶！」

「小的惶恐。」

「不，很好。如果要遵循古禮，我也得重拾過去左京大夫的初衷。雖然繁瑣，卻是好事一件。」

隊伍再次踏上蕭瑟的枯田之間。

主公幾乎想這麼大喊。隊伍加緊腳步，前前後後已經過了一刻鐘[54]，抓著吊環的雙手麻痺，腰和背也僵硬如石。與其像這樣繼續顛簸下去，他情願用走的要更輕鬆得多。

伴隨在轎子兩側的燈籠，一定是供頭小野寺一路和輔佐栗山真吾，所以只要出聲埋怨，肯定能讓他們聽到，但那樣的話是不能說出口的。愉悅或悲傷、歡喜或難過，關乎己身的喜怒哀樂都不能在臉上透露出分毫，這是主公該有的儀態。

鵜沼宿還沒到嗎？

如果明白地說了什麼，無論事態大小，必然會為家臣帶來褒貶毀譽。

簡單地說，主公愈像一尊木偶人，便愈是名君。絕不能插口干預政事，批評家臣更不必說，甚至連對正室、側室也不能表達好惡。

而主公的這種尊嚴，更在臨終之時表現至極致。由於連痛苦都不能說出口，愈是被譽為名君的主公，愈會在某天突然一命嗚呼。像是臥病在床後，也夢囈似地不停說著「辛苦了」、「很好」，等小姓發現時早已嚥氣的父親，就是名君的絕佳例證。

鵜沼宿還沒到嗎？雖然路途平坦，但要一天從田名部走到鵜沼，整整十二里路，還是太過勉強。

不妙！手腳嚴重麻木，讓主公幾乎就要失神。萬一就這麼倒斃在轎子裡，自己的名君聲譽也必能流芳萬世吧！

「主公，請再忍耐一會兒，鵜沼宿就在眼前了。」

真是個麻煩的供頭。一會兒是多久？眼前是多遠？想問但不能問。主公沒有發問，而是說：「辛苦了。」

世上主公最常說的話裡頭，「辛苦了」與另一句「很好」意思略為不同。「辛苦了」並非描述自身情緒，而是用來慰勞他人的勞苦。因此這時若說「很好」，不是矇騙，就是窮忍耐，而說「辛苦了」卻十分恰當。

簡而言之，主公心裡暗暗祈禱供頭能體會出裡頭的弦外之音——「你們很辛苦，但我也累壞了。」

話說回來，鵜沼宿還沒到嗎？

起駕後依據往例，先前往蒔坂家祖神田名部八幡神社參拜，祈求路途平安。

然而這次也不同於往常。

主公與主要官吏升殿，一般徒士站在社殿下，其他雜役小廝則站在樓梯下的境內，接受神官淨身。到這裡都一如既往。

54 即兩個小時。

祈禱之後，每個人都配得一只素燒酒杯，注入神酒。

「請主公飲盡神酒後，率領眾臣吶喊勝利。」

「好，辛苦了。」

儘管這麼應聲，主公卻煩惱起來，不知道該如何是好。這應該是「遵循古禮行事」，所以不能說不曉得、不會。

聽到「吶喊勝利」，主公想到的是《忠臣藏》的最後一幕。雪天放晴的早晨，殺入仇家，為主公報仇的四十七名義士發出「誒、誒、噢——」的勝利歡呼。場面壯觀，作為從大序到第十一段的漫長戲劇結尾，恰如其分。

駐留江戶時，主公經常微服外出看戲。有時興趣也頗能兼具實益，但萬萬沒料到自己也有帶領眾人吶喊勝利的一天，因此遲遲想不起戲中的具體做法。究竟是由良之助高喊「誒、誒」，再由眾家臣唱和「噢」，還是眾人齊聲呼喊「誒、誒、噢——」？

更何況，說到《忠臣藏》最大的看頭，不是殺入仇家的壯舉，而是來到那第十一段之前眾人的苦惱，令觀眾如痴如醉。因此最後一幕的勝利吶喊，並非漫長故事的結局，而是四十七壯士的苦惱化為的結果，所謂「歡喜大團圓」的具體表現。阿輕與勘平的每一句台詞，甚至是山科閑居一幕那扣人心弦的淨瑠璃弦律，主公都記得一清二楚，卻不記得「誒、誒、噢——」的細節，想必就是這個緣故吧！主公心想。

不，現在不是管戲怎麼樣的時候。難以置信的是，主公得親自主持這年頭應該只有在戲裡頭看得到的勝利吶喊。太平盛世持續了兩百多年，戰爭捷報的吶喊會被封印在戲劇舞台上，也是理所當然的事。

該怎麼辦？主公面不改色地慌了手腳。這時供頭一邊斟酒，一邊自言自語似地向他低聲說：

「乾杯之後，請立即將酒杯擲碎在地。」

「好，很好。」

雖然似懂非懂，但似乎明白了。是要碎盞出擊，隨著酒液飲下天佑神助，並發誓視死如歸吧！

主公在供頭的帶領下，站在神殿階梯。眼下多達八十名的臣僕，就連雜役小廝都人手一盞。默默看著眾人時，主公有種並非率領家臣踏上參勤旅途，而是出陣殺向關原或大坂的心情。

主公心中湧出身為武將的鬥志。雖然不明白具體做法，但沉睡在心底深處、蒔坂左京大夫的狂暴靈魂驟然復甦。

主公將酒杯一飲而盡，隨即擲碎在地。家臣也跟著照做。碎盞聲整齊劃一。

這時小姓捧來家傳寶刀，將刀柄轉向主公手邊。那是據傳為大猷院[55]恩賜的古青江大刀，雖然主公所在之處刀不離身，但他一次也沒見過刀身出鞘。

主公毫不猶豫，直接抽出刀來，彷彿體內的祖先靈魂正命令他這麼做。

55 即第三代將軍德川家光。

「誒、誒！」

令人驚訝的是，當主公這麼呼喊的瞬間，家臣們無不拔出刀來，就連雜役小廝都抽出了小刀。

「噢——」

勝利的歡呼化成了齊一的吶喊。

鵜沼宿還沒到嗎？

主公按著幾乎要翻過來的胃，忽然想起來了。

記得那叫小野寺一路的供頭第一次來陣屋謁見，是短短十天前的事。據側用人伊東喜惣次說，他在北辰一刀流出師，不僅如此，還在東條學塾擔任塾長，是個英才。

即便是才子，畢竟還是個不滿二十歲的年輕武士，更何況主公從來沒有在領國見過他。一個土生土長的江戶人，在這短短的十天之內，究竟如何籌備好這「遵循古禮行事」的種種呢？

不過看小野寺彌九郎如此忠心義膽，也許駐在江戶時曾傳授兒子許多事。他覺得這十分值得嘉許，然而區區的父子相授，能讓家臣如此萬眾一心嗎？

主公耳裡還殘留著眾人齊聲擲碎酒杯的聲音。勝利的吶喊也猶在耳際，難以忘懷，一切都宛如排演再三似地整齊劃一。

只能說不可思議。因為起駕日臨近，眾人忙於自身工作，不可能抽出時間演練。當然，那名年輕武士也不可能擁有率領家臣的人望。

不，即使撇開在田名部八幡神社的勝利吶喊，這趟異於往常的旅程第一天便已經驚奇連連。離開田名部陣屋後，第一天向來下榻岐阜的加納宿。平地八里路程雖然稍短，但途中必須經過揖斐川的呂久，以及長良川的河渡這兩處渡口，所以也只能趕這麼遠的路。

然而在這兩處渡口也前進得莫名順暢，渡船似乎已經雇好了幾艘，平時得花上一刻的渡河工作，眨眼間便結束了。

過了長良川一里十八町，便是加納城下。太陽仍然高懸著，但主公沒想到隊伍竟會直接通過，也不停下來打聲招呼。

加納城下是美濃的要衝，自古以來便是家康公女婿奧平信昌公的領土。現任領主是三萬兩千石的永井肥前守。

如果是外樣的小大名，只要簡單打聲招呼，繼續趕路無妨，但對方可不是能如此怠慢的對象。永井肥前守職奉幕府奏者番，也就是在江戶擔任參府、離府的上使，是參勤交代的監察官。更別說奏者番形同幕閣中出人頭地的登龍門，要是擔任此職，將來成為老中、若年寄也不是夢。

簡而言之，那是絕不能輕慢的大名，所以至少該派個使者前往致意，然而主公卻沒有下轎，隊伍就這麼直接越過。

現在回想起來仍覺得渾身冷汗。參與幕閣的大名可以免除參勤交代的義務，因此貴為奏者番的永井肥前守或許不在領國。但如果因為曉得這一點而直接路過，那就是小野寺一路太年輕、太欠缺思慮了，因為主公不在之際，留守家臣的眼光會盯得更緊。

從加納到鵜沼宿的路程漫長，天色逐漸轉暗後，隊伍愈趕愈急。主公在轎中上下左右地搖晃著，便忍不住猜想或許趕成這樣，不是因為時間緊迫，而是後有加納城派來的審問使者追趕。

就算當下對方沒說什麼，但會不會一抵達江戶官邸，城內派來的不是參府的上使，而是究問的上使，狠狠地怪罪他一番呢？

如果怪罪也就罷了，在旗本家臣的祿米都快發不出來的現在，意外獲罪也並非不可能。扣發俸祿，暫時閉門反省，或是閉門蟄居後被命令隱退。最後一種，雖然覺得不可能，但他也擔心難不成會造成家門斷絕。

漆黑的轎子裡，主公想起了《忠臣藏》第四段〈判官切腹〉中雪花紛飛的場景，這時他的心情更是抑鬱到了極點。

鵜沼宿還沒到嗎？

「啊，沒想到第一天就強行趕到鵜沼，往後真是不堪設想吶！」

支開旁人，只剩兩個人獨處後，蒔坂將監的身分便從後見役成了叔父。

這在大名家是絕不可能的事，不過蒔坂家雖有領土，卻因旗本身分而可以不必一一拘泥。主公對於恢復叔姪關係的這般時光並不感到排斥，這讓他感到平靜，更重要的是可以敞開心胸，詢問種種不明白的事。

主公從上間走下來，在自行斟酒的將監對面坐下。

主公首次下榻的鵜沼宿是一處相當豪華的本陣。

「你也該學學喝酒了。」

「不，都要三十五了還不懂酒的美味，就表示我的身子無法接受。」

「有時也得陪今上和幕閣飲酒吧？」

「那種時候我會假裝喝酒，掩飾過去。再說，城內的賜酒也只是形式上的賜杯而已。」

「真是的，你父親和祖父都是海量的酒中豪傑，怎麼就只有你這麼不能喝？」

對話會像這樣，彷彿主從顛倒。但將監公私分明，有旁人時絕不會端出半點叔父的架子。主公即使到了壯年還這麼重視少主時代的「後見役」，是因為他覺得變回叔父時的將監宛如先父，也像祖先之靈。

「還是我來向供頭說個幾句？」

「不，叔父大人，請別這麼做。確實是有些不安，但也有令人敬佩的地方。這旅途就交給供頭指揮吧！」

「沒問題嗎？」

「也只能這麼相信了。嗳，換個角度來看，不也挺有趣的嗎？」

將監一口喝乾自己倒的酒，閉上眼睛，點了點頭。

雖然喊他叔父，但正確來說，將監是父親堂弟的兒子。

年屆五十膝下仍無子嗣的十三代蒔坂左京大夫放棄直系繼承，從家族中迎來身心健壯的男孩，收為養子。換言之，將監原本是要成為十四代左京大夫的人物。

然而說巧不巧，就在這時側室生下了男孩。當然，孩子未必能平安長大，即使過了出生三十二日的神社參拜、一百二十日的初膳都還難保安康。總算覺得能夠放心，是他長到虛歲六歲的正月之時，以此為契機，將監被廢嫡，重返家臣之列。

當時將監已經完成十五歲的元服禮，因此要是父親的健康有任何疑慮，他隨時可以逕稱十四代左京大夫。但看來外人終究比不過親骨肉，父親要將監退讓。

「不可怠慢了將監，必須視他如生父、如祖先之靈，予以倚重。」

這是父親平日掛在嘴上的話。

主公至今仍偶爾會想，如果由年屆四十五仍未顯半點老態的將監繼承十四代左京大夫，蒔坂家是否就不會窮困至此，不僅如此，甚至還能參與幕閣，光耀門楣呢？

將監沒有子嗣，十五代左京大夫遲早也會是自己。然後，啊！光想就令人萎靡。自己迎娶將監的女兒縫，讓她生下兒子，是否就萬事太平了？

主公這種想法化成了對將監的敬意。雖然聽說家中也有人對將監的專擅獨行感到不滿，但敬意隨著父親的遺言，深深刻畫在主公心中。他從未將那些流言放在心上。

「直接通過加納宿，未停留致意這件事，一抵達江戶，我會立刻前往肥前守大人的官邸設法賠罪。」

「有勞叔父大人。」

「我和肥前守大人家的江戶家老[56]交情甚篤，只要贈禮投其所好，不會有什麼大問題。雖然得耗上一筆多餘的開銷。」

不管旁人怎麼說，蒔坂家果然還是少不了將監。

「對了，叔父大人，我一直感到不解，您為什麼將供頭這個重責大任交派給小野寺一路？」

「這還用說？既然父親過世，子承父業，本來就是天經地義。」

將監拿著酒杯，瞇起眼睛盯著主公的臉。這番話似乎別有深意，雖然依舊不解緣由，主公卻不曉得該如何回話。

「說到不解……」

將監回頭打開紙門，確定走廊無人。濕氣透過遮雨窗板傳了進來，外頭似乎下起了夜雨。

「隊伍異樣地整齊，這一點倒是令人在意。轎中的你應該不知道，但從馬上望過去，行列整齊劃一。除了小野寺以外，不可能有別人指揮，然而從加納到鵜沼的夜路趕得那麼急，卻沒有人有半句怨言，這也令人費解。」

「啊，確實。我在轎中也這麼感覺。」

「他的父親也是個辦起差事萬無一失的供頭，但只要稍有勉強，眾臣仍會怨聲載道。」

「我聽說小野寺一路年紀輕輕便文武雙全，會不會是因為如此，自然具備了統率家臣的能力？」

將監交抱起手臂，像在計算榻榻米紋路似地沉默了半晌。

「不，不可能。五十名徒士中，有一半都是沒見過他的領國武士。我不曉得什麼古禮，但

56 大名家駐守於江户官邸的家老。

被他這麼下令，田名部陣下的留守者只剩寥寥無幾。家臣都被拖出來遠行不說，又被迫趕路，沒有怨言才教人匪夷所思。」

將監說的一點都不錯。主公內心又響起那宛如赤穗義士的勝利吶喊，以及齊聲擲碎酒杯的聲音。目前他只能推測，隊伍是因為某種巨大的意志而團結一致。

「不可能是小野寺的力量，但也不是誰的力量吧！總之，是蒔坂左京大夫的武德終於顯在你身上了。」

主公差點沒笑出來，好不容易才把笑意嚥了回去。別說武德了，他還有那麼點自知之明，知道自己是個天下無雙的蒲柳之質。在江戶城裡遇到的主公全都半斤八兩，但在弱不禁風這一項，他有自信不落人後。簡單地說，主公容貌細長，白皙更勝優伶，溜肩宛如姑娘，聲音像伴奏清元小調的三味線一般尖高，膽小得連蚊蠅都怕，凡此種種，不可勝數。

但即使如此，眾人還是相信所有的主公都像古代的武將，體內隱藏著鬼怪般的武德。嗳，如果不這麼相信，支配社會的武士權威又要如何立足？

儘管他確實弱不禁風，主公還是看得很明白。換言之，主公看待將監口中的「武德顯現」，就如同指鹿為馬，還在鹿的前面一語斷定，教人笑掉大牙。

就算可笑，身為鹿的自己卻不能笑出聲來，立場教人難受。

「明天打算趕路到哪呢？」

「誰曉得！得經過太田河，還得爬上木曾路，頂多只能到距離八里之遙的細久手宿吧！」

將監的預測十分合理，但主公認為他猜錯了。那個名叫小野寺一路的年輕武士，所做所為非常人所能估量。

希望至少這場雨能趕緊下完，主公如此祈禱著。

3

離開第一晚下榻的鵜沼宿，很快便碰上了中山道的第一處山口。

終於要登上木曾山了嗎？不熟悉旅行的人會這麼想，但其實木曾川在這一帶大大地彎向南方，而這處山口只是為了避開它而短暫地越嶺罷了，木曾險峻的山路還在前頭。

從江戶日本橋到京三條，東海道共五十三站，中山道卻有六十九站，那麼為什麼多數旅人都選擇後者？第一個理由就是渡河。

東海道大致平坦，需要翻山越嶺的難關不多，但因為離海較近，必須穿越寬闊洶湧的大河。只要下場雨，水位上升就會造成封河，在關卡宣布開放以前，任何人都不許涉水渡河。因此被耽擱三、四天是理所當然的事，碰上梅雨或大雨時節，「十日河堵」也是家常便飯。被拖延多少天，就得增加多少旅費，因此只要思慮稍微縝密的人，就算明知得辛苦地翻山越嶺也會選擇中山道，道理就在這裡。

當然，走中山道也要渡河，而且因為上游河面較窄，地勢也較為險峻。但即使水位上升，河退得也快，最多等個一兩天便能過河。

在中山道上，橫越山谷是一大難關，因此多數路段就像在尋找可以越谷的地點般，與河川並行前進。在河流突然改變方向或蛇行的險峻之處，則離開河岸，逐漸開拓出越嶺的道路。說起來，東海道就像與大河的對立，而中山道是與溪谷的親和。

一出鵜沼宿就碰上的小山口，就是為了與木曾川親和而開拓的道路。越過山頭後，中山道再次來到木曾川北岸，很快地碰上自然與人類的妥協點——太田渡口。在這裡，中山道總算渡至河川南岸，即將深入木曾山路。

這一帶是成瀨家三萬五千石、名城犬山城主公的領地。

但成瀨家並非大名，而是尾張德川家家老的門第。到了御三家[57]之首六十二萬石的高位，雖然是家老，地位也形同大名。在尾張領地內朝美濃呈三角形突出的位置築起犬山城，因此對於東海道，可作為尾張的殿軍；對於中山道，則算是尾張的支城，似乎是這樣的軍事配置。

天色尚暗時就從鵜沼宿出發，處在坐轎的煎熬中總算來到小山頭前，蒔坂左京大夫一邊將早膳的便當塞進過度搖晃而感到噁心的胃袋裡，以略帶悲傷的眼神望著聳立在遙遠山巔的犬山城。

每回翻越這座山，都會讓他徹底認清同為主公，御三家與旗本竟是如此的天差地別。

〈供頭守則〉

七、自鵜沼行二里至太田　將渡木曾川

中山道中險處多有之
臨其第一關　士氣不可萎靡
一行自太田宿　須氣勢如虹　堂堂渡涉
參勤之行伍　行軍也

從江戶算起的第五十一站太田宿，雖然是臘月寒冬，依然充斥眾多旅人，熱鬧滾滾。這裡是飛驒街道與郡上街道在中山道合流的大宿場，光是客棧就有二十多家，也設有尾張家的代官[58]陣屋，以及監視太田渡口及木曾川水運的河哨站。

在太田陣屋擔任監督工作的成瀨善左衛門今年五十九歲，已經是個老官差了。他的姓氏與犬山城主尾張德川付家老[59]相同，神氣非凡，但幾乎——應該說毫無親戚關係。

根據家傳，累官至幕府老中的成瀨隼人正，因就任尾張大人付家老而辭去江戶時，隨之離開的一門之一就是善左衛門家的祖先。換句話說，只是姓氏與犬山的成瀨大人相同，連血緣關係都不清不楚。

因為這樣的淵源，「成瀨」這姓氏無論人稱或自稱都令人惶恐，因此人們都稱他「善左」。

57 指德川家宗藩當中地位最高的三家，尾張、紀伊、水戶。
58 管理幕府直轄地行政事務的地方官。
59 江戶時代的職稱，幕府派遣至宗藩，負責監督、輔佐的家老。

這個年頭，五十歲就讓出家名、過起自在閒適的隱退生活被視為武士風範，然而善左衛門卻綁著花白稀疏的髮髻，到了這把年紀還占了個閒差，其實是有令人同情落淚的理由。

善左原本讓獨生子繼承了家名，但兒子卻在前年秋天的大汛中，被木曾川的濁流捲走。善左衛門家雖然是尾張家的武士，但代代都是太田的水官。雖然也想過替留下來的媳婦招個入贅的女婿，維繫家名，但實在找不著年輕人願意來當這俸祿才三十石的小官。

他的妻子也像是追隨兒子似地去世了，善左衛門失意之下，讓出身稍微像樣的媳婦與孫女離開家裡，脫離關係，並申請復職。

為了可憐的媳婦及心愛的孫女著想，善左衛門決心讓這空有顯赫姓氏，實則來歷不明的家結束在自己這一代。

雖然現在的模樣早已不復當年，但年輕時的善左衛門可是個偉岸男子，堪稱尾張武士楷模。身長五尺九寸、重二十餘貫，實在不像偏鄉陣屋的下級武士，當然，他對刀槍的本領也有自信。然而現在這個時代，傳統武士的風貌和刀槍劍術，早已無益於出人頭地。

年老加上不幸，瘦骨如柴的善左衛門引來周圍的同情，得到這個最後的職務，緊抓不放。然而卻沒有任何像樣的工作能指派給他。現任代官和目付役[60]年紀都跟他過世的兒子相差無幾，精力充沛地執行公務。在陣屋任職的武士都知道，善左衛門什麼也不必做，給他一份糊口的俸祿，就是對他最起碼的照顧。

不，這並非深思熟慮之後的安排。派他去辦事，不一會兒工夫便氣喘吁吁，體力也衰弱得連腰間大小刀都不勝負荷，再加上又是個衰老的鰥夫，外貌寒傖。讓他坐著記帳也罷，卻又老眼昏花，手搖筆顫，記性也差，寫出來的字只剩假名，實在毫無用處。

即便如此，武士畢竟不是僕役。既然善左衛門都端出切結書，表明自家只到自己這一代，死後便歸還俸祿，也只能把他當作「同目付役」看待。

善左衛門住在陣屋附近的破屋，天色尚黑就醒來，比任何人更早出勤，扒上一碗茶泡冷飯。雖然廚娘說馬上就能開飯，但善左衛門清楚自己沒資格吃剛煮好的熱飯。

接著他混在僕役之間，灑掃陣屋。不一馬當先，而是在不妨礙他人工作下，讓人覺得「他生性潔癖，沒辦法」，而任由他做，這其中的拿捏頗為困難。

等到官吏出勤的時刻，善左衛門就端把板凳坐在陣屋大門旁，然後也沒做些什麼，只是抬頭挺胸，刀尾立地，靜靜地注視著大街上。

中午時分，善左衛門也不用陣屋的伙食，而是到陣屋遠處的熟悉飯館，吃碗十八文的蕎麥湯麵或素烏龍，再擱下二十文錢回去。

值勤武士的退值時間是午八刻，但善左衛門會一直在大門口坐到暮六刻。雖然得以免除夜班職務，但也沒有休暇。

不論風雨，成瀨善左衛門的工作一成不變。

文久元年辛酉十二月四日。

---

60 江户時代官職名，即監察官。

寒冷的清晨，北風在雨後的天空呼嘯而過。

善左衛門一如往常，坐在陣屋門旁，在還沒完全散去晨霧中，看見一名雲水僧快步走來。

「一大清早就開始值班，大人辛苦了。」

雲水僧以洪鐘般的聲音說。那聲音，還有斗笠底下剛毅的面容，善左衛門都有印象。記得這名和尚幾天前也才路過向他打聽事情，但那時是上行，今天則是下行。

「從那之後，木曾川的狀況如何？」

想起來了，幾天前和尚也問了同樣的事。到底是為了什麼在中山道來來去去？這個和尚也真忙。

「噢，你是前些日子的師父。太田渡口一如往常，不必擔心水位。不過這幾天氣溫驟降，河水也冰寒刺骨，要說辛苦，也非常辛苦吶！」

「渡河腳伕都在吧！」

咦，這問題可怪了，善左衛門感到訝異。行腳的雲水僧怎會擔心有沒有腳伕？這年頭的年輕人一個比一個不管用，難道他也是其中之一？

「出家人在外修行，渡河不需要雇腳伕吧？瞧師父這身模樣，讓腳伕扛在肩上過河，豈不教人笑話？徹骨的寒水也是佛家子弟的修行之一啊。」

「不，不是我。」

雲水僧摘下饅頭笠，回望來時的西方，似乎在斟酌該怎麼說。

「今天會有貴族的隊伍路過這裡，貧僧因為某些原因擔任先導。」

這更奇怪了。說到這時節的參勤隊伍，就只有西美濃田名部郡的蒔坂左京大夫，但這位大人從來不曾停留太田宿，隨從人員也簡樸得讓人覺得江戶參勤只是虛有其名，所以代官也只會出來陣屋前打聲招呼而已。

有時，隊伍也會在不知不覺間過境，但彼此都不計較這些，因為尾張大納言與交代寄合的地位相差甚遠。

「這樣啊，辛苦師父了。但任命和尚擔任先導，可真是聞所未聞。」

「不，不是任命，是貧僧自願扛下這個工作的。」

「噢？這又是為什麼？」

雲水僧露出厭煩的神情，看來他不想再和自己這個老官差問答。家家有本難念的經，而自己竟好奇地探東問西，善左衛門感到羞愧。

「我不該問這麼多，請見諒。人一上了年紀就愛多管閒事，真傷腦筋。」

善左衛門合掌，垂下花白的頭膜拜。不料抬頭一望，雲水僧竟將纏繞著念珠的一手放在胸前，以和善的眼神注視著善左衛門。

「看大人的表情哀傷。」

善左衛門心頭一凜。難道心事顯露在臉色上了嗎？

「居然觀察武士臉色，你太放肆了！」

莫非這名雲水僧其實是扮成僧人的修驗者？如果蒔坂家的主公因為流年不利等理由，派了去邪氣的修驗者擔任先導，也未嘗不能理解。

「渡河腳伕的事……」

善左衛門話鋒一轉。

「這個時節腳伕收入不佳，常以河水太冷為理由要求多添點錢。但哨站前掛出來的渡河費四季都一樣，所以無論他們說些什麼都不須多付。如果腳伕們出言恐嚇，就說是太田陣屋的善左這麼說的就行了。明白嗎？」

「是。陣屋的善左大人是吧！」

「就像你看到的，我只是個坐吃閒飯的老頭子，但在渡河腳伕之間還算吃得開。」

「原來是這樣。有大人這句話我就放心了，但如果不妨，可以勞駕大人到渡口一趟嗎？」

「不不不！」善左衛門搖了搖頭。從太田陣屋到渡口雖然只有短短半里路，但他的身子骨已經衰弱到連這趟往返也禁不起了。只是稍微走段路，就覺得胸口窒悶，不時得停下來喘口氣。

「坐在這大門視察道路，是在下職責所在。雖然是個老東西了，但身為尾張武士還是得鞠躬盡瘁，不能擅離職守。」

「那麼我就遵照大人的話，萬一碰上問題，就借用大人名號了。」

「不必客氣，儘管拿去用吧！」

雲水僧恭敬地行禮，以行雲流水般的速度疾奔而去。

過了小半刻，陣屋的武士才三三兩兩地出勤。

善左衛門眨眨眼，從板凳站起來，心想自己總算是老糊塗了，一會兒望天，一會兒敲敲白髮蒼蒼的腦袋。

因為中山道的右方，一排宛如從戰國時代誤闖現代的徒步武者，正高挺胸膛，揮舞著胳臂沿路走來。

從那威風凜凜的模樣，一眼便能看出他們絕非幽魂。雖然善左衛門沒有撞鬼的經驗，但就算是武者幽魂也會更避人耳目，散發出幽怨的氣息才對，更別說眼前是旭日光輝的坦坦大道。

第一眼，善左衛門只是驚訝得合不攏嘴，但愈是靠近，愈是看得痴迷。

全面捶金的笠盔反射著朝陽，閃耀奪目。身上是令人眼目一亮的猩紅戰袍、錦緞褲裙，右手提著單鐮十文字長槍，腰上佩著灑金大刀。如果以戰國武將比喻，應是外貌氣派、重情篤義的佐久間玄蕃允盛政公吧！

善左衛門原本必須站到路中，舉起雙手攔住，喝問「來者何人」，但他忍不住看得痴迷，怔立在原地。

果然不是幽魂。眼前的武者非但不因受到矚目而退縮，還得意氣風發地邁開大步前進。這要是一般見識的武士，肯定會為那身打扮羞得想鑽進洞裡，然而感到羞恥的卻反而是看著的人。出勤途中的陣屋官吏全都停下腳步，目瞪口呆，為武者那身金碧輝煌的行頭看得如癡如醉。

「辛苦了！」

經過陣屋門前時，武者以幾乎要擺出歌舞伎架勢的清朗聲音說。

「辛苦了。」

善左衛門忍不住回以同樣的話。

「請代為問候尾張大納言大人。行軍趕路，就此失禮。」

這個人口齒清晰，聲音有如洪鐘，再加上威風凜然的口氣，宿場官吏竟然沒有人招架得住，全跪到了地上。百姓也立刻下跪。

善左衛門跪下單膝。忽然一看那個背影，燦光逼人的武者背上揹著的，毫無疑問是染著割菱家徽的旗幟。

武田信玄公的隊伍。

不，怎麼會有這種荒唐事？說到行經中山道的割菱家徽，除了蒔坂左京大夫以外，別無其他。

那麼，這是教人噴飯的餘興表演嗎？想振作精神起身的瞬間，善左衛門及武士們又忍不住屈膝了。

開道武將身後，接著傳來「迴避！迴避！」的聲音。

這又是響徹冬季雲霄般的嘹亮美聲。先是一道高聲長呼「迴避」，緊接著另一道聲音蓋上去似地接著喊「迴避」。兩道嗓音音質、音量完全相同，聽起來悅耳極了。絲毫高傲之情也沒有，如果要打個比方，就像是教人聽得入迷的馬販子歌。

不久後通過的，是有如從畫中迸現的武家家奴。

「噢！」善左衛門低呼。四十多年的陣屋生涯中，他從未見過如此氣宇軒昂的持槍家奴。剃得青灰的月代上，擱著粗壯油亮的髮髻，從太陽穴延伸而出的豐盈撥鬢與鬍鬚相連，肥碩的軀體就像是因食肉而壯實，衣擺撩起挾在腰間，裸露的小腿不僅不讓人覺得寒酸，反而粗壯如同圓木。

那麼健偉的家奴，居然是一模一樣的一對，驚奇更是加倍。凝目細看那對家奴手中的長槍，善左衛門再次驚奇不已。

那是長達一丈多、有如鬼怪般的長槍。朱漆長柄上纏繞著赤銅絲圈，重量恐怕有五至六貫之重吧！兩名家奴一人一隻，輕巧地單手舉起，不停地高呼：「迴避！迴避！」

聽見這番怪事，代官及目付役都從陣屋玄關跑了出來。

「放肆！」

代官朝隊伍暴喝一聲。

「迴避迴避，這是哪來的話？尾張德川家可是御三家之首，位極從二位大納言的武門龍頭。尾張主公該要低頭的對象，除了將軍家以外別無他人。哪來的暴徒！」

隊伍非但沒有停下腳步，兩名家奴還將同樣的兩張臉轉向代官瞪了上去。

「我們，」

「又不是在說，」

「向蒔坂主公，」

「低頭下跪。」

「這兩把朱槍，」

「是東照權現大人恩賜的，」

「尊貴御槍，」

「就算是尾張大人，」

「也不得不向它低頭。」

「確實，尾張大人，」

「唯一必須低頭的對象，」

「除將軍家外，」

「別無他人。」

「迴避！」

「迴避！」

代官臉色赫然大變，立刻在門前跪下單膝。

隊伍順利通過了。那異於蒔坂左京大夫平時隊伍的森嚴，令善左衛門瞠目結舌。

「喂，善左，那真的是蒔坂大人的隊伍嗎？」

代官低垂著頭，抬起眼睛偷覷著隊伍，聲音顫抖。

「哎呀，真是嚇壞我了。那確實是左京大夫的隊伍，但卻與以往大相逕庭。看起來就像接到會戰的出征命令，馳赴江戶的行軍隊伍。」

「行軍？」

代官略抬起頭，難以置信似地再次喃喃道：「行軍？」

「仔細想想，代官大人，參勤本該如此吧！我們全忘了武門體統。」

田名部眾家臣全都不目斜視地勇往直前。腳步聲強而有力，步幅也整齊劃一。善左衛門在心中一一為他們穿上鎧甲，眼前果然浮現出接到出征命令，趕赴江戶的東照神君譜代家臣的壯大軍容。

「原來這才是旗本啊，原來如此。」

代官想必也有同感，感慨良多地說。

人數也比平常更多，但與各大名相較，仍是極短的隊伍。不過武士們臉上那身為將軍家旗本的自豪之情清楚可見。

繼箱籠與徒士之後，轎子來了。疑似供頭的年輕武士邊走邊屈身低語，接著打開轎門。裡頭坐的總不會是信玄公吧？可怕的妄想掠過善左衛門的腦袋，幸好轎內坐的是見過幾次的蒔坂左京大夫那張聰慧細長的臉。

看上一眼，善左衛門立刻放下心來，跪伏在地。轎子並未停歇，只聽見供頭一聲「回禮！」，轎伕的步伐縮小成半步而已。

左京大夫只微微頷首，供頭便闔上了轎門。轎子靜靜地離去。

「請起身。如果被上頭知道讓尾張大納言的家臣下跪，肯定免不了一場風波。」

但代官和武士都跪著單膝，不肯起來。

長槍、鐵砲、弓箭。繼武將蒔坂左京大夫的武器之後，長槍組、鐵砲組、弓箭組的足輕[61]

61 足輕為江戶時代最低階的武士，戰時擔任步兵、雜兵。

一路隨行，而每張臉孔也都像正要趕赴戰場。

「在下是供頭小野寺彌九郎的兒子一路。往後請多關照。」

年輕武士恭敬地問候。善左衛門認識小野寺彌九郎這名武士。這麼一說，他們的確非常相似。

「啊，是小野寺大人的……」

善左衛門說到一半，代官瞥了他一眼，然後不再多說什麼，回陣屋去了。

代官的體恤，令善左衛門胸口一熱。小野寺彌九郎正值壯年，離隱退還早，而他的兒子會就任供頭，代表他不是大病過世，就是遭遇不測。

雖然這也教人同情，但再怎麼樣，都不及白髮人送黑髮人不幸。代官肯定是顧慮到這一點。

「雲水僧是這支隊伍的先導吶！」

年輕武士的模樣太耀眼了，善左衛門轉向隊伍的前方說。

「是的。說來丟臉，在下就像這樣，乳臭未乾，因此菩提寺住持代替亡父，多方相助。」

善左衛門本想轉換話題，卻沒有成功，垂下頭去。被木曾川的濁流捲走的，怎麼樣也不該是年輕的兒子。

「我……」

話接不下去，湧上善左衛門咽喉的嗚咽變成乾咳。

「在太田渡口當差已久，只要亮出名字，腳伕、轎伕絕不敢漫天開價。這我已經先告訴師父了。」

「這樣啊。感激不盡。」

「幸好今年幾乎沒有碰上大汛，這個時節渡河更是輕鬆。」

自從吞噬了兒子之後，木曾川便一下子安分了下來。善左衛門總是想，也許兒子成了獻祭的供物。

成瀨家的職務就是守住太田渡口。善左衛門自兒子懂事以來，便時常這麼教訓他。沒想到對職責全心投入，反而招來災禍，害得兒子消失在木曾川的濁流之中。被捲走的，怎麼樣也不該是兒子。

兒子在水位高漲的河岸四處奔跑，催促腳伕上岸避難，結果自己卻成了河神的供物。所以正確地說，腳伕並非服膺善於左衛門，只是視他為救命恩人之父，敬他三分罷了。

隊伍齊整劃一地通過。兩匹備馬、大小箱篋，殿後的則是騎馬武士。

「啊，善左大人。」

這時一名熟識的江湖術士出聲向他寒暄，是往返中山道的算命師。

「呀，大人還是老樣子，一副糟老頭模樣。如果大人願意，要不要小的來為您改頭換面一番呀？」

這爽朗的聲音果然是巡行梳頭的新三。

「不必啦！都這把年紀了，換頭換面也沒啥用處。倒是你們倆，跟這支隊伍是什麼關係？」

兩人緊跟在後，看起來就像隊伍的附屬物。

「沒什麼，因為這隊伍實在太威風凜凜，小的覺得一道走也頗有意思。」

朧庵在北風中縮了縮纏著呢絨圍巾的脖子答道。

「小的則是覺得跟在這麼威武的大隊後頭，肯定能大發利市。」

原來如此，只要一個個輪流為這英姿颯爽的隊伍成員梳頭，自然可以輕鬆賺進大筆錢財。

「今晚不能陪善左大人飲酒通宵了，後會有期。」

「那麼大人，我們先失陪了。」

兩名逍遙自在的行商之人說完便趕上隊伍後頭。

善左衛門目送兩人的背影，總覺得瞧見了什麼令人驚異的東西。

先導的和尚、開道的華美武者、高舉恩賜御槍的兩名奴僕、雄壯的備馬，還有亦步亦趨的江湖術士跟梳頭師傅。雖然是一隊令人莫名其妙的隊伍，卻總教人覺得如夢似幻。

忽然間，善左衛門沉鬱已久的心變得輕盈起來。

「你說你叫什麼名字？」

「在下小野寺一路。」

「一郎？」

「不，是一路，一條路的一路。」

善左衛門覺得這真是個好名字。

「我有個就快五歲的孫女。」

善左衛門轉頭望向快晴的南方天空。孫女在木曾川遙遠另一頭的媳婦娘家，是否正健健康康地成長著？

「叫阿水。河水，木曾川的河水，就是從這兒命名的。」

「對照自己的名字，在下感同身受。在下也是家祖父命名的。」

「做爺爺的總是這樣。愈是上了年紀，愈明白自己在差使上有多麼不夠盡力。所以才想著至少將這份心意寄託在孩子身上，為這不周的人生做個警惕。對孫子來說，也許只是平添麻煩，但要是不這麼做，心裡實在過不去。」

年輕武士望向腳邊，若有所思。

「感謝大人這番話。有時雖然也會感到厭煩，但現在總覺得又有了力量。」

「我這老頭子絆住你多話了。快去吧！供頭不可離開隊伍。」

「那麼，晚輩告辭了。」

小野寺一路恭敬地行禮，趕上隊伍。

如果能夠，真想親眼看這不可思議的隊伍渡過木曾川。冷歸冷，但在連日天晴的現在，水流緩慢，水深至多也不超過三尺。只要將轎子和箱籠等等放上渡船，田名部的那些武士就可以一口氣涉水渡河吧！

連這都無法親眼看見的老殘身軀，讓善左衛門打從心底覺得窩囊。

門旁的板凳上留下了自己的屁股印，善左衛門忍不住吆喝一聲坐上去，這時，一陣難忍的劇痛忽然侵襲胸口。

以刀為杖，挺直背脊，善左衛門堅定地注視著中山道。

絕不能再低下頭來。必須用一輩子緊盯著木曾川的這雙眼睛注視著中山道。白髮送黑髮的不幸、家名的斷絕，全吞進這身年邁軀體，我要成為一條名為武士的大河，善左衛門心想。

「阿水……」

睜著眼皮，就這麼墜入黑暗時，善左衛門握緊刀柄，呼喚比家名更心愛許多的幼孫之名。

4

〈供頭守則〉

八、雖未入木曾山

　自御嶽起　上行坡險

一行尚不習山路　不宜強行

先於西洞坡請主公下轎　乘馬而行

越物見嶺　琵琶嶺

於大湫或大井宿營

主公平日就沒有「盤腿而坐」的習慣。

當然，他曉得盤腿這回事，但身體已經完全熟悉端坐的姿勢，盤起腿來反倒覺得拘束。因此即使坐在轎裡，他也規規矩矩地併攏雙膝跪坐著。

如果是過去的旅途，這一點也不算什麼，但這次的路程就是個「趕」字。只在鑲邊薄蓆上鋪了塊薄坐墊的轎子裡，主公跪得小腿麻痺，膝關節處叫苦連天，但要是握住吊環抬起後臀，便換成腰桿子痠痛。

在太田渡口越過木曾川後，就是伏見、御嶽。原以為會參拜因靈驗而香火鼎盛的願興寺蟹藥師，順道小歇，沒想到隊伍又破了常例，勇往直進。

太陽仍高掛天頂，照這樣下去，不可能在往常的宿場細久手留宿，或許會繼續趕到再過去的大湫或大井宿場。

在狹小的轎中，宛如魔著了般一動也不能動彈，主公的情緒低落，幾乎到了谷底。遼闊的濃尾平原也在這一帶結束了，距離深山窮谷的木曽路還有好一段路，但接下來必須連續翻越好幾座山頭，是形同地獄般的煎熬。

忽然間，主公想到可以來盤個腿坐坐看。雖然盤腿坐姿邋遢，但也許在這種情況，會是個舒適的姿勢。反正轎門也不會忽然打開，萬一有人出聲，到時候再恢復端座不就成了？

主公認為見四下無人就為所欲為，實在有違武士道，但他逼不得已，受不了膝蓋與小腿的疼痛，偷偷地鬆開腳。

這時，主公忍不住驚叫：「啊！」因為試圖彎曲成不熟悉的形狀，兩腳小腿同時抽搐。

身為武將，絕不能發出痛苦的哀嚎。主公一手摀口，不停地踢動抽搐的腳。

繃得像鋼鐵般僵硬的小腿，或伸直或彎曲，就是不肯恢復正常。萬一踹翻小炭爐就糟了！主公讓腳維持原狀，仰起身體，沒想到連番勉強，這回連大腿也跟著抽搐。別說折騰了，簡直就像在活地獄裡。

「主公，怎麼了？」

供頭的聲音響起。如果察覺有異，應該先停下轎子才是，然而隊伍依然如故，快步前進著。已經顧不得盤腿或端坐了，主公咬住外衣袖子，全身弓僵著。

「主公，哪裡不適嗎？」

總不能說腿抽搐，家臣們正用著兩條腿趕路，而自己卻沒下轎走過半步路。不行走有不行走的苦處，這話他怎麼說得出口？

「小野寺……」

「是！小野寺在此。」

主公咬著衣袖，出拳捶打繃成鐵棒的大腿，好不容易才開口：

「雖然還不到木曾路，但得在這一帶先熟悉一下山路。讓轎伕抬著空轎吧！牽馬來。」

「多謝主公體恤。小的立刻安排，請主公稍待。」

等不及了，總之先放下轎子吧！主公想說卻不能說。右腳好像輕鬆了些，於是主公伸直左腳，不料折起的右腳又猛地一抽，額頭結結實實地撞在狹小轎內的天花板上。

「停！」

供頭厲聲命令，隊伍總算停了下來。

轎門開了。連聲痛也沒喊，主公自己都想叫好，但實在沒有力氣恢復跪坐了。主公仰躺在座墊上，將僵硬的右腳盡情地伸出轎外。

「啊！這是怎麼了？」

主公強忍痛楚，小聲開口：

「小野寺……拉。」

「是！馬立刻就來！」

「不是拉馬，拉我的腳。」

供頭愣了，但也僅止於一瞬。不愧是在東條學塾擔任塾長的英才，他立刻明白發生了什麼事。

「得罪了。」

供頭話聲剛落，隨即一把捉住主公雙腿，拖出使勁地伸縮。

疼痛直衝腦門，但痙攣不一會兒就消失了。

「噢，爽快了。這有什麼訣竅？」

「是！冷天練武時，常會遇到這種情形。」

原來如此，都忘了這小子不只是腦袋聰明，還是千葉道場出師。

「可以了，拉馬來。」

主公穿上剛拋過來的草鞋，走出轎外。家臣全都跪下單膝，低垂著頭，應該沒有人目擊自己剛才的醜態吧！

主公不著痕跡，佯裝對轎子有些厭膩似地輕輕打了個哈欠，彎曲膝蓋。

忽然他想到一件事，叫住供頭。過去說到備馬，就只有一匹座騎，但或許是依循古禮的緣故，這回有兩匹。

「不要白雪，牽另一匹來。」

為什麼主公這麼要求，供頭就赫然一驚，手足無措起來？在陣屋檢閱家奴時吸引主公目光的那匹馬，比座騎的白雪更雪白、更雄壯。主公酷愛騎馬，一直想找機會騎騎那匹馬。

「稟報主公，再過去的西洞坡又名『牛缺鼻坡』，是個險峻的陡坡，主公騎熟悉的白雪會不會比較好？」

主公有自知之明，自己既不懂耍刀弄槍，又手無縛雞之力，但論馬術，他有自信不落人後。因為喜愛騎馬，所以騎術精湛。因此主公再次命令：

「如果我看馬的眼光不錯，那是匹不遜於白雪的名馬。不必擔心。」

究竟有什麼不方便？只見供頭支吾其詞，彷彿想進一步勸退。但臣子可不能違逆主公的命令。身為武將，必須比任何人都更精通馭馬之術，擁有傑出的識馬眼光。雖然毫無道理，但武將的定義即是如此，也莫可奈何。

馬牽來了。

自己的眼光果真不錯。看這堂堂的馬身，想必超過八十貫重。安著鑲金馬鞍、佩戴緋紅馬飾與韁繩的模樣，完全可與宇治川會戰中的名馬「生喰」、「磨墨」相比肩。

「很好。」

主公絕對非敷衍，而是發自真心這麼說。因為湊近一看，他更確定眼前的確實是匹名馬。真是匹恭順的馬。不僅無懼初次騎乘的主人，就算是凶猛的馬販子來騎牠，想必也不會反抗。牠宛如開悟得道的修行僧，散發一股崇高之情，彷彿正感謝著讓自己活下來的一切。

「牠叫什麼名字？」

供頭手握韁繩，難以啟齒似地答道：

「是！名字……叫小斑。」

「小斑？這樣一頭純白的灰馬，為什麼叫小斑？」

「是！呃，稟報主公，小的聽說是因為如同神駒般潔白，所以仿傚祝詞中的『天斑駒』，命名為小斑。」

不只外貌壯麗，還是匹聰明的馬。知道自己成為話題，馬兒滿足地呼嚕呼嚕哼著鼻子。

主公悄悄計畫，就騎著這匹馬一口氣登上險峻的西洞坡吧！這麼一想，他便迫不及待，坐僵了的身子忍不住癢了起來。

但主公騎馬有許多麻煩的規定。首先，要在小姓擺出的大將長凳上坐下，綁上綁腿，換上草鞋。換褲裙太麻煩，因此這時只將褲裙兩側開口處撩上腰帶，方便行動就好。主公戴上笠盔和手背套後抓住遞來的馬鞭，輕巧地跨上馬。

咦？主公詫異了。無論再怎麼溫馴的馬，有人騎上去，多少都會有些奮起的反應才是，然而這匹馬卻像石像或木馬般，動也不動。怎麼回事？

以馬鐙輕踹馬腹，依然不動。可能是性情太過溫馴，但主公覺得再這樣下去，關係到武人顏面。

供頭拉轡，馬依然繃直前腳不動。跪下單膝靜候著的家臣們全都抬著眼睛偷覷。

「小野寺，不用牽，交給我來。」

供頭聽到命令，瞬間露出驚愕的表情，但主公的命令不得違抗。

蒔坂左京大夫非是武將不可。這八十人並非主公所率領的軍隊，而是身為武將的蒔坂左京大夫的隨員，也就是附屬物。

主公緊握住緋紅的轡繩，兩腳跟踹上馬腹，使勁地甩了一下鞭子。

瞬間，馬匹震動巨軀，狂奔而去。隊伍「哇」的一聲左右分開。好快！不，不是佩服的時候，萬一被甩下馬，武人的顏面可要丟光了。

主公忍不住放開緊抓住的鬃毛，重新握好轡繩。必須盡快展現這並非悍馬失控，全是自己命令牠馳騁的樣子來。

「乖，乖。嘿，小斑，跑慢點，乖！」

令人訝異的是，小斑居然懂得人話。遠遠拋下隊伍後，馬匹便轉為快步，眼看就要登上西洞坡。

「嘿，小斑，接下來路還很遠，常步就行了。」

果然，馬從快步變成了常步。但因為體型夠大，依然迅速地上了坡。主公暫時撥馬，朝著在杉林遠方驚慌失措的隊伍說：

「不必擔心！我在山頂等著，慢慢上來吧！」

山路逐漸變得崎嶇。這是俗稱「牛缺鼻坡」的險處。小斑頑強地走在那確實教牲畜累得直舔鼻頭的陡坡上。

不久後，那白色的鬃毛開始冒出蒸氣，但小斑完全沒有放慢速度。

「白雪也是隻好馬，但年紀大了。從今以後，就讓妳當我的座騎吧！」

小斑走著，感激涕零似地嘶叫了一聲。多惹人疼愛的聲音啊。難不成這馬在過去的日子裡嚐盡了世間辛酸？主公想著。如果馬兒認為成為主公座騎是天經地義的事，便不可能生出任何感激之情。

「妳有過什麼難過的遭遇嗎？」

馬兒爬在石板路上，健碩的脖子彷彿在上下點頭。

「也是吧！武士都窮了，沒錢買什麼馬。但話說回來，商人也不能騎馬，即便是名馬，如果賣不了錢也是空藏美玉。碰上這樣的世道，妳肯定也吃了不少苦。」

這回馬兒明確地點點頭。從常綠樹林間灑下的陽光，將雪白的頸項染得斑駁。不久之後，隨著前進的腳步，馬頸上也漸漸滲出汗珠。

白雪年紀老邁，主公的座騎非換不可，家臣肯定也為此煞費苦心吧！在主家庫房匱乏的這時節，為了購入這麼一匹名馬，究竟費盡多少辛苦？主公想著。

雖然不能說出口，但既然要買，主公其實想要一匹花斑馬。

去年正月總登城之際，主公在加賀宰相的隊伍中瞧見了。那是支在護城河畔綿延不絕、多達上千人的大隊伍。而宰相的馬竟是一頭褐白相間、花色奇特的花斑馬。

說到大名的座騎，大半都是白灰或棗色，但灰馬年齡漸長，毛色也會從灰色轉為白色，因此毛色愈白，愈顯得老態龍鐘，而黑馬毛色愈黑，脾氣就愈大，愈難駕馭。加賀宰相的花斑馬看似溫馴聽話，外型也十分俊美，渾身盡顯無愧於百萬石大名座騎的威嚴。

「如果你也如其名是隻花斑馬，就和那百萬石大名的座騎一模一樣了。我不會因為這樣就挑剔妳，但實在可惜啊！」

主公說著說著，忽然懷疑自己眼花了。因為小斑汗水淋漓的脖子，不正鮮明地浮現出花斑來了嗎？

「哎呀！果然是神駒！」

主公的驚訝非同小可。細看馬身，隆起的一邊臀部成了褐色，而尾巴和鬃毛也彷彿被濛濛蒸氣洗滌一般，逐漸從白色轉為栗色。

只見小斑若無其事，默默走在陡峭的山路上。主公感動極了。田名部八幡的神威，終於顯在蒔坂左京大夫身上了。

站在山頂上，西方隔著濃尾平原，遙望冠雪的伊吹山。轉頭北望，遠處則是巍峨的白山。主公在馬上膜拜這些靈山，等待隊伍抵達。北風冷得透骨，但如獲神威的胸口卻熊熊地燃燒著。

「主公！」

第一個衝上山來的是負責為隊伍開道的佐久間勘十郎。

主公雖然交代慢慢來即可，但讓主子在前方開道，做臣子的肯定驚恐不安。隊伍想必已經爭先恐後地搶上「牛缺鼻坡」了。

主公正在想誰會第一個到，而勘十郎不愧是佐久間玄蕃允盛政的後代，即使全身穿戴沉重的盔甲，手提單鎌十文字長槍，依然不落人後。

主公覺得非得嘉獎一番才行，於是在馬上展開扇子，讚許了一聲：「漂亮！」話說回來，雖是遵循古禮，但這身琳瑯滿目的打扮究竟是怎麼回事？就連主公看著都覺得臉紅，他本人怎麼能滿不在乎呢？

確實，論刀槍騎射之藝，勘十郎在蒔坂家無人能出其右，可說是天下無雙，但他就是缺了那麼點腦袋，真是美中不足，可惜了這個人才。

看來主公這聲「漂亮」讓他喜上雲霄，勘十郎在敬拜之前，先將十文字槍高舉向天，連做了兩三次氣勢十足的戳刺動作。果然還是少了那麼點腦袋，如果生在戰國亂世，也許能成為一國一城之主吧！要說可惜，也真是可惜。

「不愧是勘十。」

主公讚賞道，勘十郎害臊不已，總算放下了長槍。

「臣不勝歡喜。畢竟小的一介武人，除此之外別無長處。」

「這我知道——」主公好不容易才嚥住這句話。從勘十郎那副靦腆模樣來看，似乎不是個厚臉皮的人。大概是儘管靦腆，但什麼都願意做的那個類型吧！

「主公大人！」

「主公大人！」

「主公，」
「大人！」
「小斑——」
「兒——」
這是山中回音嗎？一模一樣的渾厚聲音從曲折的山路左右分別爬了上來。
主公正在想第二個抵達的是誰，開闊的山頭便冒出了兩名一模一樣的持槍家奴。真是了不起！扛著長達一丈餘的長槍，光是走在林蔭道上便極其辛苦，沒想到區區家奴竟然能緊追勘十郎之後。
兩名家奴奔上山頂，卻在主公面前愣在原地。撥鬢淌下的汗水擦也不擦，魁梧的肩膀整齊一致地上下起伏，然而不曉得為什麼，四隻眼睛盯著的卻不是主公，而是主公胯下的馬。
「小斑兒！」
兩人同聲開口。那聲音就像虛脫似的。
「喂，在主公御前還不快跪下！」
勘十郎斥責道，兩名家奴便舉著長槍跪了下來，但那雙眼睛還是一樣，膽戰心驚地對著小斑的毛皮看。
主公親切地對兩人開口：
「也難怪你們吃驚，看來這匹馬果真是田名部八幡大神的神駒。」
勘十郎與兩名家奴立刻敬畏地應聲跪伏。三人背部不停地顫動著，是感動流淚嗎？總不可能在笑吧！

話說回來，主公覺得這場遵循古禮的參勤隊伍是一連串超乎尋常的驚奇。

八十名家臣步伐齊整，展現威武的行軍英姿。而順利渡越太田渡口來到這處西洞坡時，終於目睹了神威顯現。

「主公！」

第三個接近的聲音想必是供頭吧！那叫小野寺一路的，也許真的是名非凡的武士。

主公撫摸著徹底化身為花斑馬的馬頸，朝遠處的白山合掌。

不過，合掌的掌心上沾滿的這些白色粉末，究竟是什麼？

〈供頭守則〉

九、至本陣　主公夜寢

隨從須外廊伺候坐更

又小姓應於枕畔　徹夜奉讀諸戰記

太平記　盛衰記　平家物語等

陣中臥而不寢　武將之本分也

「有二武者策馬而來。一騎為梶原源太景季，一騎為佐佐木四郎高綱。遠處尚無可辨，二者奮勇爭先，梶尾較佐佐木先一段[62]之地……」

主公興奮極了。雖然漫長的路程讓他的身體累得像團蒟蒻，但小姓在枕畔開始誦讀的睡前故事，正是名馬磨墨與生唼爭打頭陣的《平家物語》〈宇治川〉一段。

騎生唼的佐佐木高綱是近江武將。雖然主公與他毫無淵源，但想到同為鄰近之地的武將，就忍不住想為他助威。主公仰躺在純白紡綢的被褥上，魂早已飛到遠古源平之時的宇治河畔去了。

「筆直渡河，上對岸。梶尾座騎磨墨在河心，展扇形於湍流之間，由遠方下游處登岸。佐佐木朗聲報名，『我乃宇多天皇九代後裔，近江國佐佐木三郎秀義之四男，佐佐木四郎高綱，任宇治川先鋒。』……」

雖然無從表露，但主公的興奮之情在這時達到最高峰。

然而另一方面，他也覺得這樣的睡前故事連夜持續，教人消受不了。上床之後的半刻，小姓不停地誦讀《平家物語》。以為終於讀完了〈宇治川〉一段，這會兒又換了個小姓，讀起〈忠度之死〉一段。

「薩摩守忠度乃西軍大將軍，是日身著群青錦緞直垂[63]、黑絲綴鎧甲，壯碩黑馬為騎，佩描金描銀漆馬鞍，百兵簇擁，從容無迫……」

多麼令人嚮往啊！以歌人身分名滿天下的平忠度，在這裡以武將之名光榮捐軀，是古今傳頌的知名場面。

不，一點都不令人嚮往。這樣通宵誦讀，必定會影響明天的路程。明天就要踏入山中的木曾路，為了扛轎的轎伕著想，主公得自己騎小斑上路。

「別讀了。」

雖然想再聽下去，但主公這麼吩咐小姓。

「稟報主公，供頭指示，必須在主公枕畔誦讀戰記直到天亮，請主公繼續垂聽。」

又是那什麼「全依古禮行事」嗎？主公嘆著氣爬起身來。

這是路途中的第二站，大湫宿本陣。主公覺得無論如何，在第一站就駁回小野寺的指示未免太過狠心，但從今以後不能再樣樣遵照古禮了。

確實，壁龕上整齊地擺放著鎧甲、大刀、鐵砲、弓箭等蒔坂左京大夫的全副武具。當然，這些武器是武將的戰備，必須與隊伍隨行，但過去從來沒有擺放在本陣寢室過。每項武器的黑漆都十分陳舊，家徽的割菱也幾乎剝落，森嚴無比。這是自戰國時代便代代相傳的歷代蒔坂左京大夫武具。

這倒無妨。武具置於枕畔合情合理，反倒是過去忽略這個儀式才是怠惰。但徹夜誦讀戰記，他可受不了。

「供頭在嗎？」

主公向外廊喚道。紙門打開，在幽微的紙罩燈光中的，是供頭輔佐栗山。

「供頭正外出巡視宿場，請問主公有什麼吩咐？」

62 日本古時的距離單位，約十一公尺。

63 武家禮服，方領寬袖。

與前些日子過世的父親相較，他的體格雖然小了一圈，但聲音和語調都相似得教人發毛。

「你是栗山的兒子吧！叫什麼名字？」

「是！小的名叫真吾。」

總之，得設法解決這古怪的「古禮」才行。雖然不曉得禁止是不是良舉，但總之主公估計比起小野寺的兒子，這傢伙更容易應付。

「我問你，為什麼我得聽上一整晚的戰記不可？」

只見栗山真言毫不遲疑地回答：

「回主公的話，參勤是行軍，因此將留宿處稱為本陣。身處戰陣中，大將是不能闔眼的。」

「喂，這太強人所難了。十一天的路途怎麼可能一覺不睡？」

「再回主公的話，一覺不睡的說法完全是顧及大將的體面，請將它當成安眠曲，好好歇息。」

這回答教人意外。簡而言之，為了顧及武將的體面，即使入睡也得擺出清醒似的陣仗。

主公沉思起來。難道遵循古禮就是這麼回事？

確實，參勤的本義就是趕赴江戶的行軍，因此將備戰武具安放在武將床頭也是天經地義的事。既然做到這個地步，夜晚當然也不能入睡，即便睡著了，也得當作是醒著的。

「喂，栗山……」

主公實在厭煩了，說出真心話。

「你說顧及大將的體面，這我不是不懂。我也忝為武士，平日總將體面擺在第一。但體面是做給旁人看的吧？我的小姓一覺不睡誦讀直到天明，而我也一夜不闔眼，這到底是做給誰看的體面？」

「這……」

栗山真吾支吾起來。駁倒他了，主公心想。

「怎麼樣，栗山？不合理的古禮我可無法遵從。」

栗山恐懼地縮緊身子，但不一會兒，就像下定決心似地抬起頭來。

「斗膽稟報主公。」

噢，還以為他只是個柔弱小子，不愧是忠臣栗山的兒子，看來頗有骨氣。

「別拘束，想說什麼直說就是了。」

栗山再次將額頭按在門檻上，以強擠出來似的痛切音調開口：

「家父在今年秋初突然棄世，來不及將職務內容傳給小的，只留下一個教訓。」

「哦？說，是什麼？」

「是。家父常說，武士的體面無關他人耳目，必須活得無愧於自己。小的斗膽，主公說體面是做給他人看的，但小的認為武士的體面與他人無關。僭越了。」

說完想說的話後，栗山真吾膝行退出外廊，關上紙門。只剩他一動也不動，通宵在門外坐更的身影倒映在門上。

「繼續。」

主公被深深打動。栗山的話頭頭是道。武士的體面，就是不愧對自己的言行舉止。

主公再次仰臥，閉上眼睛，命令小姓。

「薩摩守心知死期將至，揪住六彌太，推出一弓之遠道：『且慢！待我唱完最後十遍佛號！』接著面西誦道：『光明遍照十方世界，念佛眾生攝取不捨。』然十遍未完，六彌太便由後近逼，直取薩摩守首級……」

主公咬緊嘴唇。不是為忠度的死而悲哀，而是同樣身為大將，他為自己感到沒出息。

「六彌太只知取得大將首級，卻不知何人何名，但取箭囊上紙箋，有短歌一首，題為〈旅宿花〉……」

小姓換了口氣。這首無人不知的名歌，唸出口來實在教人哀傷。紙門外傳來栗山的飲泣聲。

北風敲打本陣的遮雨窗板。平忠度綁在箭囊上的歌，絕非用來示人。因此源氏的武士們，才會個各淚濕了鎧甲衣袖。

行行將日暮，投止櫻樹下；

櫻花東道主，慰我鐵羽傷。

# 三

# 跋涉木曾路

# 1

聽說西洋各國都用耶穌的誕辰紀年。

在攘夷排外的風潮席捲的近年，就算知道這件事絕不能放在嘴上，但小野寺一路還是覺得它意外地方便。

譬如，說自己生於天保十四年癸卯，但一時之間也算不出到了文久元年辛酉的今天究竟是幾歲？如果說是西曆一八四三年出生，就連孩童都曉得，一八六一年的今年是虛歲十九。

這短短十九年間，年號從「弘化」、「嘉永」、「安政」、「萬延」到「文久」，前後換了五次。這是天朝所定，無從埋怨，但年數差距僅能以干支計算，因此年號幾乎毫無意義。

根據那樣的算法，神君家康公在江戶開府是慶長八年癸卯，也就是說，即便一時算不出太平之世究竟延續了多少年，只要知道當時是西曆一六〇三年，就能瞭解德川天下已經持續了兩百五十八個年頭。

這麼一算，真教人難以想像。武士像武士那樣征戰，最多只有江戶幕府剛成立不久的寬永年間，發生在島原的大型農民起義，接下來便是天下太平的歲月。然而武士仍舊是武士，武將依然是武將，只有形同虛設的慣例留存了下來。實在有太多延續至今，已經令人一頭霧水的規定了。

從大湫宿出發後，中山道立刻進入險峻的山路。才以為爬到半山腰了，接著又是令人膝蓋發軟的下坡，就這麼在林中上上下下，漫無止境地持續著。這是稱為十三嶺的木曾口險處。

小野寺一路全心全意地走著，開始自問自答起來。

諸侯為什麼必須服這種苦役呢？遵循古禮指揮隊伍的職務，他覺得確實極有意義，但對於兩百五十多年的太平盛世裡，周而復始的參勤交代制度卻興起了懷疑。

遵從慣例是武士之美德。但往後也永無止境地服這種苦役，是不是正確之舉？豈不只是妨礙社會及人們的發展？遑論將漫漫歲月中有了若干變化的隊伍形姿，硬是恢復元和慶長時的樣貌，自己這番舉動會不會只是相信那才是美德的懷舊心態？

第三天的路程是十里。大井、中津川、落合、馬籠，沿路跋涉山路，在妻籠宿下榻。但也許是更勝往常的強行軍帶來的影響，隊伍腳步沉重，很快就得在十三嶺半途的深萱立場用午膳。

不到宿場那麼大，做為歇腳處的聚落就稱為「立場」。由於不少旅人在翻山越嶺途中受阻，深萱立場光是茶屋就多達九家，甚至為碰上天黑的參勤隊伍設了小型本陣，也就是不算在中山道六十九站中的例外宿場。

服侍主公用膳是小姓的差事。

一路下達半刻後出發的指令後離開本陣，在路旁茶屋打開便當的武士們訝異地追著他的背影看。雖然沒有人當面對供頭表達不滿，但這趟非比尋常的強行軍讓每個人都累壞了。

一路不想走進任何一間茶屋，視而不見地往前走，這時正在邊郊一間茶店門口扒著茶泡飯的朧庵向他招手。

「路程還長遠得很，大人卻一臉疲憊吶！」

「不，我不怎麼累，只是邊走邊想事，有點沮喪罷了。」

「哦？在想些什麼？」

一路打開竹皮便當，吃起飯糰。

「我在想主公為什麼被迫服這種苦役。」

年紀介於成人與孩童間的茶屋姑娘提著陶壺走來。原以為是水，沒想到竟是芳香的焙茶，於是一路賞了錢，姑娘用那張更加看不出是成人或孩童的臉朝他微笑。這時，新三正在為店裡疑似姑娘母親的女人梳頭。

「他真是個怪傢伙，說不忍見女人披頭散髮，不收錢呢！」

朧庵啜飲茶水，以不像江湖術士的優雅手勢抽著煙斗。

「我說朧庵，你長年在中山道行走，應該沒有你不曉得的事。這參勤交代的制度究竟為何何來？」

「就像大人說的，是行軍啊。只要江戶隨時有半數主公帶著家臣駐守，無論何處生亂，天下都可以長保安泰。更何況夫人與孩子都在江戶，形同人質。而主公與家臣每年輪流往返兩地，雖然辛勞，但每年一次的行軍也可讓武士維持鍛鍊，可說是一石二鳥。」

朧庵說著，將煙管頭指向因為一次來了八十人歇腳而熱鬧滾滾的小立場。

「不，一石三鳥。看，就像這樣，山中的小村子也能藉此糊口。」

茶店內傳來開朗的笑聲，新三那江戶調的聲音傳了過來：

「哈哈，蒙受恩惠的可不只是宿場而已。只要跟在隊伍後頭走，梳頭的和算卦的也不愁餐飯了。」

這句話有點刺耳，但確實如此，一路也無意斥責。簡而言之，參勤往返能造福沿路人家。

朧庵繼續往下說：

「即使現在再問參勤是什麼，畢竟是從古延續至今的習慣，不明白的地方太多了。那就好比問那座祠堂是何來歷、路邊的那佛像又是什麼來頭。何況參勤還有許多看不見的庇蔭，確實是比神佛更值得感激。」

朧庵津津有味地吞雲吐霧著，對著杉林射下冬陽瞇起眼睛。幸好沿途天氣晴朗。

「不過小的長年在中山道來來去去，知識多少還有一些。」

朧庵謙遜地說，娓娓道起令人佩服不已的種種閱歷。

「將這中山道定為參勤路線的西國諸侯多達三十多家。話雖如此，參府離府也多半在四月或六月，因此這個時節的參勤隊伍唯獨蒔坂左京大夫而已。」

「這是為什麼？」

一路反問。雖然是同樣路程，但不必說，在四月和六月往返要輕鬆多了。

「就是不知道為什麼，才叫陳年往事啊。真的，為什麼唯獨蒔坂大人在這臘月時節呢？」

不知為何，只有蒔坂家在忙碌的暮歲時節動身參勤。因為並非大名嗎？雖然也這麼想，但地位相等的交代寄合，理當也選在氣候宜人的季節參府、離府。

「說到不明白，還有其他令人疑惑的事吶！比方說，有些人家規定參勤去程走中山道，回程走東海道，尾張大納言、大坂和二條城的城番[64]、日光例幣的敕使[65]就是如此。」

「這是為什麼？」

「這……只能說是自古以來的通例。」

理由似乎可以推測得出來。木料主要產地的木曾路是尾張家的領土，因此單程行經中山道，而監視西國大名的大坂城城代及二條城城番，則有必要巡視兩街道吧！日光例幣使則是天朝天子的使者，必須公平地使用兩街道，不知道是否出於這樣的用意？

「看來舊俗也不能隨意輕忽。」

「大人說的不錯。即使現在已經不解其意，但這些習慣都是其來有自的吧！」

一路啃著飯糰，忽然想到只有蒔坂家被指定在臘月進行參勤，理當有相應的理由才是。

「不會撞上其他隊伍，也算方便呢！」

朧庵深深點頭：

「是的，四月、六月的參勤時期，我們旅人也得跟著辛苦。如果在路上相遇，就得跪下等候隊伍經過，每一處客棧也住滿了人，只好留宿在主要宿場以外的小站或立場，萬一弄個不好，甚至得餐風露宿呢！」

那種時候，七千五百石旗本的小隊伍該如何是好？能不能擠在大名隊伍之間確保食宿不說，主公搶不到本陣或副本陣下榻歇息，也恐怕會有損武將的威嚴。

「敝家隊伍如果碰上其他大名會怎麼樣呢？」

「這個嘛……」朧庵說，沉思了半晌。

「貴主家雖然是旗本，卻是地位不凡的表御禮眾，因此不必過謙吧！如果對方是尾張大納言或加賀宰相，自然是另當別論。」

一路望向中山道的石板地。深萱立場這一帶路幅較寬，但路面至多一間至一間半寬，實在不是隊伍能交錯而過的寬度。那麼不論地位高低，旗本的小隊伍自然都得讓道吧！可真是有失體面。

這會不會是遙遠的古代，擔任道上供頭的某個小野寺祖先的建言？

敝家雖是旗本，卻是守護中山道要衝田名部德川先鋒，沒道理屈居大名之下——就像這樣。

一路苦笑。他猜想八成是因為如此的要求，而得到在臘月參府、離府的例外許可，但那恐怕只是表面因。在大名隊伍壅塞的時節，路途中最頭疼的不是別人，無疑就是供頭。無論如何都想避開這個時期。不管人再怎麼多，也不能讓主公下榻廉價客棧，更別說讓道其他家的隊伍，既耗時又花錢。

為安排食宿而奔走，不耐地等待大名隊伍經過，還得不時掂量荷包裡剩下的錢，一路想像著祖先的辛勞。

「對了，小野寺大人……」

---

64 輔佐城代，負責城池警衛之職。

65 指日光例幣使，朝廷每年派往日光東照宮參加大祭，獻上供神的幣帛的敕使。

朧庵戴上圓筒平頂頭巾，看著在立場茶屋各處休息的武士和侍從。

「這果然是支威武的隊伍。人數雖然少，卻不折不扣是擔任德川大人先鋒的田名部行軍。嗯，參勤隊伍就得如此。」

「這一路以來的強行軍，眾人應該有許多不平與不滿，卻沒有人出口埋怨。」

「這就是供頭的偉大，接下來也請照著大人的意思行事吧！」

負責開道的佐久間勘十郎在來到平六坡頂時，察覺了非比尋常的事。

眾人深信勘十郎的武勇，不僅是主家中第一，更是舉世無雙，他穿戴著光采奪目的衣裳，雖然一手持單鐮十文字槍，腳程卻依舊迅捷。但也因為腳程太快，將隊伍甩在後頭，留下自己成為丟人的丑角，令人難受。領在隊伍前方倒情有可緣，但獨自一人走在路上，只會被當成扮作端午飾偶的癲狂武士。

在深萱立場用過午膳，勘十郎再次踏入十三嶺險路，等回過神時，自己又把隊伍給拋在後頭了。臘月時節，越嶺的路上裊無人蹤，那麼就信步前去吧！勘十郎不理會那麼多，一口氣來到了平六坡山頂。

「呀，這下可不妙！」

放眼下望，曲折山路的山腳處，有條壯大的隊伍正往上攀登上來。隊伍在杉林中若隱若現，無法看清楚全貌，但人數不下兩百人，是威風凜凜的大名隊伍。

佐久間家代代擔任田名部陣屋藏役，是定居領國的武士，從未參與參勤旅程。關於這次的職務，他也只聽說「依循古禮，領在隊伍前頭」，自然沒想過在途中遇到其他大名隊伍時該如何自處。

但勘十郎絲毫不為所動。或者說，他的腦袋沒靈活到遭逢上變故時，還能驚慌失措。隊伍很長，密密麻麻的笠盔和箱篋就像爬上石板路而來的大蛇鱗片。不是佩服的時候。隨著隊伍接近，他看見笠盔和箱篋上的家徽了。三葉葵。這怎麼說都太不妙了！勘十郎自出生以來不曾踏出領國一步，雖然不諳世事，也還認得三葉葵是德川家家徽。

一想到這種情況該如何是好，勘十郎的腦袋瓜便頓時停住了。他唯一明白的，只有自己是田名部家臣典範的自負。

我們的主公蒔坂左京大夫，雖是采邑奉祿較低的旗本，卻非常了不起。聽說主公在江戶城中，與譜代大名同在帝鑑間擁有席次，是一般主公完全無法相提並論的。在過去，主公先祖在關原會戰時立下勳功，之後便得到東照神君世襲罔替的地位保證。而這樣的蒔坂左京大夫，他的心腹——「田名部家臣的典範」就是在下我！勘十郎重新挺直腰桿。

勘十郎原來就是個身長六尺餘的巨漢，當他頭戴捶金笠盔，身穿猩紅戰袍，上下捋著單鎌十文字槍，大喊：「止步！」對方一行人就彷彿遇上了妖怪或山賊似的，驚嚇不已。說到那驚嚇的模樣，甚至讓人以為兩百人就要隨著馬匹、轎子一同翻滾下山。

「來者何人，報上名來！」

領頭的武士抽下刀柄套袋，一副就要拔刀的模樣。

動刀動槍可不妙！勘十郎覺得自己剛才或許氣勢太盛，於是收起長槍。

「放心，放心，在下絕非可疑人物。」

雖然這麼說，但勘十郎覺得自己看起來肯定十足可疑。

當然，武士們也不可能就此放心。套袋和笠盔接連拋上天去，甚至有人亮出刀來。都怪自己說得含糊不清，勘十郎反省，於是他再次斂容正色，鼓起氣勢說：

「要求武士報名，未免失禮。但容在下請教，來者是哪位大人的隊伍？」

「可惡的傢伙！」眾武士七嘴八舌地嚷嚷著，爬坡近逼上前。

「且慢、且慢。不許吵鬧。諸位，收起刀子！」

只見模樣體面的武士從隊伍後方跑來，大概是對方的供頭吧！

抬起笠盔帽簷仰望勘十郎的那張臉很年輕，想必就和蒔坂家的供頭一樣，年紀輕輕就繼承了家業。

「如果有冒犯之處還請見諒。大人是蒔坂左京大夫隊伍的先鋒？」

「怎麼，大人知道？」

「今早有位貴國的師父來訪大井宿，關照過我們，說左京大夫一行正在參勤途中。」

淨願禪寺的空澄和尚先他們一步，安排住宿及助鄉[66]。

「大人說的不錯，在下是參勤隊伍的先鋒佐久間勘十郎。為了參謁江戶，蒔坂左京大夫將行經此地，請讓道。」

就勘十郎來說，他自認提出了相當理所當然的主張，然而不知為何，武士們全都厭煩地嘆了一聲，也無人回話，擺明一副跟他沒得談的態度。

年輕供頭交抱雙臂，走近勘十郎。

「我說大人啊……」

「什麼事？」

供頭在近處細細打量勘十郎的外貌，像教訓孩子似地低聲說道：

「要我們報上名號也行，但你沒看見那上頭的家徽嗎？」

「那家徽太大了，在下的眼睛容不下。」

「噯，玩笑話先擱一邊，對著三葉葵要人開道，世上可沒有這種道理。喏，你看看，眾人都啞口無言了。」

「那麼，大人是哪裡來的哪位？」

供頭咳了一聲，彷彿連說出口都覺得荒謬：

「在下這番話並非命令，不過你這位名喚佐久間大人的，仔細聽好了，那頂轎子當中坐著的可是前任若年寄，松平河內守大人啊！」

北風「咻」地一颳，吹得杉林嘩嘩作響。

勘十郎不知道若年寄是什麼職位，但一般常說「老中若年寄」，兩者並列，因此他還看得出那有莫大的權威，況且對方還是擁有松平姓的將軍家宗門。

66 江户時代的勞役，宿場的人馬不足時，鄰近村莊須提供人力及馬匹。

我得切腹了嗎？勘十郎想。

「喏，佐久間大人，在下也是職責所在，不想將事情鬧大。這裡就聽我的，讓隊伍掉頭，回到深萱立場等著吧！大人的主公想必也不會說不。」

勘十郎咬住嘴唇。他覺得與其請自己的主子讓路等候，倒不如要他當場切腹謝罪。然而事態愈發緊迫，容不得他做任何打算。

聽見聲音回頭一看，一對朱槍的穗頭已從山路西側爬了上來。好巧不巧，兩隊人馬竟在路幅僅一間寬的山頭撞上。

「稍等！啊，稍等！」

小野寺一路臉色大變，呼喊著跑了過來。一見停留在平六坡的大隊人馬，那張臉就像淋了膠似地僵硬。

「據說是前任若年寄的隊伍，該如何是好？」

勘十郎覺得這傢伙可真能幹，屋舍燒燬、父親過世，他想必傷心欲絕，卻能勉力做好供頭的職務。

「喏，小野寺，這件事你沒必要扛下。等我好好向主公稟報，退回深萱去吧！」

「什麼？退回深萱？」

要折返好不容易才越過的十三嶺，光想像就令人頭花眼昏。要是如此，今天便不可能成功越嶺，只能留宿深萱了。

「在下是前任若年寄松平河內守的供頭，請大人這麼辦吧！」

對方的供頭說。還以為小野寺一路會就此折服，不想他竟挺起胸膛朝對方逼近。勘十郎忍不住抓住他的肩膀。

「即便是貴府也不應該強人所難，要求退回深萱。我們會停下隊伍，讓道開路，請貴府隊伍逕直通過。」

「這可不行。」

對方也相當頑固，接著說：

「貴府先鋒聲稱在參謁江戶的途中，要求敝家開道，這可不是一句失言就能了結的事。如果貴府只是開道讓路，在下的面子就沒處擱了。請退回深萱。」

一路毫不退讓地說：

「那麼在下請教，敝家往年皆定在臘月參府離府，往返此路。這個時節應當沒有其他離府的隊伍，敢問貴府此行是為了什麼事？」

對方供頭看似有些詞窮。

「松平河內守大人不久前被免去若年寄職務，因此離職返國，才會非例年時節踏上路途。」

原來如此，勘十郎理解了。這陣子上頭也遭逢嚴重的內憂外患，聽說幕閣人事更迭仍頻，如貓眼變換般迅速。簡而言之，這位叫松平河內守的主公因為辦事不力，被革職了吧！

「被免去職務才離職啊？」

勘十郎大為驚訝。這個小野寺，竟敢大剌剌地指出不好糾正的事實。還來不及為那近乎挖苦的話冒冷汗，一路又連珠炮地接著說：

「既然是出於這種理由，自然是貴府理虧。要敝家退回十三嶺不僅不可能，敝家更沒有讓道的理由。我等將趕路至山腳的大井宿，請讓道，如果不從，就請退回大井宿。」

「這是什麼話？區區旗本竟要將軍家的宗門退讓，你這是以下犯上！」

「在這多事之秋，豈有旗本、宗門之分？河內守大人是離職蒙准，返回領國，而左京大夫可是率領行軍隊伍，參謁江戶。身為武將，孰急孰緩，一目瞭然。退下吧！」

勘十郎大受震撼。憑他的腦袋智識，完全幫不上腔，但他非常清楚一路為供頭的職務賭上了性命。這個傢伙不是在爭論主公的面子如何，而是打定了主意，無論如何都要走完今天的既定路程。

這麼個年紀輕輕的白面武士，究竟哪裡來如此大的膽識？勘十郎正莫名欽佩時，一路以呼氣都要吹到他人臉上的距離瞪住對方的供頭，咬牙切齒地說：

「蒔坂左京大夫高舉東照大權現公恩賜之朱槍一對，要路經此地。至於河內守大人，辛苦他長期以來的盡忠職守了。」

山頂上，高高地豎著兩把朱槍與染有割菱家徽的幡旗。

「前進！」

一路將麾令旗揮向前方。以此為信號逐漸出現在稜線上的隊伍，讓眾人無不瞠目結舌。雖然無人穿戴鎧甲，卻是支壯麗的隊伍，十足是支參謁江戶的行軍。

河內守的供頭看見那陣容，回望身後的坡下。

「諸位，恭送主公祖先家康公的御槍通過！」

勘十郎想，雖然不知道對方內心作何感受，但他肯定也是個聰明的武士。

既然如此，自己也必須完成先鋒的任務。佐久間勘十郎甩動身上光采奪目的戰袍，領在隊伍前頭。

「肅靜！權現大人御槍在此，還不快低頭！」

究竟出了什麼事？隊伍停住不動。

左京大夫在轎中壓低聲音打哈欠。昨晚心神全被睡前誦讀的戰記吸引，一夜未能闔眼，要是在馬上打盹可就危險了，所以今天乘轎越過山路。

「出了什麼事？」

主公問，外頭一陣細語交談後，栗山真吾回話了：

「主公不必擔心，萬事交給供頭。」

「我是問出了什麼事。」

「是！其實……」

栗山猶豫了半晌，回答道：

「前頭碰上了前任松平河內守大人的隊伍。」

居然在山路狹路相逢，太糟糕了。主公嘆了口氣。既然是松平姓的將軍家宗門，就非讓路不可。雖然不曉得是哪個松平大人，但視對方身分，還得下轎問安，如果隊伍較長，光是等他們經過就得等上一刻鐘。

松平河內。河內，河內，主公回想著。光是松平就有三十多家，有從會津到越前那般尊貴的大名，也有地位與自己相差無幾的陣屋大名[67]，還有許多獲賜松平姓的外樣大名，因此在江戶城內遇到的主公，幾個之中就有一位姓松平。

等等，剛才說到前任若年寄？會是那個松平嗎？

「無妨，前進。」

主公毫不猶豫地下令。他想到是哪個松平河內守了。那個呆頭愣腦的傢伙怎會被拔擢為若年寄，他至今仍不明白。

論門第確實是正統宗門，無可挑剔，然而骨子裡卻是個如假包換的大傻瓜。這位主公的呆傻情狀，讓人忍不住懷疑他鼻子前怎麼沒掛條鼻涕，在全是傻子的一群主公當中，可算得上是佼佼者。

三番兩次的失政，也使得幕閣人材枯竭了吧！松平河內守不過是非有四、五名不可的若年寄席次罷了。那個傻子主公雖然一事無成，但也不會惹麻煩，有時倒還挺管用的。

過去，主公與河內守同在帝鑑間辦公。但對方連讀寫都成問題，還是個長舌公，主公時不時就得幫他一把。

即然碰上的是那個河內守，就絲毫沒有讓道的理由。如果有人敢說些什麼，主公就親自下轎，解決這事。

「河內守應該在六月離府，這時怎麼會在路上？」

主公在正爬上險坡的轎內問。

「據剛才聽說，河內守大人不久前被免去若年寄的職位，正要返回領國。」

「這樣啊。」

主公掩嘴苦笑。簡而言之就是被開除了。原本就只是個湊數的，沒道理同情他，光是能賺到個「前任若年寄」的頭銜，也就算他走運吧！

轎子很快地翻過山頭，走下平六坡。供頭似乎早已經在那裡等候，說了一句「請主公致意」。

轎門打開了。這個河內守看來對我相當感恩戴德，不過再怎麼樣，身為將軍宗門的主公也不必下轎跪拜吧！

居然傻到這種地步？主公目瞪口呆。只見河內守在路旁鋪了張草蓆跪伏著。主公這麼做，家臣也不敢平身，所以別說路旁了，眾人在坡上趴成一片，身子縮得宛如雨後的青蛙。而轎子立靠在杉樹幹上，表示轎中無人，是乘轎的最敬禮。

好了，這下該如何致意才是？主公困惑了。

「河內守大人，長久以來辛苦了，回領國好好歇息吧！」

只見松平河內守恭敬地跪伏著，只抬起眼睛，一旁的供頭向他低語，他便隨之復唱：

「大人路上辛苦了！」

以傻瓜來說做得還算不差，主公暗自竊喜。

---

67 相對於城大名而言，指沒有城池，僅有陣屋的大名。

越過十三嶺，抵達妻籠前還有大大小小的山嶺。甩開睏意，接下來乘馬而行吧！

## 2

〈供頭守則〉

十、參勤道中不問家領他領
　毋得侵擾百姓領民　不強逼強迫
　如有因飢饉災禍困乏者　應分糧撫恤之
　中山道　天下之公道
　百姓　天下之基也

諏訪雙手抵在冰凍的石板上，全心全意向神明祈禱著。

請這支隊伍快快經過吧！

村長說，世上有八百萬神明，但諏訪祈求的對象只有賜她名字的諏訪大神。不過別說參拜鎮守在遙遠諏訪湖邊的神社了，她連生長的馬籠宿都不曾踏出一步。

從小腿肚慢慢往上爬升的寒意，沿著背脊讓全身毛髮倒豎，再從腦門穿出。雖然不曉得是哪位大人的隊伍，但要是像初秋經過的加賀百萬石大人的隊伍那麼長，自己恐怕會凍死。

諏訪一手悄悄伸進胸口，握住掛在頸上的護身符。這是她剛出生不久，被大名隊伍徵召成為助鄉的父親將行李扛至諏訪宿，回程時求得的護身符。

想想那之後的事，世上有無神佑都令人懷疑，但她覺得父親凝聚在護身符上的靈魂，肯定會保護自己。

去年年底一場大火，將馬籠宿燒得幾乎精光。宿場朝山上筆直延伸，而火勢從底下燒上來，無從救起。火焰就像登窯般燒遍每戶人家，許多人都被捲入的濃煙嗆斃。

四處救火的父親被燒落的屋樑壓斃，而嚴重燒傷的母親撐不過幾天便嚥氣了。

死裡逃生的弟弟被中津川的遠親收養，諏訪則受到村長家照顧。姊弟拆散兩地令人傷心，但這也是莫可奈何的事，畢竟已經沒有人有餘力一口氣收養他們倆。虛歲六歲的弟弟揹著餞別的一升年糕，在大火後的下坡上一再回頭，愈走愈遠。據來迎接的遠親說，中津川是處大宿場，只要再長個兩歲便能覓得小孩子能做的差事。既然如此，諏訪也只能含淚答應了。

等妳再長大些，村長說，妳長得就像母親，臉蛋標緻，鹽尻一家熟識的客棧說，過陣子就能讓妳去工作。如此一來，就能天天穿華美衣裳，吃上白米飯。

據說從鹽尻山頭望去，諏訪湖就像一面手鏡。諏訪心想如果真是如此，那美夢般的未來肯定也是諏訪大神的庇佑。一想到此，她便懊悔分開時沒把護身符掛到弟弟的脖子上。居然獨占天天穿好衣裳、吃白米飯的幸福，自己這做姊姊的實在太沒出息。

村長對她很好。他說曬黑就沒人要了，不許她下田，只讓她幫忙廚房活兒，或做些灑掃工作。過年後她將滿十歲，據說櫻花、桃花同時盛開時，會有人從鹽尻宿過來接她，因此諏訪天天看著月曆，盼望不已。

她在太陽西下時外出。火災後已過一年，山中的馬籠宿仍是一片焦野。石板坡道兩側搭起了急就章的小屋，不論從何處都能望見晚霞中的惠那山。收拾完晚膳，諏訪悄悄溜出屋子，在宿場坡道上下來回。等到天色昏暗，四下被漆黑吞沒之際，她覺得一切宛如噩夢一場。石板的焦痕也沒入黑夜中，道路兩旁沿著陡坡流下的水聲潺潺，這時她聽見母親呼喚她的聲音，弟弟的小手握住她的兩根手指，拉她回家。

她生長的家在宿場坡道中段往杉林的方向，叉著腿撐著似地建在那裡。屋簷下綁著父親從妻籠宿要來的小狗。

南方的十曲嶺和北方的馬籠嶺都是中山道的險地，父親的工作則是挑夫，春秋兩季，參勤隊伍頻繁往來，靠著助鄉的工資便能過冬。

雖然無法奢侈度日，但也不像農民那樣擔心無法糊口，父親總是坐在地爐邊，一邊敲稻草，一邊像口頭禪似地這麼說。

在坡道來來回回，走到老家原本的位置時，諏訪一下子回過神來。父母的聲音消失，弟弟的小手也鬆開了，四周是布滿茂密枯草的荒蕪山坡。位於信濃與美濃國境的馬籠宿，只留下筆直延伸的石板街道，不見蹤影。

就在這時，一列提著燈籠的隊伍過來了。

不該站在坡道上沉思的。等諏訪一回神，開道的燈籠已經逼近，連上頭的割菱家徽都看得一清二楚。

是參勤隊伍。這時按規定須立刻跪下，但過去宿場官吏都會事先告知，所以村人只要不出街道，就可以照常生活。

一時之間無處可躲，諏訪只好在路邊跪伏下來。

她沒想到在這個季節，又是日暮之後，會有參勤隊伍經過。難道是狐狸作怪？但看著朝上坡艱難地緩步行來的武士的腳，她曉得他們正要越嶺前往兩里前方的妻籠宿。

諏訪緊緊握住護身符，一心一意地祈禱著。

諏訪大神啊，請保祐這隊伍不是一兩千人的大隊，如果我能免於凍死，春天到鹽尻宿作學徒後，一定去給您上香致謝。

「停轎。」

一道模糊的聲音在近處響起。諏訪忍不住抬頭，眼前是一頂烏黑油亮的華美漆轎。

諏訪像隻烏龜似地縮緊脖子。她以為自己耐不住寒冷，不慎扭動身體而犯了大禁。這回肯定要被斬死了。

「停！」

聲音傳到前後，四下落入寂靜。

諏訪看開了。如果因冒犯貴族而被斬首，她希望能死個痛快。要是真的降罪下來，村長和夫人或許會趕來，要是這時隨意求饒，牽連他們，那就太對不起村長了。華美的衣裳和白米飯她都可以不要，拜託，只斬了她一個人吧！

諏訪覺得得說點什麼才是，聲音卻凍在喉中。

「我想問這個姑娘一些事，拿鞋來。」

是轎門打開了吧！聲音意外地近而明瞭。

「稟報主公，如果有話垂問，在轎內說即可。」

疑似隨從的聲音回答。

「但此情此景，非比尋常。杳無人跡的焦土上，怎麼有個小姑娘跪在路旁？要是有話要說，得讓她說。」

侍從挪近單膝，插進轎子與諏訪之間。

「馬籠宿是尾張大人的領地，請主公勿加干涉。」

「宿場是他人領地，但中山道是天下公道。」

「主公所言甚是，但村人是尾張大納言大人的領民，如果主公垂聽申訴，是否形同僭越？」

主公輕聲嘆息：

「我說小野寺，如果你凡事都要如此墨守成規，我也要不講變通囉！」

「主公請儘管吩咐。」

「中山道是天下公道，那麼居住道上的人，就是天下領民。如果說聆聽這些人的苦衷叫做僭越，那麼我就算得在江戶城內抓住尾張大納言大人，也得對他教訓：竟然放任領內如此慘狀，算什麼御三家之首！」

「主公，這句話說得過分了。」

「我的話再怎麼過分，也不及年幼小姑娘攔轎申訴的決心。聽好了，小野寺。如果是六十二萬石的大名隊伍，也許會對此不屑一顧，但我等正因為是七千五百石的旗本，才非聆聽不可。這才是真正的分際。拿鞋來。」

不得了了，看來這位主公大人誤以為諏訪跪在這裡是為了申訴。

「不是的，不是的。」

諏訪否定，全身顫抖不停。她忍不住抬頭，卻見到不可思議的景象。

主公沒有責罵，也不怪罪，只是微笑著俯視諏訪。首先令人驚訝的是，那張臉酷似已逝的父親。只要讓太陽曬一下，再穿上襤褸衣裳，徹頭徹尾就是父親的模樣。

侍從的年輕武士跪著單膝，靜靜地俯首。抬轎的轎伕個個都是魁梧的壯漢，然而卻不知為何，四個人全都以手臂或衣袖掩著眼，嗚嗚哭泣。

我果然要被斬死了。他們是在可憐我這個孩子吧！諏訪心想。

「妳家燒燬了？」

諏訪點了一下頭。

「父母呢？」

對於主公的詢問，不得隨意開口。諏訪靈機一動，以食指指著染上靛青色的夜空。

啊，主公吐出不成聲的嘆息。

「那兄弟姊妹呢？」

諏訪指向黑暗的彼端，心中浮現揹著餞別的一升年糕頻頻回頭，走下坡道的弟弟。

主公忽然彎下身子，把諏訪的雙手從石板上抬起。

「很冷吧！」

說完的瞬間，主公將諏訪沾滿泥巴的手掌按到自己的雙頰上。

這個人不是主公大人，是爹爹再世，諏訪想。那是父親一天總會做上好幾次的動作。

「妳叫什麼名字？」

「諏訪。」她說。

「這個名字可真是吉利。我在途中會前去參拜諏訪神社，妳的事，我會好好請託神明。」

主公一把將諏訪摟過去，深深裹在胸前。

「這趟旅程匆促，我不能再為妳做得更多，請見諒。」

被香氣襲人的外衣包裹，諏訪做了個短暫的美夢。父親的雙手撫摸她冰透的背，溫暖她的膝頭和小腿，以臉頰摩挲。

「打起精神了嗎？」

諏訪用全身的力量點點頭。不知為何精神好得不得了，她甚至覺得往後再也不也感受不到寒冷或飢餓，甚至是孤苦伶仃的悲傷。如果父親化身成為主公大人，為她打氣，自己哭可是要遭天譴的。

主公回到轎內，隊伍慢慢地動了起來。

諏訪目送隊伍離去，回顧自己的內心。在村長面前她始終故作懵懂，但其實什麼都明白，她知道鹽尻宿是什麼地方，知道穿著華美衣裳、天天有白米飯可吃是怎樣的生活，也知道桃花、櫻花盛開時，從鹽尻來接她的其實是人口販子。

自己想活下去，就只有這條路了。即使明白，也只能佯裝迷糊，等待春天到來。她每晚在宿場殘跡中徘徊，不是思念父母，而是因為不能在村長家哭，只好跑到無人之處偷哭。

「因為趕路無法再關切更多，把這交給妳的養父母吧！」

隨從的年輕武士說完將一只純白的紙包揣進諏訪懷裡。

「裡頭有一點銀兩，還有主公的名札。就把它當成護身符吧！」

接著侍從從懷裡掏出以薄木皮包裹的飯糰，遞給諏訪，摸了摸她的頭。

「這是大人的便當。」諏訪說，把飯糰還了回去。

「武士為防萬一會留下一些食物。離妻籠只剩兩里路，不必掛念。這個萬一就是妳啊！」

從後方走來的徒士武士也七嘴八舌地說著「為防萬一」，將同樣的飯糰包遞給諏訪。

「為防萬一。」

「為防萬一。」

持鐵砲的足輕、扛箱篋的雜役，也都呼口號似地這麼說著，將些食物、零錢塞給諏訪後經過。諏訪實在拿不動，蹲下身子，結果就彷彿路旁地藏石像的供品般，被飯糰、烤米包、炒豆子和年糕等物品淹沒。

最後，就連騎在馬上、看似尊貴的武士也說「喏，為防萬一」，投了串沉甸甸的錢過來。

諏訪跪坐在石板上。這絕對不是虛應故事，而是發自真心地行禮。

被黑暗吞沒的小隊伍，不一會兒就在坡道上排出成串燈火，升上天空。

諏訪就這樣一動也不動地目送著，直到燈火化為滿天繁星，沒入夜空中。

一行人總算翻越馬籠嶺，來到妻籠宿，這時已經過了亥時，宿場裡夜深人靜。木曾路愈發險峻，四周是濃密的杉木與檜木林，天空狹窄得像條河流。更別說坐落在東岸山腳的妻籠宿，更是漆黑得連月光都照不到。

從南方的美濃十曲嶺，到北方信濃櫻澤的二十二里多的路程，俗稱木曾路。換句話說，中山道六十九站當中，從馬籠到贄川的十一站都含括在內。長達二十二里十一站，山路宛如驚濤駭浪、綿延起伏，這樣的路程應該是絕無僅有了。

男人一日能行十里，婦孺一日八里，以三天兩夜跋涉完木曾路。原則上，一個宿場只能投宿一宿，如果連續投宿，必須向宿場官吏申請。參勤隊伍的行囊沉重，又得抬轎、扛箱篋，如果依這個原則前進，辛苦必定非同小可。

從江戶返回領國的路程輕鬆許多，但是從領國前往江戶的參勤，以赴應軍令為名，只要遲上一天就會被視為怠忽職守，免不了幕閣的譴責。更何況中山道不比其他道路，無法以封河為由，所以即便得徹夜行走，連一天也不能出差池。

萬一亂了套，也會為各宿場帶來極大的麻煩。因為宿場從本陣至客棧全都做好接待隊伍的萬全準備，要是耽誤一天，還能在隔天挽回，但如果連續耽誤兩回，兵敗如山倒，後頭的行程全都會跟著毀於一旦。那如果發生在四月、六月的參勤交代時節，各宿場將陷入混亂，隊伍人數愈多，狀況就愈發不可收拾。

因此無論是主公身體不適，或是遭遇狂風暴雨，參勤隊伍都不能理會，不聞不見，只能埋頭不停地往前。視情況，甚至會將不幸在路上氣絕身亡的主公綁在轎中，將轎子當成棺材般，肅穆前進，當做主公安然在世，直到江戶官邸。

將轎子送往上町的本陣後，把通宵坐更的工作交給栗山真吾和小姓，小野寺一路便外出巡視了。

妻籠宿是有八十多戶人家的山間宿場，齊整地分為上町、中町和下町。因為時節的關係，客棧住客寥落，但還是得翻閱住宿帳，逐一拜訪，向掌櫃打招呼，確定有無異狀。

住宿只安排到中町，但一路還是穿過町門的直角通道，拜訪下町一家叫作松代屋的客棧。根據住宿帳，隊伍以外的人都在這裡投宿。

松代屋也是一路接獲父親訃報，趕返故鄉時投宿的地方。用魚塘裡的鯉魚做成的燉魚美味無比，令他難忘，如果他們正在享用遲來的晚膳，一路也想作陪。

「夜裡打擾了，蒔坂左京大夫家臣夜間巡邏。」

一路在門口說，擋門棒很快地就被取下。

短短半個月前才叨擾過這間客棧，在燈籠映照下，掌櫃細細端詳一路的臉。

「哦，因為某些緣故，這回我擔任參勤隊伍的供頭。」

「啊，真是重責大任。不過我們這兒沒有貴府的家臣留宿啊。」

「其實是假稱夜巡，來這裡品嚐燉鯉魚。而且二樓的客人雖非家臣，卻是在下的智囊團。」

「啊，原來如此。我立刻派人為大人洗腳，通報二樓的客人。」

「不必通報。我來個忽然現身，嚇他們一跳。」
「大人真是童心未泯。我這就去備膳，大人請自便。」
掌櫃苦笑，退入屋內，下女端來一盆水。
樓梯上傳來梳頭新三尖高的聲音，朧庵聲音也很響亮，看來喝得相當醉了。插進兩人對話的，是空澄和尚粗啞的嗓音。
「哦？中山道是天下公道，居民是天下領民？說得真好！不愧是蒔坂主公，天下名君。」
沒想到和尚也在妻籠宿。他大概馬上就會離開客棧，繼續趕路，但一路覺得這是個感謝他做先導的好機會。
「哎呀，他們喝得真是盡興。三位前前後後已經喝了一升[68]。」
下女為一路洗腳，露出童稚的虎牙笑了。
新三得意地接著說：
「噢，不只如此。聽仔細了，師父。如果是六十二萬石的大名隊伍，也許會對此不屑一顧，但我等正因為是七千五百石的旗本，才非聆聽不可，這才是真正的分際——主公大人這麼說呢！這番話真是令我五體投地。啊，就等您這話，左京大夫！這樣的吆喝都來到喉嚨邊了，稍有不慎，就要像看戲那樣扔賞錢上去了。」
看來新三和朧庵都看見了馬籠宿那一幕。
朧庵的聲音也加入進來：
「師父錯過，實在可惜。主公上轎時，我驚鴻一瞥，那渾圓的額頭是聰慧的證明，緊抿的嘴唇反映堅定的意志，毫無疑問是名君之相。」

「噢！噢！」空澄和尚一一應和著。身為田名部領民，他也覺得與有榮焉吧！當然，一路也很歡喜。不過雖然不能說出口，但生在江戶、呼吸江戶的空氣成長的一路，卻不能毫不保留地表達喜悅之情。

因為馬籠宿一事看起來總有些裝模作樣。雖然他覺得這麼懷疑，是自己的心眼太過扭曲，但一想到主公居住江戶時幾乎天天上戲館子，便覺得他的一字一句都像來自戲本，表情和舉止也彷彿矯揉造作。

即使一路猜得不錯，也只是主公表演欲望過剩，無損名君的本性。

「還有其他客人嗎？」

一路小聲地問下女。看來客棧掌櫃相當一思不苟，下女連腳趾縫都替他仔細清洗。

「才不呢！十二月是一年中客人最少的時候，會在這時出門旅行的客人，不是太缺錢，就是家中有什麼不幸。」

說出口後，下女仰望一路的臉，赫然噤聲。

「小的胡言亂語，請大人寬恕。」

「不必介意。在下前些日子也是那不幸的旅人之一，現在卻連回顧那段不幸日子的空閒也沒有。」

68 約一・八公升。

二樓的聲音會那麼肆無忌憚，也是因為不會被其他旅客聽見吧！

「梳頭師傅說晚點要替我整理整理頭髮，但醉成那樣，還有辦法嗎？」

下女就像要改變話題似地這麼說。她髮量豐盈的頭髮彷彿隨時會散開，酸臭味鑽進一路的鼻腔裡。一路心想，看在旁人眼中，自己是否也像這個下女，散發出不幸的氣味？

接待間相當昏暗，只在門框亮了盞筒罩燈，一旁地爐的餘燼赤紅地燃燒著。

一路忽然回神似地想起自己遭遇的變故。鎮日忙於供頭職務，他差點忘了前些日子，父親才與恩賜官舍一同葬身火窟，連法事都還沒辦妥，自己便受命參勤供頭一職。

十二天的旅程，至今不過第三晚。他毫無自信能平安無事抵達江戶。

第一次前往田名部陣屋時，將監派下的嚴命就像鬼怪的手掌，緊緊掐住一路的胸口。

「燒燬主公恩賜的屋舍是重大過失，彌九郎的死無疑有違武士道。因此小野寺家的承續，只是為了讓這趟參勤順利進行的權宜之策。」

萬一這一路上有半點差池，小野寺家將沒收家祿，家門就此斷絕。一路這才再次認清，自己面臨的是無力克服的考驗。

「倒是師父，你又是為著什麼交情，才肯如此不惜勞苦地賣命？」

朧庵低聲問。

「這個嘛，小野寺家是咱家寺院的信徒啊。」

空澄和尚有些不知所措地回答。

「聽到師父宛如乘駕觔斗雲般四處奔波的活躍事跡，總覺得如果不是秉著相當的義氣，不可能如此盡心盡力。」

一路彷彿可以看見和尚啜飲杯酒的嘴唇。

「義氣啊。所謂義，是不論私利功名，人之當行的正道。這樣的話……嗯，或許就像你說的。」

「這樣啊。既然聽到了這裡，我也不得不打聽一下師父所說的那個義是什麼？」

朧庵窮追不捨，新三也跟著催促：

「是啊，話都說了一半，別再吊人胃口啦！」

不曉得和尚會說些什麼，只見他進退維谷似地乾咳了幾聲。

「兩位原本就是與田名部領無關的旅人，貧僧向兩位牢騷幾句也無傷大雅吧！不過這件事切勿外傳。」

「是，我絕對不會放在嘴上提，但俗話說：悠悠之口難杜……」

新三回以江戶風格的玩笑，朧庵的手在他的月代上一拍。

「江戶人就會耍嘴皮子，不會說出去的，請寬心吧！」

朧庵再次催促，空澄似乎下了決心。

「那麼，貧僧就來說說這個義從何而來吧！其實田名部陣下傳得沸沸揚揚，都說後見役蒔坂將監和國家老由比帶刀，似乎大逆不道，正策謀篡取主家。」

喂喂喂，就算對方是旅人，這也不是可以大聲說出口的話。一路這麼想，緊接著戰慄不已，連頭頂的髮髻幾乎都要豎立起來。

他推開下女，回望走廊深處，伸手制止端膳過來的掌櫃，要他稍等。

一路用腰上的手巾擦腳，豎耳聆聽頭頂的聲音。

「什、什麼！主家內亂嗎？」

「啊，這可不能置若罔聞。師父別故弄玄虛，一口氣說清楚啊。」

「嗯。話已至此也沒什麼好保留的。最早是上代左京大夫大人老年無子，才收養同宗的蒔坂將監為養子。」

空澄和尚一氣呵成地說出直到當代左京大夫掌權的經緯。雖然酒醉，說起話來卻不拖泥帶水，不愧是習於講經的和尚。雖然這不是佩服的時候。

「因為生下了親骨肉，將監從嫡子被貶回臣下，自然嚥不下這口氣。而全心籠絡將監的由比，這下也沒了立場。兩人憑恃上代的遺言，私攬政權，專擅跋扈，使得陣屋的財政捉襟見肘。當然，這樣的惡行不可能沒有人發現。首先是身為勘定役、管理陣屋帳房的國分七左衛門。對將監一黨來說，他正是眼中釘、肉中刺，但喚得動御用商賈和大坂倉庫的，唯獨國分大人一人。他正是想除也除不掉的正義之棋啊。」

一路嚥下口水。什麼叫「想除也除不掉」？想聽下去，又不想知道太多的心情在胸口激盪著。

「國分大人貧僧也認識，他是個絕不可能沾染惡事的人，但我認為他確實為將監一黨粉飾太平，又或是視而不見。噯，身為世襲的勘定役，他也是身不由己吧！其實……他曾向貧僧吐露苦衷，貧僧建議他以主家為重，務要增加正義的盟友。我想與國分大人親近的人都聽他提過這件事。」

一路咬住嘴唇。不必聽完全部，他已經猜出一切了。

「難不成師父說的親近之人，是那個年輕供頭的……」

空澄和尚以幾乎就要暴喝的聲量制止朧庵：

「我哪知道那麼多！但無論如何，貧僧都得幫供頭一把。那夥惡黨如果要掩蓋流傳出去的壞事，除了竊占主家以外別無他法。換句話說，往後路上會出什麼亂子，無人曉得。」

聽到這裡，一路向掌櫃使了個眼色，離開客棧。事關重大，就算給出四分金的小費也不嫌多。

仰頭一看，山間細長的夜空中掛著一條銀河。

他覺得自己拚了命在舞台前搬演，舞台後方卻忽然落下一頂帳子似的，無邊無際的黑暗籠罩上來。

國分大人會視為正義之士倚仗的人，除了亡父以外，一路不做第二人想。

3

一路折回夜深後的本陣。

因為過度震驚，腦袋完全停止運轉，他沿路拍捏自己的臉，唯一能確定的是，這不是一場噩夢。

門前燃起一對營火，站著通宵值班的衛兵。

「大人辛苦了。」

「有什麼異狀嗎？」

「一切如常。」

衛兵回答，但一路覺得他似乎抬起眼睛瞪了自己一眼。

篡奪主家的陰謀。如果這真的是後見役蒔坂將監與國家老由比帶刀的陰謀，不知道哪些人是敵是友？

門長屋前方是向東高起的庭院，略高之處是掛著染有割菱家徽陣幕的玄關。

式台前也燃著營火，額髮未除的小姓沒注意到一路的腳步聲，正以火桶烘著手。

「喂，太不盡責了。要烘手可以，至少朝著外頭吧！」

就連那張驚嚇地轉過來的童稚面容，一路都不曉得是敵是友。他開始疑神疑鬼了。小姓年紀與自己相差無幾，不可能是篡奪主家的陰謀分子。

本陣的衛兵和小姓的工作繁重非常，雖然會在半夜輪替，但就寢時間只有其他侍從的一半，實在不可能支撐得住，所以分成兩組，前半與後半各六天流輪值夜。至今已是第三晚，會眼神呆滯、臉色不佳，也是無可奈何的事。

一路躡手躡腳走進裡面的寢室。隨著腳步靠近，走廊另一頭傳來小姓誦讀侍寢故事的聲音。

身為武將，即使就寢也不能闔眼，所以小姓必須在枕邊不停地誦讀戰記故事。一路覺得這規矩實在陳腐至極，但守則既已規定，便不能怠忽省略。

此外，對於昨晚開始的這個古怪儀式，主公也不曾垂詢，或許他意外地樂在其中。《平家物語》正要進入〈幼帝投海〉的悲傷結局。他已經交代過讀完《平家物語》後，接著讀《太平記》，對於這項命令，工作繁重的小姓們也沒有任何不滿。

近臣肯定是友方，一路放下心來。

悄悄走在關上遮雨窗板的走廊上，看見栗山真吾在外廊上面對內庭跪坐著。這是隨時守在寢室外頭，保護主公的職務。按規定，供頭和輔佐必須在半夜輪替，但真吾不肯將這個工作讓給一路。

乍看之下，真吾是個手無縛雞之力的孱弱武士，但上路以後，不愧父子代代都是供頭輔佐，真吾全意全意達成自己的任務。對一路來說，他是唯一值得信賴的下屬。

真吾好像直著身子睡著了，一路拍他的肩，他便回望隔開寢室的紙門，歉疚地向一路頷首。

「有急事。」

一路在真吾耳邊低語。

水底之下也有皇都嗎？他彷彿聽見幼帝的聲音。

「咦！咦、咦咦！」

還沒聽到最後，真吾便大驚失色，一路連忙摀住他的口。

他把真吾帶到無人的廚房角落，才要提到篡奪主家的流言，一說「其實有人策謀奪取主……」，真吾就失聲驚叫起來。

一路用手勒住他的脖子，以掌摀口，把他拖到樓梯下的暗處。

「冷靜下來，真吾。聽著，我只是聽說而已。但雖然是傳聞，唯獨你，我不能瞞著。你冷靜聽我說。」

沒有應答。難道被勒斃了？但真吾很快地重新振作，爬起身來。

「請毫不保留全都告訴我。」

「我知道的也不多，哪來的保留。總之，將監大人和由比大人似乎正陰謀策劃，想要竊取主家。這樣的流言，雖然讓人想一笑置之，但不巧的是，我聯想到一些相關的事。」

一路壓抑顫抖的聲音說。

「說到相關的事，在下也是一樣。」

真吾也像強擠出聲音似地說。一路胸口一震。他沒想那麼多，但這麼一說，兩人的父親都死於非命，絕非尋常。

兩人在冰冷的黑暗中彼此對視了半晌。

「你有沒有從過世的令尊那裡聽到些什麼？」

「家父向來沉默寡言，從來不提起陣屋的工作，只是……」

「只是什麼？」

真吾彷彿不願想起似地歪起嘴唇。

「大概是家父過世幾天前吧！他喝得酩酊大醉，回家時倒在長屋的玄關口，說自己一介下級武士，今晚卻有幸陪將監和由比大人飲酒，不勝感激。不過那時他說了奇怪的話……他說：『真吾，你聽好，人年過四十，不論再怎麼健康，也不曉得明天的命運將如何，如果你父親有什麼萬一，比起任何人的命令，你都該最先聽從長官小野寺大人的指示，明白嗎？這才是下級武士的分際。』」

一路嚥了口口水。從此事看來，真吾父親的猝死實在太過離奇。一路的腦中立刻冒出再清楚不過的劇本。

勘定役國分七左衛門與一路的父親相從甚密，而身為供頭的父親，唯一的下屬正是真吾的父親。那些亂臣賊子們，是不是想藉此摧毀那「眼中釘、肉中刺」國分大人的相關勢力？但栗山的父親並沒有受他們收買，反倒因為得知秘密而慘遭滅口。

沉得幾乎令人耳鳴的闃靜之中，掠過夜鴉的遠啼。

「令尊是在陣屋內過世的吧？」

「是的，而且是在將監大人的辦公廳。」

那時是秋初，如果有關臘月參勤的吩咐，應該交代供頭才是，然而越過供頭，叫來栗山的父親，這一點首先令人起疑。

先前從真吾那裡聽到時不當一回事的內容，接連在一路的腦中復甦。

剛巧栗山的父親斷氣時的模樣被經過的主公撞見了，而主公不畏死亡的晦氣，一把抱起栗山的父親，鼓勵他振作。

「那真的是中風嗎？」

真吾搖頭，欲言又止。

「你還記得人死之時的模樣吧？」

「我沒見過多少人死之時的模樣，如果醫師斷定是中風，而且每個人都這樣說，我也無法辯駁。比起這些，在下更為家父在陣屋內的過失，禍及栗山家的事而焦頭爛額。沒有被流放新田，反而像這樣繼承職務，全靠彌九郎大人保全。」

「而家父也驟逝了，這會是巧合嗎？」

真吾緊閉雙眼，彷彿驚懼於夜鴉的啼叫聲。

對於下屬的死，父親不可能毫不起疑。為了究明真相，他肯定會去逼問將監和由比，然後與屋舍一同被燒得一乾二淨。

「這是我的猜測。」

雖然不聽也曉得，但一路還是讓真吾往下說。

「我很清楚彌九郎大人的為人。家父是個窮酸的下級武士，但彌九郎大人可是連和服褲裙的褶痕都一絲不苟的人，我實在不認為他會如此疏忽大意，引發祝融之災，甚至連自己都來不及逃生。我不是完全沒有懷疑過，但如今才徹底明白。家父被將監下毒謀害，而彌九郎大人則被下了安眠藥或是灌醉後，縱火燒燬屋舍。」

真吾痛苦地壓低聲音說到這裡，俯下凌亂的髮鬢，握緊褲裙膝蓋，飲泣起來。

「吶，真吾，你說的話已經無庸置疑，但現在不是哭的時候。你知道那些叛黨在打什麼主意吧？」

真吾哭著點頭。

「我知道。他們明知不可能達成，卻指派對參勤規定全然陌生的供頭與輔佐辦理這件事，打算一到江戶，就一一糾彈我們在路途上的過失，將小野寺和栗山連同家名一同葬送掉。」

「沒錯。那麼我們更該完美無缺、無可挑剔地執行這趟旅程。」

「這實在難如登天。自起駕起的這三天，我雖然設法盡責行事，但一想到往後還有九天，怎麼想都不可能辦得到。」

真吾畏怯地哭泣，一路抓住他的肩膀搖晃。

「辦得到。如果自覺辦不到，那麼就連原來辦得到的也都辦不成了。不許說洩氣話。」

鼓勵的話才脫口，一路便覺嘴唇一陣蒼白。

蒔坂將監身為主公的後見役，在幕閣之間肯定常有交際，只要四處灑點銀子打點，羅織參勤疏略的罪名，難保不為主公帶來災禍。

蒔坂左京大夫，因參勤疏略之罪，命其隱退。念其子幼少，故家名當由後見役蒔坂將監繼之……

如果上頭下了這樣的裁決，駐守領國的由比帶刀肯定會迫不及待地將一黨的惡行賴到他人頭上，展開肅清。首當其衝，第一個會被抓來血祭的必定是勘定役國分大人。

如此一來，自己心愛的未婚妻又將如何？江戶官邸臥病在床的母親呢？

然而一路的體力已經不容他做出更多可怕的想像。仔細想想，這短短的三天內已經有太多勉強，要在往後九天做出令人無可挑剔的完美調度，實在無從想像。

「既然如此……」

一路下定決心開口：

「既然如此，也只能不顧惶恐，直接向主公申訴。」

啊，真吾氣餒地趴倒下來。眾所皆知，主公依照上代的遺言，將將監視為親兄長般信賴倚重，如果主公得知將監與國家老由比帶刀兩人的叛意，不曉得會多麼失望？

此外，即便知曉，主公是否有足夠的權威解決事端，也令人質疑。太平的日子延續了兩百多之後，家家公主都成了虛位的傀儡，實權肯定都掌握在將監或由比帶刀那樣的人手中。

既然如此，越次申訴也只會徒生混亂。

「並非不可能。」

忽然間，頭頂上傳來一道神聖的聲音。

咦，難道是神佛顯靈？抬頭一看，從樓梯縫間探頭出來的，是佐久間勘十郎那張武者面孔。

絕不能被人聽見的事，竟然被最不該聽見的人聽到了。雖然親身請託的人不應該這麼說，但穿戴得活像個絢爛華美的端午人偶，擔任隊伍先鋒，可說是狂顛之舉。一路原以為能撐個一天就算可喜可賀了，沒想到一連走了三天，仍絲毫不見勘十郎羞恥的模樣。

勘十郎不理會啞然的兩人，寒冷地縮著那身魁梧身軀，走下樓梯來。

「剛才的話，請千萬不可外傳。」

勘十郎打了個像要吞下夜黑的大哈欠，對於一路的懇求聽若罔聞。

「不可外傳？笑話！」

難道這個傢伙也是叛黨？兩人忍不住防備起來。

「主家存亡危機，你居然說是笑話？」

「噯，別激動。我說笑話，不是輕視這件事。你們當差的表現有目共睹，但到底還是太年輕了。」

「什麼話？你這個不忠之徒！」

一路厲聲喝道。勘十郎細細查看四方黑暗處，確定沒有旁人耳目後，食指豎在嘴唇上，用拳頭敲了敲兩人的額頭。

「聲音太大啦！被將監聽到，你們還有命嗎？你們聽好了，不知道將監、由比一夥人陰謀的，我看就只有你們兩位了。真是的！父親雙雙遇害，至今卻毫不懷疑，這不叫笑話叫什麼？」

什麼？只有他們被蒙在鼓裡？

一路覺得揹負著小野寺家名與供頭大任的身子忽然縮小，變回了一個虛歲十九的年輕武士。栗山真吾則是茫然張口，那張臉也同樣變回了十七歲的少年。

一路回想。空澄和尚提到那件事時，開頭確實是「在田名部陣下傳得沸沸揚揚」，既然都傳得沸沸揚揚了，百名家臣應該全都知情吧！但父親紛紛遇害的一路與真吾，不知道是不是已經被捲入巨大陰謀的中心，反而聽不見傳聞？

他覺得傳聞理當如此，愈是茲事體大，愈不會傳入當事人耳中。

一路這才回想起對於從江戶回到田名部的自己，人們那無法解釋的冷漠態度。不僅新田的叔父不願意與他扯上瓜葛，武士和町人也都轉身背向他，唯一願意幫他一把的，只有勘定役國分大人，以及聚集在落魄客棧的底層人士而已。

一路愛憐地撫摸著在這三天旅程之間變得髒汙的外衣及褲裙。眼底浮現未婚妻胸口抱著揣摩郎君身材縫製的這套行裝，在麴屋前來回逡巡的模樣。

「請您順利完成職務。」

走著夜路送她回家，臨別之際，薰這麼對他說，然後垂下頭來。那句話裡，一定傾注了一路沒有察覺的萬般心意。

「但是想想，只有你們兩個渾然不覺也是理所當然吶！」

佐久間勘十郎仰望照入星光的煙囪，吐著白煙，嘆息著說。

「為什麼？」

真吾氣憤地挪膝逼近，一路抓住他的肩膀。

「就算問為什麼，這也難以解釋。因為我跟你們不同，是個腦袋不夠靈光的粗人。」

勘十郎放開蹲踞的膝蓋，露出毛髮濃密的粗壯小腿，盤起腿來。

「喏，我說兩位，我是個傻子，所以不會賣弄歪理，也不知道其他人究竟怎麼想。所以我只能說出為什麼我甘願忍辱，當這武者人偶般的先鋒，好嗎？」

兩人挺直背脊點點頭。勘十郎雖然不擅思考，但一路覺得他的眼神清澄。

「田名部家臣自古以來，就倚靠蒔坂主家的俸祿維生。一百名家臣無一例外，每戶人家都隨著蒔坂左京大夫之名，延續了十幾代。乍聽這個令人心驚陰謀時，我真是慌了。坦白說，誰還管它忠義什麼的，萬一弄個不好，豈不是得帶著妻小流落街頭了嗎？沒有人吭聲，是因為如果想保身，就只能裝作毫不知情。我是個傻瓜，所以不會說漂亮話，但田名部眾家臣的心裡頭應該都是這麼想的。」

一路擠出聲音反駁：

「你的意思是，只要有薪俸可拿，主公是誰都無所謂嗎？」

「不，我可沒說到這份上。可是啊，小野寺，多數的家臣，除非是極親近的貼身侍從，否則連主公的正臉都沒瞧過，就連聲音也是。斟酌著辦、辛苦了、很好，一年最多只能聽到那麼一兩聲吧！要為千里之遙的主公捨身盡忠，未免太可笑了吧？」

勘十郎說的道理，一路不是不明白，也覺得這才合乎人之常情。但愈是這麼想，一股無處發洩的怒意就愈是在胸口滾滾沸騰，他咬牙切齒，下巴幾乎都發痛了。

「可是並非人人如此，有人被毒害，也有人葬身火窟。佐久間大人的意思是，就連那樣的忠義之士也同樣可笑嗎？」

「等一下。」勘十郎伸出團扇般的大手擋在一路眼前。

「先聽我說完。忠義之心我不懂，但我也有正義之心。就算是主家宗族，擅權營私不說，甚至欲謀篡奪主家，這無疑是不可原諒的惡行。然而眼前已經有兩名挺身對抗惡徒的人被害，萬一弄個不好，下一個便是自己——會這麼恐懼戰兢，也確實是人之常情啊。」

「懦夫！」真吾喃喃道。勘十郎瞪了他一眼，繼續說下去。

「聽說那兩位的兒子竟要指揮這次的參勤，我也曾煩惱該如何是好。壞人的計謀擺在眼前，那麼我該怎麼做？到底能做什麼？那時，你們來到倉庫，任命我為先鋒武者。你們也不想想，就算是傻瓜，常人能犧牲到這種地步嗎？」

一路頓時覺得胸口一熱。從煙囪灑落的青冥天光中，交抱手臂坐鎮的勘十郎，看起來就像一尊佛陀。

「我啊，想為你說的那個依循家傳古法的隊伍擔任先鋒。傻瓜所能貢獻的也就只有這樣吧！既然如此，就讓它變成一支即便是惡徒也無從挑剔的出色隊伍吧！如果每個人都懷抱這樣的心態，順利走完中山道這十二天的旅程，就沒有壞人出場的餘地了。當然，沒有人說好這麼做，但我認為這八十人的隊伍中，每個人的心情都與我相同。」

真吾已經摀著臉哭了起來。還來不及驚訝，淚水也滾落一路的臉頰。

原來起駕的準備能如此整齊順利，絕非神佛保佑。人數是往常隊伍兩倍的八十隨從，沒有半句怨言，全都聽從一路的指示。

而在領國留守的少數家臣和百姓，也都跪伏路旁目送他們。知道這個傳聞的田名部武士與領民，都把內心的祈禱傾注在那井然有序的起駕行伍之中。

八幡神社的出陣吶喊在耳邊響起。飲酒擲盞，眾人與主公齊聲唱和，大刀和小刀朝天舉起，吶喊聲漂亮地合而為一。

仔細回想，這路途上的種種都不是自己指揮的成果。只要一路開口說話，八十人就毫不懈怠地完成各自應盡的職務，只是如此罷了。

「但是我……」

勘十郎欲言又止，眼神落向地上，再次抬起時眼眶也濕了。

「出發後，很快地我終於明白什麼是忠義。那該怎麼說呢？就像這樣，一股沒來由的情緒從肚腹深處倒流而上。過去沒什麼聽過主公的聲音、看過主公的面容，如今卻時時出現在我面前。三番兩次之後，我開始夢想能死在主公馬前。你們兩個明白嗎？兩百多年前的我的祖先常存心中的忠義之心，真的是突如其來地在我的胸中復甦過來。」

那三番兩次的第一次，應該是從陣下出發後立刻目睹的，農民一家與主公的一幕吧！主公從恐懼萬端的母親背後，連著棉罩衫一同抱起嬰兒，以逗哄的聲音安撫。

當時一路只是覺得，主公的一時興起可真教人傷腦筋。不只是一路，隊伍中每個人想必都有同感。主公是權威的象徵，也就是傀儡，要是任意行動可就麻煩了。

然而在西洞坡險地騎馬馳騁時，一路真是嚇壞了。小斑並非平時的座騎，而且從未受過騎乘訓練，但在主公手中竟能宛如宇治川會戰中的生唼、磨墨那般駕馭著。主公騎術之精湛，只能以精彩來形容。

難道那位大人一直以來佯裝成傀儡，骨子裡其實是名如假包換的武將？一路這麼懷疑。

在平六坡遇上前任若年寄大隊時，主公不管三七二十一，命令轎子前行，甚至還讓德川宗族大名的轎子立在路旁。

「河內守大人，長久以來辛苦了。回領國好好歇息吧！」

竟然能說到這種地步？一路聞言戰慄不已。主公那完全不把去職幕閣放在眼中的膽量，令他敬畏三分。

而在馬籠宿焦土上與村中姑娘的對話，更讓眾人明白主公的言行舉止絕非一時興起，也不是欠缺思慮。

覺得有點裝腔作勢的，或許只有一路一人吧！眾人都為主公的憐孤恤苦深感共鳴，各自將食物和零錢賞給姑娘。

「短短三天路途，我已經萌生忠義之心。雖然沒有人說出口，但我想其他的八十人肯定也是如此。」

而自己卻被供頭的重責大任壓得喘不過氣，忠義之心無以萌生，這讓一路感到無比羞愧。

中山道是天下公道，沿途的居民是天下領民。如果有人毀謗主公僭越，主公必會在江戶城中揪住尾張大人，直指其非。因為在真理之前，沒有六十二萬石大名或七千五百石旗本之分。

「正因為是七千五百石的旗本，才非聆聽不可。這才是真正的分際。」

主公的這番話猶言在耳。他怎麼可能是個傀儡？

「我說了這麼多，你們兩位年輕人也明白了吧？我們的左京大夫大人，毫無疑問是位名君。從扛行李的雜役，到抬轎的轎伕，人人都渴望死在主公馬前。既然如此，必會設法對抗想廢黜主公的奸邪陰謀。這已經不是為求自保，也不是對兩位的憐憫。小野寺一路指揮的八十人，必要達成讓惡徒無從置喙的完美參勤。」

佐久間勘十郎那張武者容貌浮現暢快的笑容，再次敲了敲茫然的兩人額頭。

「啊，不過將監大人，這回的參勤辦得可真不壞吶！」

側用人伊東喜惣次啜飲著冷酒，觀察蒔坂將監不悅的神色。

他總覺得三不五時掠過耳際的夜鴉啼聲是某種不祥的徵兆。

「不是佩服的時候。才不過第三晚，遲早會露出破綻來。」

雖然佯裝泰然自若，但將監明顯透露出焦灼的神色。強行軍想必也讓他累壞了，但彼此都沒有臥床就寢，而是在這小酌。

「是過世的彌九郎生前細細將供頭職務傳授給兒子了嗎？」

「不，這不可能。即便口傳，也可想而知。畢竟一路那傢伙都已經年屆十九，還在江戶的道場和學塾念書學藝，一次也沒有參加過參勤。」

聽說小野寺一路靠著家傳的小冊子《行軍錄》，籌備了戰國時代的江戶參謁旅程。原來就已經難如登天的任務，又要遵循古禮，不出差錯才怪。然而意外的是，依循陳年舊規的隊伍竟沒鬧出什麼紕漏，順利地進行著。

「什麼參謁江戶的行軍，笑死人！」

「但是將監大人，不知道為什麼，大夥看上去幹勁十足。」

將監仰望離房低矮的天花板，若有所思。

「噯，畢竟這次旅程處處異於尋常，大夥大概只是覺得有意思吧！」

「連主公也是嗎？」

將監扭曲那張文雅的臉孔苦笑：

「那傢伙是個大傻瓜。我從他出生以來就一直看著他，是個如假包換的大呆瓜。」

從喜惣次還不是家臣，仍是將監家郎黨時，將監便動輒將這番話掛在嘴邊。事到如今，喜惣次也不打算懷疑這番話，但自從踏上這趟全循古禮的旅途後，他總覺得主公看起來不像傻瓜，而像是別的什麼。

雖然是同宗同族，但指著主公說「那傢伙」，未免過於猖狂。喜惣次頭一次這麼覺得。

「喏，喜惣次，就像你曉得的，那傢伙啊，待在江戶時幾乎成天上戲館子，是個大戲痴。看上去優雅動聽的言行舉止，全是從成田屋、音羽屋那些戲子身上學來的，你可別被他騙啦！」

真的是這樣嗎？喜惣次懷疑起來。主公看戲時，側用人必定陪同，他還看得出那些話和動作，是不是從戲子身上學來的。

他覺得不是。如果不是如此，那麼這三天旅程中，主公表現出的言行舉止究竟從何而來？

「你可別嚇著了，喜惣次。等除掉那大傻瓜以後，你就要明正言順地成為家老了。」

聽到將監斥責般的聲音，別說振奮了，喜惣次感到一陣猛烈的眩暈，放下酒杯。

「小的有點睏了，今晚就到這裡吧！」

「嗯，好好休息去吧！」

喜惣次辭去時，長廊上結著霜。夜鴉的啼聲直逼樹林，讓喜惣次身子一震。

我的主子不是主公，而是從父親那一代就以郎黨身分侍奉的將監大人，所以沒什麼好迷惘的。

就算主公不是傻瓜，而是別的什麼。

經過主屋走廊時，內室傳來誦讀戰記的清朗聲音。根據小野寺一路說法，參勤路上就是戰陣，因此身為武將不得闔眼安歇。

那過於陳腐的規定，令喜惣次忍不住「噗嗤」地笑了出聲，瞬間紙門大開，穿著睡袍的主公踏出砰砰的腳步聲，跑過走廊。

「哇！尿急啊！忍不得了，忍不得了。啊，伊東，抱歉，我一直憋到幼帝沉入壇之浦。啊，不好，忍不到廁所了，把遮雨窗板打開！」

喜惣次急忙拍下遮雨窗板，只見主公打著赤腳跳下庭院，勁頭十足地開始小解。

「啊，真暢快。很好，很好。」

一切都是自己多心了。十四代蒔坂左京大夫，果然是個天下無雙的大傻瓜。

## 4

〈供頭守則〉

十一、自三留野至野尻　中山道中屈指之崖也

木曾川暴溢　是處道塞

然参勤道中乃行軍　故須斷然渡之

大丈夫寧為玉碎　不可瓦全

「這沒辦法吧！」

佐久間勘十郎目瞪口呆地說。

「供頭說，」

「無論如何都要過。」

「但這模樣，」

「實在沒辦法吧！」

「沒辦法吧！」

雙胞胎持槍家奴也不禁悄然佇立。

一路舉手，停下後方的隊伍。

「我說小野寺，這趟旅途中多數的事都嚇不倒我，但無論你那守則裡頭寫了些什麼，做不到的事就是做不到啊。」

用不著拿出來重讀，《行軍錄》中祖先交代的事一路早已經銘記在心。

大丈夫寧為玉碎，不可瓦全。

身為堂堂男子漢，寧願做玉器被打碎，也不願做瓦器而得保全。

但前方道路是越看越明白，無論何等威武的大丈夫都不可能踏破。

應該是暴風雨導致崩塌，巨石與倒木聚積，形成一座固若金湯的要塞，阻絕了山路，沖刷而下土石直落幽深谷底。別說男子漢大丈夫了，野鹿或猿猴也不可能越渡。

一早離開妻籠宿，剛開始是片悠閒的山中景色，但過了三留野，地勢便急轉直下，成了險峻的陡坡。沿著木曾川深掘而下的溪谷，有條寬約一間、緊攀著山谷的道路。擔憂的念頭才剛興起，中山道便被崩落的石塊和倒木所堵塞。

半個月前，一路從江戶返鄉時走的是迴繞山峰的小路。當然，路上遇見的旅人也都這麼做。雖然同樣是艱難的越嶺之路，但既然主道如此險阻，繞道而行也是莫可奈何之計。

當時那條迂迴的小路有多長呢？一路仰望遙山回想。他在獸徑般的小路上上下下走了三、四里，因此原定行至妻籠，最後卻只能在三留野過夜。如果真是如此，倒算回來，隊伍將走不到今天預定投宿的上松宿，只能抵達前一站的須原。

「喂，小野寺，你在想什麼？硬闖過去會出人命的。這一看就知道吧？」

路上的事故必須通報宿場官吏。更別說上松宿的下一站是天下四關的福島關所，監視著這跨越與川山路及木曾棧道的險處。如果明知不可為而為之，鬧出人命，後果非同小可。萬一個不好，這件事更可能正中將監一夥的下懷。

就在此時，傳來一道「喂」的呼喚聲引來山中回音。從巨石另一頭探出那張灰頭土臉的，是先導的空澄和尚。

「不行，不行。我勉強走到一半，但上有落石，腳下也不停地崩塌，嚇得我都快沒命了。只能繞道而行了。」

一路瞪視前方。繞路——他覺得這是愧對自己的名字、無比醜惡的兩個字。這兩個字傳入耳中的一瞬，一股鬥志便熊熊湧上胸口。

一路怎麼能淪為繞路？

「有誰願意擔任蒔坂左京大夫大人的先鋒！」

一路朝著停在杉林中的隊伍叫道。

話聲剛落，立刻傳出許多奮勇的回音：「噢！」

第一個跳出來的是沿路默默跟隨的小個子押足輕[69]。刀子已經從腰上解下，輕裝的雙肩上扛著成捆的粗麻繩。

「在下隸屬田名部陣屋西廓組，矢島兵助。翻越與川的先鋒就交給我！」

武士這麼嚷道，跑過一路身旁，隨即爬上堵塞處。他將粗麻繩一端綁在倒木上，推開制止的空澄和尚，開出道路，那勇往直前的模樣活像猿猴。

「啊，這個人綽號猴子兵助，陣屋修繕、修剪庭院松枝時都非他不可。」

那副模樣確實不像人類，活脫脫就是隻猿猴。動作迅捷，但固定上去的繩索絕非亂無章法。兵助仰望山坡，俯視山谷，確定立足點後揮動小刀，將供人拽抓的麻繩纏在各個要處。

一眨眼的工夫便開出一條可攀繩而上的小路，直到巨大杉木連根倒下的另一頭。兵助確定前方道路無虞，便回頭向隊伍大喊：

「各位，留心前進！主公請徒步通過！」

左京大夫一打開轎門，茫然自失地望著眼前。

「不必說我也會走。」

主公厭煩地以隨從聽不見的微小聲音說。

「我需要時間準備，大夥先過吧！」

主公坐轎坐膩了就會騎馬，遇上平坦的道路，有時也會徒步散心，但對隨從而言費心的是，每回都得更衣。

本來就是一身行裝，似不必如此麻煩，但畢竟主公是上代老來得子，成長在萬般寵溺之中，視這點麻煩為理所當然。

小姓簇擁著主公更衣。不過就算把乘轎的服裝換為略為陳舊的徒步用衣物，看上去也沒有太大的差別。

「是與川崩地吧？」

主公問側用人伊東喜惣次。

「似乎是。供頭說，無論如何非過不可，否則行程將被打亂。嗳，這未免太胡來了。」

「喂，伊東，怎麼可以僭越批評供頭的指揮？」

雖然嘴上這麼斥責，但看著抓著繩索，如螞蟻行軍般渡過崩塌處眾家臣的模樣，主公內心也七上八下。

眼下是直墜木曾川的巔崖峻谷。螞蟻隊伍狼狽不堪地前進，腳下的土石不斷崩落。忽然間，主公想起在江戶官邸等待的妻兒，萬一自己在這此地墜谷喪命，因違背武士道而斷絕家名雖然是無可奈何的事，但妻兒們肯定傷心欲絕。

「伊東，打個商量。」

69 負責指揮雜役、小廝的低階武士。

「是！主公請說。」

「別看我這樣，我腳程很快。」

「呃，這又是……」

「我是說，如果只有我一個人，一定可以在隊伍過完這處險地前繞路趕至前頭。」

主公自以為說得含蓄，側用人的臉上卻明顯地露出侮蔑的神色。

「回主公的話，違抗供頭的指揮不是也是僭越？」

主公自省。如果有個萬一，足輕小廝同樣也有為他們悲傷難過的家人。

「別誤會。我只是想，如果我勉強過去，恐怕害得你與小姓身陷險境。」

主公巧妙地掩飾失言，走了出去。

仔細回想，前前後後走過二十餘次的參勤旅程中，穿過與川險地的次數屈指可數。支流與川與木曾川會合的這一帶地質脆弱，每回棧道甫一修畢，過不了多久又會再次崩塌。遠遠地繞過後山的迂迴小路雖然安全，卻漫長險阻，人數為平時兩倍的這支隊伍估計得耗上半天才走得完。

如此一來，就得變更次站留宿的宿場。不僅讓宿場蒙受極大的損害，花費也會增加，萬一耽擱了抵達江戶的時日，還得派使者通報值月老中。供頭恐怕也是料到這些麻煩，才決定強渡與川崩地吧！

抓住麻繩，才踏出沒幾步腳下的沙土便嘩啦啦地崩塌。

每晚聆聽的《平家物語》其中一個場面浮現主公心頭。此刻心境完全是從鵯越的高崖騎馬直下的九郎判官。

小姓或拉著主公的手，或推著主公的屁股，拚命扶持，但漸漸已不曉得是誰在扶著誰，反而比隻身進前更加危險。「啊」的一聲慘叫，引得主公回頭一看，一名小姓隨著石塊往下溜去，勉強以倒木的樹根支撐。

《平家物語》〈衝鋒下崖〉中的一段，形容那是處馬蹬前端與前方武者鎧甲相撞擊的斷崖。當時九郎判官高呼一聲：「我義經來做榜樣。」便一馬當先，首先是三十騎近侍跟隨，緊接著三千餘騎兵氣勢如虹地直奔而下，攻陷了一谷的平家大本營。

說到理當是這源氏後裔的主公，還沒前進幾步，就攀在落下的巨石後方，被小姓包圍著，進退維谷。

那到底是幾百年前的事？主公想心。不，不能考慮時代差距。自己必須是與源平時代毫無二致的勇猛武將，是率領上百軍兵的大將。

戰記寫道，九郎判官率軍隊自崖上長驅直下，那實在不是人類能及的偉業，聲勢有如鬼神，三千騎兵的吶喊伴隨山中回音，聽起來儼然是十萬大軍。

十四代蒔坂左京大夫是武將，還是只是個裝扮成武將的傀儡？主公在小姓包圍下渾身哆嗦著，不禁深切地思考自己究竟是什麼？

「伊東，附耳過來。」

將監叫住側用人，走進俯視木曾谷的樹蔭下。雖然是主子，但坦白說，喜惣次實在不欣賞將監這種陰冷的氣質。每回聽著將監的耳語，即使身在日光普照的庭院中，也猶如困於陰暗的樹林裡，更何況是這林木蒼鬱的木曾山中。

「與其想東想西，倒不如來個快刀斬麻。」

將監如此細語，回望與川崩地。在斜坡處的巨石後方，主公被小姓簇擁著，正前退不得。

莫非，伊東心想。但聽將監的口氣，除了那個「莫非」以外，不可能再有其他意思。

「讓小姓亂哄哄地圍著反倒危險，你側用人一個人牽著就行了。」

喜惣次的膝蓋顫抖。將監的意思是要他牽著主公，然後找個地方放手。

廢黜痴愚無用的主公，由將監繼承其位，這種說法即便是篡奪主家，其中仍有大義。但謀害主公，事態可就不同了。

「你懂吧，伊東？總之，來個『快刀斬麻』。」

喜惣次忍不住往後退。將監灰黑的臉孔隨著酒臭向前逼近。

「我辦不到，將監大人。參勤是行軍，如果大將遇難，老中也不會毫不吭聲。如此一來，主家將被廢除。」

「別擔心。值月老中松平豐前守平日便與我友好。如果由我來繼承主家，他也不會刁難。真是快刀亂麻之計。」

「請收回這個念頭。親手弒君，這太令人心驚了。」

「哦？你說那大傻瓜是你的主子？那我算什麼？你從父親一代起就是我家的郎黨，竟敢用那口氣和我說話？」

「請大人原諒、請大人原諒。」

喜惣次被逼到邊緣，朝懸崖俯視了一眼，心想乾脆投崖自盡，一了百了。或許是察覺了他的企圖，將監一把揪住喜惣次的手臂說：

「可沒那麼便宜的事。如果強渡與川崩地，造成死傷，幕府同樣會降罪下來，但你是我重要的郎黨，往後還有要你效命的地方。」

崩塌的路段約兩町長，領頭的佐久間勘十郎似乎已經順利過關，那身光采奪目的戰袍正高舉長槍，不停地激勵後方的隊伍。

但螞蟻大隊各自抓著攀附的麻繩，難以前進。每個人都嚇得兩腿發軟，沒拿穩的箱篋物品更隨著落石滾到崖下。

「可惡的供頭，居然得寸進尺！這回絕不可能順利通過，反正都要有人摔死，不如早點了事比較快。伊東，上。」

喜惣次沒有勇氣違抗主子的命令。在被提拔為側用人以前，他並不是蒔坂左京大夫的家臣，而是蒔坂將監的郎黨。在父親那一代賞錢給他們一家的，肯定也是將監。喜惣次在將監大宅的門長屋生長，甚至被推舉為主公近侍，因此他始終認為自己的主子是將監。

只要是主子的命令，便是不折不扣的職責，他只能告訴自己，這絕非弒君之舉。

「小的遵命。」

喜惣次下定決心。正當他朝著崩塌處走去，主公清朗的聲音忽然打破了樹林中的寂靜。

「牽馬來！」

什、什麼？本來應該在石塊後方動彈不得的主公，竟昂然站立於倒木上。叫人牽馬過去，這是怎麼回事？

「大傻瓜！連徒步都難以橫越的險處，居然還想騎馬？是每晚聆聽戰記故事，終於自以為是翻越鵯越高地的九郎判官了吧！別說快刀亂麻了，這下連麻煩都省了。」

將監對手中牽著馬轡、察看後見役臉色的馬迴役[70]命道：「主公下令了，牽馬過去。」

「呃……白雪和小斑，該牽哪一匹？」

聽那馬迴役武士的口氣，與其說是問哪一匹才能越過難關，更像是說既然都要墜谷而死，哪一匹作伴比較好。

「隨便哪一匹都行。如果你決定不了，就叫馬自個兒商量吧！」

將監說完，轉向木曾谷的斷崖絕壁，壓低聲音咯咯地笑。

連麻煩都省了，這番話實在冷酷，喜惣次開始同情起會隨著主公一同命喪木曾谷的馬兒，注視兩匹並轡而立的座騎。

白雪如同其名，隨著年紀漸長，毛色也愈發花白。另一匹花斑馬原是更勝白雪的白灰馬，卻不知為何，在途中變成了一匹花斑馬，據主公說，是田名部八幡神神威顯靈。

主公熟悉的老馬白雪，與年輕剽悍的小斑，如果問哪一匹較好，將監「隨便哪一匹都行」的回答，感覺也不全是玩笑。簡而言之，無論如何都渡不了這個難關。

「將監大人命令，你們倆自個兒商量吧！」

馬迴役自暴自棄地說。結果兩匹馬將紅黑兩色的馬飾彼此磨擦，彷彿正在聚首磋商。

雖然說良駒解人語，但總不可能真的在商量吧！

「我說小斑啊，我已經高齡十旬，換算成人類年齡差不多有五十了吶！如果問該選哪一匹上陣，不必說，百人之中的百人都會選妳。」

「哎呀，才瞧人家一眼，就馬氣全開的是哪位啊？隨自己的方便，一下子說自己年輕力壯，一下子又說自己老態龍鍾，原來如此，以人類來說，的確是五十好幾的老江湖了。」

「我好久沒那樣馬氣全開啦！但即便如此，也不能真的騎上妳去。沒那個勁啦！」

「恕晚輩直言，前輩，種馬十歲以後才開始發揮真本事。喏，別再倚老賣老了，這兒就請前輩表現一下吧！」

「不不不，在馬的世界裡，比起老男人，年輕姑娘更能派上用場啊。說什麼凡事男人更勝女人，前輩更勝晚輩，是愚蠢的人類自個兒的歪理。」

「看你，巧舌如簧。前輩，你就坦白明講吧！你還不想送命就是了？」

「不是的。我全心全意為了主家、為了主公的性命著想，才把這個大任託付給妳。」

「哼，裝什麼忠義之馬。才不是為了主家主公，這叫做送假人情。連在主公御前也不知道避諱，馬氣全開，就是再好不過的證據，你啊，就只是匹老色馬。」

「居然把我的忠義和色欲混為一談，真傷腦筋。聽好了，小斑，我之所以不慎馬氣全開，

70在大將座騎旁，負責護衛、傳令之騎馬武士。

絕非我毫無忠義之心，全因為妳是匹頂尖兒美駒啊。我啊，馬生十年，以人生來說就是五十年，見識無數馬匹，卻從沒見過像妳這樣的俏馬兒。」

「哎呀，真的嗎？我見過的馬還沒有多少，不清楚自己有多少斤兩……」

「錯不了。一身純白的化妝也清純可人，但妳最美的還是脂粉未施的時候。不，不只臉蛋。看看那修偉的脖子、那渾圓的屁股、筆直修長的四肢、鬃毛、尾巴，啊，沒一處可以挑剔。」

「是這、這樣嗎？其實呢，我經歷過許多……啊，不是為了公馬吃苦。只因為我出身不好，受了不少罪……」

「妳說到重點了。我不曉得妳吃過什麼苦，但那自然流露的憂愁氣息，實在教馬難以招架。嬌生慣養的深閨千金啊，就沒有這份韻味。喏，就是妳那垂首惆悵、彷彿自責不該苟活於世的側臉，激起了我的男子氣慨啊！妳仔細想想啊，小斑，原本妳在苦難的馬生之後，幾乎要被殺來下鍋，全是那年輕供頭仔細為妳盛裝施粉，提拔妳為主公座騎的呢！而主公看重妳，三番兩次騎著妳上路，不是嗎？從火鍋食材出馬頭地，成為主公座騎的這份幸運，妳可得仔細思量。如果要報恩，就只有現在了。」

「我懂了……我……會捨命相報。」

「很好。不要退縮，小斑。主公他啊，深信妳就是田名部八幡神的神駒。人類只要如此堅信，必能展現出原不存在的神威佛德。去吧，小斑！蒔坂家三十九代、田名部七千五百石、百名家臣的命運，全寄託在妳那四隻腳上了。上啊，小斑！」

「我、我上了。啊，總覺得迫不及待起來。我走了！」

「去吧，去吧！一馬當先、勇往直前！呵呵呵。」

「咦……白雪前輩，你剛才是不是悄悄吐了舌頭？」

小野寺一路與栗山真吾在與川崩地坡度較緩處，踏緊雙腳，張開雙手站立著。懸在腰上的麻繩懸繫在倒木樹幹上。沙土不停地從頭頂上傾灑而下，敲打在兩人臉上，再唰唰地滾落木曾谷深不見底的深淵中。

「真吾，東西就別管了。不能讓人掉下去，一個都不許掉下去。」

長槍、鐵砲、箱篋和衣箱都用不著管了。只要不讓人摔落，便不致招罪。

一路攀抓著繩索，仰望提心吊膽地前進的隊伍，高聲命令：

「握不住就丟掉！最重要的是自己！記住，田名部的寶物不是物品，而是你們每一位的性命！」

回應一路的這番話，物品被扔了下來。武士和雜役小廝都藉此機會，發出感激的一聲「抱歉」。那全是有著主家家徽，蒔坂家歷代使用的行李。喊著「抱歉」扔下東西的人，全都流下慚愧的淚水。

其中，有名武士說什麼也無法將東西拋下，費勁苦撐著。那健壯的肩膀上揹負的是只沉重的鎧櫃。

丟掉它！一路把這個聲音吞了回去。因為他想到那箱櫃所藏之物有多麼寶貴。

根據古禮，擺飾在本陣壁龕上的那副鎧甲，比東照神君恩賜的一對長槍來歷更為悠久。那是戰國霸權尚未分曉時，蒔坂家之祖從武田信玄公拜領的一具鎧甲。追本溯源，蒔坂家的割菱家徽，也是來自於那鎧甲櫃上的武田菱。

家康公尊敬身為戰國英雄的信玄公，視其遺臣及相關武將為武門名流，廣加招納。原本是外樣的蒔坂家，能成為交代寄合表御禮眾這般破格的旗本，也是因為被認定是信玄公舊故，而最重要的證據，便是收藏於那鎧櫃中的「黑漆總鑲直紋盔」和「黑底黑絲綴胴甲」。

在參勤路上揹負這只鎧櫃是無上的光榮，雜役小廝連碰都不碰不得，規定須由健壯的武士從頭揹到尾。但無論再如何孔武有力的武士，想不借他人力量揹著它翻越這與川崩地，也是難如登天。

唯獨這樣物品，即使一路手握供頭權威也無從干涉。

「丟了它！」

聲音自頭頂某處傾注而下。

「不要緊。供頭說的沒錯，田名部的寶物不是物品，而是諸位的性命！」

原本蹲踞在岩石後方的主公，不知不覺間竟昂然卓立於倒木之上。

「沒聽見嗎？丟了它！」

揹鎧櫃的武士站在崩塌處，仰天號泣，緩緩地放下鎧櫃，隨著一聲「抱歉」，果斷地將它拋了出去。

一路緊緊地閉上眼睛。他不想見到祖先代代侍奉的蒔坂家象徵沒入深淵的景象。隊伍中的每一人全都別開臉、閉上眼睛。

「不行！」

一道尖叫引得一路張開眼睛，只見捲起滾滾沙塵滑落懸崖的鎧櫃正下方，是張開雙手的栗山真吾。

尖叫聲在轉瞬後安靜下來，緊接著爆出喝采般的吼叫聲。被救命繩拉住的真吾那細小的身軀，緊緊地抱住了鎧櫃。

「我不放手，絕不放手！諸位，請快點趕路，擊敗這與川崩地吧！」

聽到真吾拚了命的聲音，主公立刻回望來時的方向下令：

「牽馬來！」

這是哪裡？自己究竟在做什麼？一路已經茫然了。

他在樹林深處，散落著巨木、巨岩的陡峭山坡上，束手無策地站立著。

橫抱住鎧櫃的真吾，在拉得筆直的救命繩另一端，半身伸出斷崖絕壁，呻吟不止。

眾家臣各個蹲踞在艱難的立足處，屏住呼吸。

雖然不知道身在何地何時，但這裡是戰場，是祖先曾經馳騁的古代戰場，一路心想。頭上傾注而下的不是沙土，一定是埋伏敵方如雨的箭矢砲彈。

一道馬嘶聲傳來。佩上鑲金邊馬鞍，緋紅的馬飾威猛華美的一匹花班馬，毫不畏懼崩塌的地勢，馳騁而來。

不，不是馳騁。那是乘雲馭風的神駒在飛翔。

馬兒在傲立於倒木的主公御前止步，將背上的佩鞍轉過去，彷彿作勢恭請主公上馬。主公隨即輕巧地跨騎上去，揮舞從腰間抽出的犛毛麾令旗，大聲下達軍令：

「諸位聽好，這不是險峻的與川崩地，而是故鄉田名部的馬場！我左京大夫來作榜樣！出發，前往江戶！」

主公駕馭神駒，一馬當先，疾馳而出。

隊伍眾人齊聲吆喝，激起磅礴氣勢，開始行動。先前的怯懦猶如大夢一場，個個腳步健勇，八十人的呼聲喚來了回音，聽起來就像是足以撼動山河的數萬吶喊。

「將監大人，小的糊塗了。」

伊東喜惣次旁觀著這一連串發展，說出心中所想。

沒有回答，將監也半張著合不攏的嘴。

「大人說主公是個傻瓜，但或許主公真的是世人所謂的名君。」

大概是無法將這話置若罔聞，將監那雙蓬鬆的鍾馗眉倒豎起來，瞪著喜惣次。

「喂，伊東，你可別胡說。所謂名君，指的是有德院或是保科正之公，近來則是上杉鷹山公這些大人。那個戲痴、半青不黃、乳臭未乾的大傻瓜，怎麼可能是什麼名君？」

居然說到這種地步。大傻瓜上頭竟冠了三、四個形容詞，難不成將監也開始動搖了？側用人懷疑起來。

「就跟音羽屋、成田屋的台詞一樣，被睡前故事影響了吧！我也嗜讀戰記，剛才那台詞是把〈衝鋒懸崖〉那段的九郎判官和佐原十郎的話拿來混用了。真是笑破人肚皮！」

即便真的是如此，喜惣次也無法一笑置之。因為主公把《平家物語》的記述轉化為自身力量，這不正反映出他身為名君的聰穎智慧嗎？更何況誇誇海口也就罷了，主公馭馬的本領確實非比尋常。

主公平日寡默少言，喜怒哀樂也不形於色，眾人認為身為主公就當如此。換句話說，就連側用人的喜惣次都看不出主公是聰慧還是愚笨。

如果主公並非傻瓜，那麼將監想取而代之的大義也就蕩然無存了。

突然回首，主公的座騎白雪正悄然垂首。那一身灰毛已經全白，看來這傢伙也上了年紀。

「我們也過去吧！」

將監跨出步伐，白雪無精打采地跟著。兩方的背影總有些神似，是自己多心了嗎？

## 5

木曾福島位在中山道正中，與京三條和江戶日本橋的距離幾乎相等，是個山間小鎮。

在眾多關所之中，福島關與東海道的箱根、新居，以及同在中山道上的碓冰，並稱天下四關。

福島關所的番頭是檜山角兵衛。這天雪夜未明，就有值班人員趕到他的官舍。角兵衛喝問所為何事，對方回說並非有人闖關，而是西美濃田名部的蒔坂左京大夫一行人一早便抵達關外，正等著關所開門。

「不論來者何人，規定就是明六刻開門，暮六刻閉門。讓他們等也不算失禮。」

角兵衛說完返回內房，開始穿戴，但綁了腰帶又停下手，拉起褲裙又止住了腳。

他已經接獲通知，知道今天蒔坂家的隊伍將通過福島關。但無論怎麼計算，時辰都兜攏不上。

如果繞道與川崩地，昨晚不在野尻過夜，最多也只能趕到須原吧！從須原到下一站的上松宿，路程約三里餘，從上松到福島有兩里半，那麼要在這個時刻，又是開門的半刻前抵達關卡，如果不是徹夜行走，就是極早便從上松出發。

不不不，在與川迂迴繞道，不可能到得了上松。即使勉強趕路，抵達宿場也早已夜半，無法太早出發。更遑論上松與福島之間，還有木曾棧道這個難關，天色昏暗時實在不可能通過。難不成強行突破了與川崩地？角兵衛心想，但愈是回想那無從整頓的坍崩模樣，就愈篤定絕不可能。不過如此一來，怎麼想都不合計算。

角兵衛納悶著走出官舍玄關，跨上牽來的木曾駒。

從馬上仰望，地勢朝福島宿向下傾斜的半山腰上，可以見到關所的營火。確實，從番所往左疑似門外之處，並排著隊伍的火把。風從他們背後的關山吹下木曾川，颳起紛飛細雪，激烈地搖晃著火焰與旗幟。

「左京大夫要求開門嗎？」

角兵衛一邊策馬前進，一邊詢問。

「不。大人似乎曉得開門時刻是明六刻，隊伍靜候在關外。」

是番所的值班官吏見了於心不忍吧！他們覺得應當提前開門讓隊伍通過，才來迎接角兵衛。

「天下四關的福島關，不到六刻鐘響不開門。無論什麼人要求都不許破例。」

角兵衛斥責著說。

檜山角兵衛虛歲四十二，人如其名，無論在番所、官舍走廊，或是宿場的岔路口都非得用尺量過一番，直角轉彎才甘心。

他是掌理這一帶的木曾代官山村家家臣，代代擔任關所番頭，脾性如同檜木，高潔芬芳。坐鎮番所辦公廳時，那不動如山的姿態，看在旅人眼中宛如一尊木雕人像，而非活人。

主家山村家原本是過去支配這一帶的木曾氏重臣，因為擔任趕赴關原的德川秀忠軍先鋒，立下軍功，而被交付管理木曾谷，擔任木曾代官。之後便是長達兩百五十餘年、世襲罔替的代官，權勢可與大名比肩。在山村家中，負責樞要福島關番頭的檜山角兵衛脾性非常人可以比擬，也是理所當然。

角兵衛不急不徐，爬上前往關所的池井坡。夜色微白，轉為淡墨色。

角兵衛張開握住韁繩的手估計時辰，如果能清楚看見掌紋就是明六刻。看來還需再過小半刻吧！總不會是被雪光所迷惑，誤判了時辰。

「真是不明白。」

角兵衛在馬上問。

「左京大夫一行人是飛天而來嗎？就算一早就從上松出發，摸黑通過木曾棧橋也令人難以置信。」

值班官吏留心打滑似地小步走著，回答說：

「關於這一點，小的也覺得可疑，因此隔著柵門問過供頭。」

值班官吏欲言又止。

「是飛天而來嗎？」

「不，供頭說，由於棧道是處難關，一早便從上松宿出發了，但意外地不太棘手，所以及早到達。」

竟然說木曾棧道「不太棘手」，多狂妄的言詞！不，這不重要，表示隊伍昨晚果然停留在上松宿。但如此一來，便更不符合計算了。

原來如此，我懂了。聽聞當代左京大夫是個沉迷戲劇的大傻瓜。當然，角兵衛從未見過蒔坂左京大夫的尊顏，但每回經過關所時，聽過幾次那尖高的「辛苦了」，確實是傻瓜主公特有的嗓音。

也就是說，那既傻又懶的主公不堪與川的迂迴繞道，早早便在野尻或須原停留一宿，順便在名勝之地「寢覺之床」悠哉觀光，然後在上松宿休息一晚，所以精力過剩的隊伍才能不把木曾棧道當一回事，在天明之前抵達福島關。

既是如此懶散的人，就讓他們在門外冷得發抖吧！無論對方或命令或請託，絕不能在明六刻前開門。

「但是頭兒，只要看上那隊伍一眼，實在不忍心讓他們在風雪交加的門前等待。」

這傢伙說的這是什麼話？角兵衛從馬上瞪向值班官吏。

爬上池井坡，穿過連續四間四尺長的堵馬矮柵後，是七間五尺長的本柵。再過去並排著長達三十二間的高聳欄木，上至關山，下至木曾川斷崖都被這堅牢的欄木圍繞。那雄姿宛如戰國時代的要塞，別說闖關了，即使軍隊攻打也不易拿下。

細雪粉飛，角兵衛被打在兩頰上的雪花凍得蹙起眉頭。

「田名部一行人強渡與川崩地而來。」

角兵衛在西門前下馬。兩間寬的門開了道僅容番頭進入的縫隙，番所的前庭積了一層薄薄的雪。

「你說什麼？」

「沒有繞道，而是翻越與川崩地，一路直到上松。」

「荒唐！傻瓜率領的隊伍怎可能達成這種事，說笑也該有個限度。」

「那麼頭兒，請您去親眼確認吧！」

愈往前行，視野愈是被細雪織成的帷幕所遮蔽。角兵衛掩著眼皮，朝另一頭搖曳的火光走去。

十四間長的瓦頂夯土牆後，並排著福島關所的上番所與下番所。玄關式台處，值班官吏正一副坐立難安的表情等候著角兵衛。

「鎮定點，還不到開門的時刻。」

鎮守木曾谷的山村代官家並非一般代官，擁有莫大的權威，如果認定將危害幕府，不論對方是大名旗本或是敕使，一律擱置福島關。清楚這一點的值班官吏們究竟在慌張些什麼？

經過番所前燃燒的營火時，角兵衛的影子長長地映在積雪的庭院中。東邊主柵的外頭高舉著許多火炬。

「辛苦各位一早抵達了。在下福島關所番頭檜山角兵衛。上頭規定的開門時間為明六刻，還請稍候。」

角兵衛隔著高聳的主柵穩如泰山地叉腳站立，趾高氣昂地說。雖然不得無禮，但也不能失了山村代官家的威嚴其中分寸頗難拿捏。

幽暗的夜空中雪花紛飛，只有風向稍轉的短短一瞬，才清晰地顯露出隊伍的形姿。霎時，角兵衛退後戒備起來。因為看在他眼中的不是參勤隊伍，而是正要攻上中山道的軍隊。

不是他眼花。隊伍中並無箱篋行李，正因少了這些物品，長槍、弓箭和鐵砲更顯得醒目，完全就是行軍的軍容。

雖然說近來幕閣三番兩次的失政，已經引發無聲的抨擊炮火，但區區千七五百石的旗本不可能有能力叛變。角兵衛想到這裡，隨即振作思緒。

「供頭在哪裡？」

角兵衛扎實地踏穩雙腿朗聲問，隨即跑到主柵旁的是一名年輕武士。

「在下蒔坂家家臣小野寺一路。一早驚擾貴關，萬分抱歉。」

角兵衛從柵欄縫間仔細打量年輕武士的模樣。外衣肩膀的稜角就像剪紙畫般完全凍結，撩起兩側開口處、紮在腰帶上的褲裙與雙腳也都沾滿了泥濘。

「聽說你們強渡與川崩地，真的嗎？」

「是的。」

「還趁夜渡過木曾棧道？」

「大人說得沒錯。」

角兵衛隔著欄木行走，檢視佇立雪中的一行人。武士和家奴全都渾身泥濘，如果不是從戰場上歸來，大概確實就如供頭所言。真是難以置信。

角兵衛再次折回供頭前面質問：

「為什麼如此勉強？」

供頭尋思片刻，回答道：

「如果耽誤了行程，會為接下來的宿場添麻煩。」

原來如此。確實有理，但也不必勉強到這種地步吧！角兵衛心想。

擱下這一點暫且不管，站在關守的立場，等於是碰上了大麻煩。傻瓜主公加上乳臭未乾的供頭不經大腦、欠缺思慮的行動，究竟害得多少隨從命喪木曾谷？這得先究問清楚，上報江戶才行。

「等到六刻一到，我會立刻放行，但有些事必須詳問，請暫時留步番所。」

「不。」供頭搖頭拒絕。

「供頭不能離開隊伍。如果有疑問，請現在指教。」

這是什麼口氣？難道他不明白自己捅下了多大的婁子？或是根本瞧不起木曾代官，打算逕自趕路？

角兵衛壓抑想要怒吼的衝動，咳了一陣，然後隔著欄木把供頭招了過去，低聲耳語：

「吶，供頭大人，那麼我就在這裡直問了，你可要如實回答。我擔任關所番頭也非一兩天的事，自然清楚主子交付的職責有多麼重大。只要你據實回答，我必會穩妥地解決這件事。」

供頭隔著欄木聆聽，點點頭說：「請儘管問。」

「好，那麼在下請問，在與川崩地和木曾棧道摔死了幾個人？」

「一個人也沒有。」

「我不是要你如實回答嗎？沒聽見嗎？快說，摔死了幾個人？」

「我說過了，一個人也沒有。」

角兵衛咂舌。這傢伙究竟在想什麼？這要是尾張大納言或加賀宰相的隊伍也就罷了，連個大名也不是的區區交代寄合，竟然想掩蓋途上的事故，粉飾太平？

「你要如此堅稱，那也行。反正調查一下就知道了。」

沒必要把事鬧大，角兵衛心想。蒔坂左京大夫一行人隱蔽木曾山中的事故未報，行經福島關所，後日經關所人員調查，在與川崩地、木曾棧道發現眾多隨從的屍首……。

區區交代寄合的旗本，根本不堪一擊。雖然不想陷人於罪，但如果任意寬宥，將有損木曾代官山村家的威信，這也是莫可奈何的事。

自關山撲下來的細雪吹得角兵衛別過臉去，只見並排在門外碎石路上的隊伍全容。不知不覺間夜色已經發白。

不見多餘的行李，只有豎起的長槍、挾在腋下的弓以及扛在肩上的鐵砲。佩帶武具的武士們一動也不動地挺立在碎石路上。不，就連小腿光裸的家奴、小廝也無人瑟縮身子或踏步取暖，個個宛如石像般抬頭挺胸。

這時，角兵衛的耳畔忽然響起已逝祖父的聲音。那是祖父總將孫子抱在膝上，口頭禪似地說給他聽的故事。

那是爺爺的爺爺，再上去的爺爺那時，古早以前的事嘍！

在遙遠的西方，有個叫關原的地方，發生了一場爭奪天下的大戰。當時木曾谷是大坂一方的領地，因此正要沿著中山道往西進擊的台德院[71]軍隊被擋了下來，動彈不得，但山村家的祖先擔任先鋒，漂亮地斬殺敵軍，開出了進軍的通道。由於這樣的軍功，獲封世襲罔替的代官名譽。

另一方面，已經在關原布陣的東照權現，正等不及台德院的軍勢抵達。大坂軍的軍勢龐

71 即二代將軍德川秀忠。

大，德川軍情勢岌岌可危。

然而就在這時，宛如從天而降般，率領百騎的剽悍武者現身大本營。染著割菱家徽的旗幟，就宛如武田信玄公顯靈助陣，那支剽悍的軍隊是以西美濃田名部郡為領地的武田後裔，蒔坂左京大夫的軍團。

原本美濃國是已故太閣[72]的舊地，與大坂的大將石田治部少輔淵源深厚，因此鄰近豪族皆站在大坂那一方，進軍至關原的權現大人完全是四面楚歌。

蒔坂左京大夫率領的田名部家臣，將權現大人的大本營引到可以安歇的地方，並挺身為盾，將大坂軍一掃而空。說到當時那驍勇的模樣，可說是以一擋千，不愧是信玄公的後裔。要不是山村家在木曾谷的功勞，以及蒔坂家在關原的挺身而出，難保能有現在這樣的太平天下啊。但大名有大名的分際，豪族有豪族的分際，兩家殊功雖然遠勝大名，但論其身分，只能各別封予田名部與木曾谷。

可不能為此不滿啊！自源平時代，武士就有注定的分際。如果貪得無厭，無視分際，就無法完成祖先代代傳下的職務。

山村主公鎮守木曾谷，蒔坂大人護衛西美濃要衝。因此我們檜山家，才能安然順遂地擔任福島關番頭。

身為武士，必須全心奉獻的唯有祖先代代傳下的職務。必須明白自身分際，瞭解過與不及都是罪過。

這才是完美的武士啊。

「雖然僭越，但在下有句話想告訴大人。」

年輕供頭毫不膽怯地盯著角兵衛。

「代官的職責不只是守關而已。擔心有無人員墜谷以前，修繕與川道路才是當務之急吧！」

供頭說完後，在雪地上留下足跡，返回隊伍，張開雙腳站在轎旁，成為眾多石像之一。然後即使笠盔的黑漆被掩蓋成一片雪白，仍一動也不動，直到六刻鐘響。

當天，檜山角兵衛隨即動身視察與川崩地。

蒔坂左京大夫的隊伍一通過，他立刻召集休假的關所人員，爬上中山道。

途中，他們在木曾棧道派下手腳靈活的樵伕往河邊查看，卻沒有發現任何異狀。

據上松宿負責斡旋人馬的驛亭說，蒔坂家一行人在天黑之前抵達，然後為了一口氣趕到奈良井宿，一大清早便出發了。

上松與須原之間的「寢覺之床」是天下名勝，參勤隊伍都會在此參觀，順道休息，但他們似乎目不斜視，直接通過。

從須原到野尻，距離是一里三十町，角兵衛在這裡調來助鄉、村人，為得是從與川谷崩地的底端吊起不幸罹難的屍首。

---

72 指豐臣秀吉。

角兵衛四處指揮著，卻有股被狐狸迷騙般的強烈感受。

等待開門、齊整地通過關所的一行人，外貌骯髒得令人同情，要說他們是強渡與川崩地而來，看起來也確實像是那麼回事；但要說連個死傷者也沒有，到底還是難以想像。因為與川崩地的慘況，身為關所番頭的角兵衛比任何人都要清楚。

用不著那年輕的供頭指責，確實該修復原狀，但那慘況又教人無從著手，莫可奈何。角兵衛認為應該等到雪融之後，趕在春季的參勤時期前動工修繕。

但撇開這些內情，木曾谷發生的旅途事故，依規矩必須向代官報告，而熟悉旅行的一行人不可能無人知曉。

隊伍通過上番所時，左京大夫稍微打開轎門，說了聲「辛苦了」。只有這麼一句話。是傻瓜主公那一如往常的尖高嗓音。

見一行人那副情狀，不管反覆思考多少次都不像是賭上家道，破了王法。這件事處處矛盾，直接當成狐妖作怪，還比較令人信服。

角兵衛率領僕吏和助鄉，沿著左京大夫一行走過的中山道，逆行前進。

愈往上行，路況愈險，木曾川近在眼前，不久便來到中山道第一難關——與川崩地。原本就得靠攀抓鎖鏈跋涉的岩地，更從高山上一路崩塌了一町之長。別說參勤隊伍了，連參拜御嶽的修行者碰上這裡，也得迴避繞道不可。

見到這與川崩地，僕吏都齊呼「不可能」，就連以走山為業的樵伕都異口同聲地這麼說。

那麼，答案就只有一個。蒔坂家一行果然是繞了遠道，再火速趕往福島關。之所以如此艱辛，全是木曾代官怠忽職守，遲遲不肯修繕與川崩地，所以他們才會挖苦似地直挺挺在那兒杵到開門，更吹牛謊稱強渡與川崩地而來吧！

而自己完全被那吹牛大話給矇住，特地前來查證，甚至花費不必要的銀兩雇來樵伕、助鄉打撈屍首。那可惡的供頭還真有一手。角兵衛虛脫似地在路旁石頭坐下，叼起煙管。

「噯，就算惱怒也莫可奈何。這也是上天的指示，命我們快快修路吧！在這裡久待無益，各自休息片刻就回程吧！」

樵伕將火種放在厚實的掌心上滾著，遞到角兵衛的煙管前端。樵伕這話的意思是就算沒忙到，工錢還是得照算吧！

「火苗要確實熄滅啊。」

命令眾人的同時，角兵衛捻熄手中的煙管和火種。不經意地往前瞄去，他發現巨大落石上圍著一條嶄新的麻繩。顯然是用來攀爬抓握的。

角兵衛站起身來。他甚至聽不見僕吏制止的聲音，拽著固定在與川崩地上的麻繩爬了過去。繞過巨石，便宛如掀開布幕般，一眼望盡情狀慘淡的崩塌處。

他們越過來了。就靠這條麻繩，蒔坂左京大夫的隊伍強行渡過與川崩地。

角兵衛茫然站立在崩塌處，一股無以名狀的興奮之情在胸口滾滾沸騰。他覺得自己此刻站立的地方，不是中山道險地，而是古代的戰場。

祖父講古的聲音在耳邊復甦。

「那是爺爺的爺爺，再上去的爺爺那時，古早以前的事嘍！

在遙遠的西方，有個叫關原的地方，發生了一場爭奪天下的大戰。當時木曾谷是大坂一方的領地，因此正要沿著中山道往西進擊的台德院軍隊被擋了下來，動彈不得，但山村家的祖先擔任先鋒，漂亮地斬殺敵軍，開出了進軍的通道……」

角兵衛正站在那木曾谷戰場上。想要阻擋秀忠公大軍，這處與川險地無疑是絕佳關卡。先祖迎擊如雨的箭矢砲彈，打通了前往關原的道路。

就在這時，身在關原的家康公大本營，彷彿從天而降般，得到百騎武者的馳援。

「染著割菱家徽的旗幟，就宛如武田信玄公顯靈助陣，那支剽悍的軍隊是以西美濃田名部郡為領地的武田後裔，蒔坂左京大夫的軍團……」

角兵衛凝目細看，只見崩落壓垮杉林的陡坡各處，散落著印有割菱家徽的大小箱篋。

這時角兵衛終於相信了年輕供頭的話。無庸置疑，那隊人馬拋下箱篋、物品，卻沒丟下半個人。

「一個人也沒有。」

並非所有物品全丟下了。放眼望去，他們拋下的盡是這兩百餘年的太平盛世之間，武士佩於身上的裝飾品。丟了這些多餘的長物，就成了站立在關門前大雪中，只帶著武器和旗幟的行軍模樣。那肯定就是從天而降、拯救權現大人於危機的田名部剽悍軍團。

「了不起！」角兵衛喃喃自語。

這不肯繞道的壯舉，是凡事務求萬全、行事態度墨守成規的自己無法相比的。參勤旅程追根究柢，正是馳赴江戶的行軍之旅啊。

「頭兒，太危險了，快回來啊！」

岩石另一頭傳來僕吏的呼叫聲，角兵衛回過頭去。見田名部家臣這般傑出的行舉，他必須反思：「自己該做的事是什麼？」

抬頭仰望，天空宛如樹林中被沖開的一道天窗，正飄下細雪。低吼的山音聽在角兵衛耳裡像極了祖父的聲音。

「身為武士，必須全心奉獻的唯有祖先代代傳下的職務。必須明白自身分際，瞭解過與不及都是罪過……」

那麼，身為福島關所番頭的自己必須釐清的分際究竟是什麼？

沒有盡速修繕與川崩地是「不及」，但一一拾起這散亂的箱篋道具，送往田名部家臣隊伍，應該不為「過」吧！

檜山角兵衛激起山中回音，朗聲命令：

「將這些左京大夫的箱篋撿拾起來！只要是有割菱家徽的東西，就連一只小箱都不能曝露在荒野中！即使賭上性命，也要一個不缺地送往奈良井宿本陣。這是我們木曾家臣的任務！」

誦讀《太平記》的小姓突然停下聲音，說：「時候到了，主公請起。」

主公晨起時向來不鬧脾性，但昨日的強行軍實在讓他累壞了。夜半天色未亮就離開上松宿，越過木曾棧道，在開門前的福島關所冷得直發抖，還得騎馬翻越險峻的鳥居嶺。據供頭所言，第五天非得在奈良井宿停留不可，否則往後的行程都會遭受波及。

既然如此，那也莫可奈何。然而令主公不安的是，在與川崩地丟了衣箱之後，他連件像樣的更換衣物也沒有。

譬如，白稠睡袍丟了，只得穿上本陣預備的木棉浴衣入睡。木棉硬梆梆的，教人渾身不舒服，無論蓋上幾層被子都覺得有冷風溜過。主公討厭木棉。

其實連那被褥也丟了。對於這輩子只睡過絲棉被的主公來說，木棉被重得幾乎將他壓斃，還夢見留在領國的側室「縫」以那肥胖的身軀壓上來的噩夢。主公果然還是討厭木棉。

「是不是有些太早？我還睏著。」

主公對跪伏在外廊的供頭說。將不滿說出口實在罕見，因為主公一向認為身為主公，凡事就該回以一句「斟酌著辦」，聽任家臣安排。

「請主公向送來衣物的人慰勞幾句。」

難道有村長或何人得知主公的窘境，特來獻上路上更換的衣物嗎？雖然是好事一件，但總不會是木棉衣吧？主公心想。

「需要我親自去嗎？叫將監還是伊東就夠了吧！」

「是！但將監大人和側用人要小的請主公親自慰勞，請主公移步。」

乾脆裝死算了！主公轉念又覺得這個想法未免幼稚，最後還是爬出了沉重的被窩。

好冷！身子猛地一個哆嗦，小姓立刻將鋪棉睡袍罩上主公身後。

好重！彷彿要被棉袍壓垮。而且這身袍子不僅陳舊，上頭高麗屋格紋般的花樣也庸俗到了極點。

「要我用這副模樣見人嗎？」

「是，這樣即可。思及主公辛勞，能為主公效力，對方必也會感到三生有幸。」

無論如何，見到這身木棉浴衣和棉襖打扮的主公，哪有三生有幸可言？要是反駁肯定沒完沒了，主公只好在供頭的引領下，匆匆離開寢室。

供頭引導主公前往之處，竟然是廚房的木板地間。將監與側用人在爐旁跪坐著，而跪伏在泥土地上的是個蓬頭垢面的陌生武士。

「怎麼回事？」

因為沒有人開口，主公只好強忍著哈欠問。

這時他發現了，木板地間與泥土地上齊整地擺滿了在與川崩地丟下的大小箱篋。

「報上名來。」

供頭催促，陌生武士依然不答，反倒顫抖著肩膀飲泣起來。

主公覺得必須慰勞幾句，卻尋不著適當的話。

那麼，只要讓他瞧瞧自己這身困窘的模樣就行了吧！一定就像供頭說的，會令對方感激零涕不已。

「不必拘束，把頭抬起來。」

武士微微起抬頭。

「再抬高些。」

主公掀開高麗屋格紋棉袍的前襟，露出裡頭的木棉浴衣，就這麼原地轉了一圈。

不必贅言什麼「辛苦了」、「很好」，主公又轉了一圈，回想起兒時坐在父親膝上聽到的木曾武士的武勇傳說。

## 6

〈供頭守則〉

十二、越鳥居嶺　至奈良井

雖行伍困憊之至　亦不可憐憫

須於曉七刻[73]前起駕

道中休息養兵之地　下諏訪宿也

行木曾路而不止　可一氣跋涉十里

出發半刻前在宿場各處奔走，大聲呼喊「要出發了」，是供頭與輔佐每天早晨不可忽略的工作。

然而一路一離開本陣，便碰上了福島關所的番頭。關所官員竟然徹夜步行翻越鳥居嶺，趕上隊伍，這件事非同小可。出了什麼事嗎？一路的心都涼了半截，但跟在番頭後方現身於黑暗中的，竟然是扛著早在與川崩地扔下的箱篋行李、渾身是泥的助鄉，而且東西一件不缺。

「這些人馬我已然付了到下諏訪宿的工錢，直接帶上吧！」

檜山角兵衛留下這句話便返回福島關，一路送他到宿場大門前的直角通道。沿路上他想不到恰當的感謝詞，只是望著那有些肖似亡父的背影走著。

「這麼說也許冒犯，但當代左京大夫相當討喜吶！」

「是……」一路只能這麼答。主公連句「很好」也沒說，只是揭開粗布睡袍，像個機關娃娃般在原地轉了好幾圈。

奈良井宿從上町開始，愈往中町、下町，路幅便愈窄。天色未亮，隊伍分別投宿的客棧中卻已經傳出眾人醒來的聲音。

「既然助鄉人馬都齊了，今天晚點出發也行吧！」

一路回想起《行軍錄》的字句。

「不，這時必須硬起心腸，養兵之地是下一站下諏訪。」

角兵衛放慢腳步，仔細注視一路的臉。

「哦，養兵之地？我看供頭大人還年輕，說起話來倒是古雅。看來令尊教導得相當嚴格。」

「這不是家父教導，而是家傳。」

角兵衛苦笑。腳步放得更慢，沉思似地將手揣進外衣懷中。

---

73 即寅時，也就是現在的凌晨三點至五點。

「我說供頭大人，你帶隊指揮的本事令人咋舌，但如果不斟酌分寸，是無法服人的。」

雖然覺得毋庸旁人置喙，但念在對方將他們拋下的箱篋撿起送來的恩義，一路也不好出言頂撞。

「我不清楚貴家傳如何，但木曾谷十里和往後的十里，可不能用相同的標準看待。從奈良井宿這兒，就算晚點出發也能在日落前抵達下諏訪。」

「但沿路上有鹽尻嶺。」

角兵衛尋思了一下，恍然大悟似地點點頭說：

「原來如此，這下我明白了。你遵照的那份家傳想必相當古老了吧？」

確實古老。畢竟小冊本的封面題作「元和辛酉歲蒔坂左京大夫行軍錄」。說到元和年間，正是結束大坂夏之陣的最後一戰，為太平盛世揭幕之時。

一路不禁以手按住貼身藏在懷中的家傳簡冊。

「確實是古傳，但又如何？」

「我可不是在挑剔貴家傳，但是在漫漫的歲月中，無論什麼古訓多少都會出現扞格。譬如，在過去，鹽尻嶺是武田信玄公的軍隊與信濃軍之間多次發生會戰的要衝之地，所以從前被視為要嶺，但到了太平之世，它卻不是地勢險峻的難關，與木曾的鳥居嶺、下諏訪再過去的和田嶺完成無法相提並論。憑諸位的健腳，翻越鹽尻嶺的十里路實在輕鬆。」

既然對中山道瞭若指掌的關所官吏這麼說，那絕對錯不了。一路這才總算醒悟，如果全循古禮形事，只會使人們無端吃苦。

「明白嗎？辦差事呢，過與不及都是罪。被交付的職責必須無過與不及，完滿達成。你們一行人想必都累壞了，不如等到天明以後，六刻後半再起身吧！」

「在下不認為多休息短短一刻鐘會有多大助益，與其如此，不如盡快抵達下諏訪，泡湯休息不是更好？」

「果然還是太年輕了。」角兵衛搖了搖下巴說。

「這不是疲勞能不能恢復的問題。隊上人馬會不會對你這個供頭心生不滿，現在正是關鍵。往後眾人願不願服從指揮，可說就端看你願不願多給他們這一刻鐘的休息時間。這可不是玩弄計策。不要盲求結果，多關心隨員吧！」

一路漸漸覺得武士那張被燈籠照亮的臉就是亡父。他差點忘了順利走完中山道不是自己一人的使命，而是全員八十名隨員的使命。

上町三間寬的路幅僅剩兩間寬，商家突出馬路的二樓出梁遮蔽了夜空。一路走著，朝紛紛亮起燈光的客棧二樓大喊：

「再休息一會兒！今天卯時六刻起駕，在那之前慢慢來！」

角兵衛滿意地點點頭。宿場邊郊的直角通道站著關所僕吏，正等著番頭回去。

「對了，供頭大人，有件事務必請教。」

「請說。」

「渡過與川時丟下箱篋，是你的獨斷獨行嗎？」

算是嗎？一路回想。當時他拼了命要越過崩塌處，早已經不記得細節了。自己曾經下令

「丟下」嗎？記得他說的是「東西就別管了，不能讓人掉下去」。

然而他確實聽到命令「丟下」的聲音。那究竟是誰的聲音？

一路仰望著逼近的漆黑檜木林，總算想到那道聲音是誰的。

「是主公親自下令。」

角兵衛頓覺呼吸停止。

「主公說了，田名部的寶物不是物品，而是諸位的性命。」

錯不了，那不是別人，確確實實是主公的聲音。

檜山角兵衛呼出一大口白色的氣息，彷彿迷路似地看了看宿場上下，然後對於連一聲慰勞也沒有的蒔坂主公，以聽不出是褒或貶的語氣再說一次：

「當代左京大夫大人，果真天下第一討喜的人。那麼在下告辭了。」

啊，真討厭。

好不容易把床煨暖了，宛如泡在熱水中的初生嬰兒般舒適，卻到了出發時刻？

矢島兵助懷著祈禱般的心情鑽回被窩。他不奢求六刻後半出發，但如果能在這熱水中再泡上個小半刻，不曉得能恢復多少精神啊。

這兩天來的活躍，他認為完全無愧「猴子兵助」的盛名。前天橫越與川，昨天則是黑夜裡的木曾棧道，他都賭上性命固定麻繩。結果雙掌磨破不說，直接拿來充當木樁的身子，肩頭、胸口、側腹全是瘀傷。

「猴子，起來啦！差不多是叫差聲響的時刻啦！」
同僚窩在同一床被褥中，以膝蓋踹兵助的屁股。中村仙藏同樣隸屬西廓組，是這趟旅程的搭檔。
「還敢說別人，自己不會先起來啊？」
「要是起得來，早就起來啦！都是因為跟你搭檔，搞得我骨肉都分家了。真是的，在與川時你跑出去搶風頭，我簡直快要嚇死了。也不想想你搭檔的辛勞，只知道耍威風，說什麼田名部陣屋西廓組矢島兵助，願意為橫渡與川打先鋒。」
嘴皮子動個不停，身子卻動彈不得，兵助也是一樣。
「咱們雜兵盡本分是當然的。用來攀爬的麻繩，不由我來綁，誰來？」
「是是是，這話說的沒錯，可惜我不是猴子，而是兩腳站立的人，就因為當了猴子的搭檔，才落得這副慘況。啊，討厭！好不容易身子總算舒坦了些，竟然已經七刻啦！」
雖然還沒聽見供頭的呼喚聲，但底下準備早膳的聲音早已傳來，通知起床的時刻到了。面向街道的二樓木板地有縫，客棧女傭和下人的聲音比報晨鳥囀更早傳入耳中。
一行人分宿於各家客棧。客棧必須在出發前供應早膳，迎送客人出門，但再怎麼樣也不能對著武士大喊「起床」，所以只得大聲說話或製造聲響，催促他們起床。
兵助從被褥中露出眼睛，怨恨地仰望紙門。外頭仍是一片漆黑。樓梯上有客棧悄悄擺上的手燈，宛如騷擾似地照著即便清醒也不肯起床的足輕們。
「喂，仙藏，要是能用錢買再一刻鐘，你會出多少？」

兵助隨口問，得到含糊的回答：

「我想想，人說奈河橋的渡橋費用要六文，要我出這點錢也行。要是勉強出發，我看在泡到下諏訪溫泉以前，我可要先倒下了。」

「六文錢也太少了吧！我願意付十六文。」

「噢，真闊氣！這十六文又是打哪來的？」

「不是說全身按摩要十六文嗎？如果能睡上一刻鐘，也差不多有這種好處吧！」

「原來如此，我還以為是因為一碗蕎麥麵值十六文錢呢！」

「不過，真睏啊……」

「嗯，真睏啊。」

寢室各處響起同床伙伴交頭接耳的細語。到了旅途的第六天，每個人的疲勞都到了極限，難以輕鬆起身。足輕以睡糊塗的話聲彼此鼓勵著。

「對了兵助，你為什麼要強出鋒頭？」

「別讓我說第二遍，我只是盡猴子的本分而已。」

不經意回答的瞬間，兵助才發現這不是睡迷糊的胡言亂語。仙藏的聲音雖然悶在被褥中模糊不清，卻是清醒的。

「那不是理由吧！因為這是主家的生死關頭，你才自告奮勇，不是嗎？」

兵助心中一凜。雖說聲量小得只在耳旁，但主家生死關頭這話，虧他敢隨意說出口。

兵助和仙藏都是代代十俵三人扶持[74]的足輕，但年輕力壯，所以總是被編入參勤隊伍。一見與川崩地，兩人立刻明白如果不強渡關山，繞路迂迴將會有什麼後果。往後行程肯定會毀於一旦。

「哼，何必說得事不關己？你不也是因為這是主家的生死關頭，才跟在我後頭上陣的嗎？」

「不，我是你的搭檔，無處可逃，只好跟你合力罷了。」

「咦，那主家生死關頭這句話又是打哪來的？這可不是能隨意說出口的玩笑話。」

兵助覺得周圍睡昏頭的武士正豎耳竊聽，便用被褥蒙住臉。他翻身過去，迎面聞到仙藏那帶著韭菜臭氣的呼吸。

他們兩人是同齡的親戚。兵助的叔母嫁至中村家，生下仙藏，兩家祖先代代聯姻，血緣格外深厚。不過蒔坂家只有百名家臣，不斷的聯姻讓同樣位格的武士家幾乎都成了親戚。

「喂，仙藏，你相信那不好的傳聞嗎？」

兵助在被褥裡以額頭貼著仙藏的額頭問。仙藏沒有出聲，點了點頭。

兩人情同手足，卻不曾談論這個或許事關主家存亡的傳聞。即使聽見下人、下女或町中人們議論紛紛，也從不放在嘴上，這是儘管地位低微，仍身為武士一分子的自尊。

重臣蒔坂將監與由比帶刀朋比為奸，企圖篡奪主家。得知這個陰謀的供頭與輔佐，雙雙遭到謀害。

而供頭的兒子從江戶返鄉，決定由他扛下參勤指揮的工作時，眾人又聽見了奇妙的傳聞。

74扶持米是下級武士的一種津貼，一人扶持，一年相當於五俵米。故十俵三人扶持，年收共為二十五俵米。

聽說那幫惡黨想藉參勤中發生的疏失，逼迫主公隱退，由宗人將監繼承十五代左京大夫的位子。

「我說兵助……」

猶豫了半晌，仙藏吐出帶著韭菜臭氣的呼吸說。

「我的身分低微，連設想主家如何都算是僭越，但我可不能坐視真吾被殺。」

兵助用力點頭。他也有同樣的想法。領有八十俵俸祿的供頭，地位比他們高出許多，但他的下屬栗山真吾卻與兩人同格，也有血緣關係。兵助與仙藏是同一位祖父，聽說栗山真吾與他們是同一位曾祖父。

真吾小他們七、八歲，雖算不上竹馬之友，但無疑是血緣相繫的親戚。

「喂，你是吃了韭菜嗎？」

兵助受不了薰臭問道。

「我們吃的伙食不都一樣嗎？你也一樣臭。」

這麼說來，非比尋常的臭氣就像瘴氣一樣，蔓延在這只有八張榻榻米大的木板地房間。看來是昨天晚膳裡，客棧稱說是滋補養氣妙藥的行者蔥——茖蔥幹的好事吧！據說那是在御嶽修行的修驗者帶來此地的藥草，但今早大夥幾乎爬不起身，想來也沒有多大妙用。

行者蔥不重要。如果這事真的猶如傳聞，他們就非得保護真吾不可。父親不幸身亡後，要是真吾有個萬一，栗山家就要斷絕了。

「就算傳聞只是傳聞，供頭輔佐這個職務對他而言也太沉重了。你不覺得嗎，兵助？」

仙藏也和兵助一樣，擔心得不得了。畢竟栗山真吾從小就比別人軟弱，說起來就是個受人欺侮的孩子。但就算是受人欺侮的孩子，也不能讓他淪為主家繼承權之爭的犧牲品。渡過與川崩地時，兵助自告奮勇絕非為了立功，而是一心想幫助真吾。而仙藏想必也不是身為搭檔才跟著他上陣，是為了自幼關照的真吾，兩人才同心協力。

「不過真吾那傢伙也頗能幹啊。原以為別說是輔佐了，他肯定會扯供頭後腿，沒想到竟然用那瘦小的身子接住了鎧櫃。」

仙藏說著，總算從被褥中爬起身來。既然搭檔都下定決心了，他也只好捨棄舒適溫暖的被褥了。

「說到能幹，供頭大人也真了不得。但是趕路趕成這樣，咱們身子也實在消受不了啊。這要是上代的小野寺大人，肯定會在這時改為六刻後半出發吧！」

眾人在黑暗中三三兩兩起身，紛紛發出不成聲的嘆息，說著「討厭」、「真不想起來」。就在此時，供頭高亢的聲音忽然傳來：

「再休息一會兒！今天卯時六刻起駕，在那之前慢慢來！」

眾足輕發出走調的歡呼聲，再次倒頭鑽進被褥中。

東西兩側，長滿檜木與杉木的山地逼近，看不見半塊水田。聽說這地高達三千尺，一時令人難以置信，但那在拂曉中流過街道的不是霧而是雲吧！

這奈良井是位於木曾路頂點的空中宿場，但並不偏僻。奈良景南方是險峻的鳥居嶺，所以無論上行或下行，旅人都得在此處歇腳，因此甚至被譽為「奈良井千家」，沿著中山道，商家與客棧櫛比鱗次。

路幅也是，在本陣及問屋場所在的中町有三間寬，參府與離府的大名隊伍甚至能綽綽有餘地擦身而過。

此外，奈良井位處高山隘地，水質格外甘甜。宿場各處都設有匯聚湧泉的水場，浸潤旅人喉嚨。當然，水好，飯菜自然美味，飯盛女[75]的肌膚也格外雪白。

伊東喜惣次與五名同黨用早膳的地方，是位於中町水場旁的集會所。聽說此處其實是座祠堂，屋內深處祭祀著古地藏，平日則是町裡居民聚會或分食祭神供品的地方，只要關上對開的門，就再適合拿來商議陰謀不過了。

蒔坂將監不在這裡。為了預防陰謀敗露，他一次也不曾參加傾覆主家的密謀會議。如果在本陣或客棧商量，難防他人耳目，所以伊東借向地藏神祈求路上平安為由，將同黨在此集合。隔壁客棧送來的早膳共七人份，也就是說，其中一份假借供奉地藏菩薩，其實說穿了，是給在本陣佯裝事不干己的將監的「陰膳[76]」。

今天較晚出發，期限是六刻後半，伊東喜惣次和五名手下悠閒地用著早膳。他們已經說定要先默默填飽肚腹，待主公起駕後再商量壞主意。一身輕裝的武士要趕上隊伍，輕而易舉。

這五人全是蒔坂將監與由比帶刀的心腹。

「側用人大人，您似乎沒什麼胃口？」

一名上了年紀的心腹觀察喜惣次的模樣說道。喜惣次覺得像是被責怪「事到如今才怕了嗎？」大口將湯料扒進胃裡。

他並不是膽怯。雖然有些想法，但對喜惣次來說，將監與其說是頂頭上司，更是主子——不，比起主子，更接近神佛。

喜惣次沒有食欲是因為擺在膝前的膳几上那分量驚人的菜色，他無法相信那是早膳。用大如臉盆的大缽盛著的，似乎是叫做「蕎麥雜炊」的當地名產，如同字面所示，是蕎麥麵加上白飯還有菜的大雜燴。平常蕎麥麵必須一離鍋，就立刻送入口中食用，然而卻把它拿來跟飯菜一起煮，這像什麼話？

光是這蕎麥雜炊就教人不勝負荷，竟然還另附了一碗盛得尖尖的白飯，配上燉芋頭湯。膳几放不下，擺在旁邊地上的盤子是什麼？盤子上端坐著三個巴掌大的圓型年糕，淋著大量磨碎的核桃、芝麻調成的黑色醬汁。女傭說這叫「五平餅」，是這一帶的名產。

雖然也是因為昨晚和將監喝多了，但這樣的菜色光看就令人作嘔。

中山道進入木曾路以後，早晚的飯量就變多了。而且愈是進入深山，比起魚類蔬菜，穀類的分量愈來愈多，這叫做「力飯」，是補充體力的菜色。換句話說，在鳥居嶺前方的這處空中宿場，木曾的力飯也來到了巔峰。

喜惣次覺得非常合理，但胃跟不上。要是勉強把這些全塞進肚子，他或許大半天都要站不

75 宿場客棧中半公認的私娼。

76 日本習俗，三餐為旅行或出征而不在家的人供膳，祈禱其人在異地，也能溫飽平安。

起來了，然後接下來可能會像妖怪天狗一樣，在天空中飛翔。

一會兒後，正覺外頭的路上安靜下來，本陣那裡就傳來了供頭宣布出發的聲音。

「起駕！各自路上切勿鬆懈！打起精神，出發！」

抬起轎子和武具、箱篋等的傾軋聲合而為一，震動著寒冷的空氣，過沒多久，長達十町的宿場突然變得輕盈。是隊伍朝著諏訪盆地出發了。

「小野寺彌九郎的兒子幹得很不錯吶！」

上了年紀的武士攪著泡爛的蕎麥麵，倒盡胃口似地喃喃說。

雖然不是佩服的時候，但這時應該默默聆聽手下的真心話吧！

「可惡的彌九郎！看來他將供頭的職務仔細傳授給兒子了。」

「不不不，不可能。那個叫一路的年輕人，生在江戶長在江戶，這回是第一次回鄉。更別說在江戶的時候，成天上道場、學塾，不可能有機會向彌九郎學到什麼。」

「沒錯，畢竟小野寺廢寢忘食，一心只有工作，光是顧好自己的差事就很勉強了吧！」

「那麼沿路上這出色的指揮是怎麼回事？要是輔佐栗山也在，那還情有可原，但那傢伙也可喜可賀地歸西去了。」

「真是的，甚至跟著彌九郎上西天，真是輔佐的榜樣啊。」

「而那輔佐的後繼又是個弱不禁風的廢物，那傢伙不可能對一路有什麼幫助。」

「不，他意外地不可貌相。在渡過與川崩地時，他捨命守住了鎧櫃。」

「只有那不要命的覺悟像他父親。但身體虛弱成那樣，那覺悟也撐不了多久的。」

「不管怎麼樣，雖然目前順順利利，但也不可能就這樣一路順利到底。側用人大人，到時請對我們下達指令吧！我們每一個都抱定了不惜性命的決心。」

伊東喜惣次放下筷子抱起手臂，靜靜聆聽手下的話。不，其實他沒怎麼認真在聽，只是胃噁心得難受。

不惜性命，虧他們有臉說得出口。喜惣次很清楚，這五名同志心裡只有自保和功利。如果將監是十四代左京大人，這些心腹早已出人頭地了，然而因為將監依先代遺志，被廢嫡退居家臣，他們只能落得吃冷飯的下場。即便如此，如果是像樣一點的武士，應該還是會受到後見役將監的青睞，受到拔擢才對。簡而言之，他們只是一群假借虎威的狐狸，所以將監才會讓他們繼續坐冷板凳，把伊東喜惣次從家中郎黨提拔為側用人。

那麼他們應該要對喜惣次感到嫉妒或心有不甘，然而卻連這理所當然的感情都沒有，他們每一個都對喜惣次搖尾獻媚。

將監怎麼會將這些人拉攏為同志呢？理由很清楚，出事時需要棄子，或是為將監抬轎的轎伕。而順利篡奪主家後，他們也是一群可以輕易割捨的人。

喜惣次忍著想吐的不適，把將監交代給他的話當成自己的意思宣布：

「各位，過去一直暫緩的救濟主家一事，一定要在這次參勤途中執行到底。此外，這次的事，全是身為側用人的在下，顧慮到主家名譽及領民生計，一個人計畫的，與後見役及國家老完全無關。因此即使在這樣的密議之中，也不可以輕易提起無關的上司之名。萬一事跡敗露，遭到追究時也是一樣。聽到了嗎？」

喜惣次威嚴十足地說，手下也都放下筷子，挺起身體。

「各位都同意的話，我就繼續說下去。旅程已經進入第六天，來到十二天的一半了。至今為止的各種困難，小野寺一路都順利克服，雖然是逆賊，仍讓人不禁為他喝采。」

說到這裡，喜惣忽然口唇一寒。那個一路，真的是「逆賊」嗎？

「但為了主家名譽、領民生計，無論如何都必須請當代主公隱退。我們得在剩下的七天內找到機會。今天就要離開木曾谷了，但困難的路程還在後頭。明天必須翻越和田嶺，而中山道在信濃追分與北國街道會合後，旅人的數目將大為增加，也會碰上往返江戶的大名旗本。再過去還有碓冰嶺。這七天的旅途間，供頭不可能不犯下任何過失。在下不會放過任何機會，必會達成拯救主家這延宕已久的問題，屆時也請諸位奮不顧身。聽著，今天的重點有二。一是這件事與所有重臣皆無瓜葛。二，這件事務必在接下來的七天之內解決，各位千萬留心行事。」

說完的瞬間，喜惣次訝異地瞪住集會所的門。因為他感覺到門外有人的動靜。

他向手下使了個眼色，提刀站起身來。

「什麼人？」

喜惣次踹開門擺出架勢，只見瞪大了眼睛站在門外的，是巡行的梳頭師傅與他的客人。

「武家大人，怎麼這麼衝動？小的只是個不足掛齒的江湖術士，在這月光底下請梳頭的替我刮刮鬍子罷了。」

「是，小的也就像大人看到的，是個巡行中山道的梳頭師傅，絕對不是什麼可疑人物。阿彌陀佛，阿彌陀佛。」

就算剛才的話被聽到了，他們也不可能知道那是在談些什麼。喜惣次放下心來。

突然他想到了。聽說隊伍後頭，有個異樣時髦的江戶風梳頭師傅，手藝精湛，在每個宿場替武士刮鬍子剃月代、梳頭綁髻。雖然是很聰明的生意手法，但收費卻便宜得不得了，所以很受眾人器重。原來如此，這回隊伍之所以看起來比往常更威風稱頭，全多虧了他的巧手啊。

「驚擾大人，真是過意不去，請讓小的為大人梳梳頭，做為賠罪吧？」

長得英俊倜儻的梳頭師傅說，傻呵呵地笑了。

「少囉嗦，我們要趕路。」

喜惣次與離開集會所的手下剛走出去，就被算命的叫住了。

「武士大人，江戶是這邊。」

怎麼可能？喜惣次心想。

「鳥居嶺過來的河川流向是反的，所以很多人會弄錯方向。」

伊東喜惣次仰望雲霧繚繞的鳥居嶺。確實，昨天是從那嶺上翻滾似地下山來的。

想想那是分水嶺，而自己居然會沒用到弄錯方向，喜惣次的胸口不安地騷動起來。

# 四

# 神鄉鬼居

# 1

這是冬季晴朗的一天，蔚藍的天際幾乎伸手可及。

六刻後半才出發，再加上力飯早膳的加持，行程大有進展，蒔坂左京大夫的隊伍終於脫離了長達二十二里餘的木曾路。

主公也心情大好，從奈良井宿出發以後，立刻下了轎子，騎馬前進。偶爾還會哼哼三味線，甚至唱起清元小調。那嘹亮清朗的歌聲配上這風和日麗，別說勸阻了，所有的人都聽得入迷。

隊伍前進的速度飛快，一方面也是因為許多助鄉的幫助。除了在奈良井的驛亭斡旋的工人以外，從福島關幫忙扛行李過來的人也還在隊伍中，因此沉重的行李每過一里就能換人扛，整支隊伍充滿了活力。

從鹽尻嶺山頂往下望，諏訪盆地的景色盡收眼底。就連參加過十幾趟參勤旅程的老官吏，都說從未見過這樣的絕景。

大名們的參勤大部分都定在春秋時節，然而不知為何，唯獨蒔坂家定在十二月。當然其中必定有某些理由，但實在年代久遠，就連口傳也沒有留下。

「看來供頭大人得到了諏訪諸神的保佑。」

老官吏的眼神前方，是冠上純白積雪的諏訪盆地。凍結的湖面倒映著萬里無雲的天空，一片蔚藍，東方則是綿延起伏的八岳山脈，遙遠的盡頭處，富士山的身影隱約可見。

諏訪是一處神鄉。

「小的愚昧，請教個問題，諏訪的神明是什麼神呢？」

一路壓低聲音問老官吏。

「咦，聽說大人擔任東條學塾的塾長，是個少年才俊呀？」

「不巧的是，學塾裡沒有教導任何神佛的事。」

老官吏露出目瞪口呆的表情，這種表情一路看慣了。愈是努力向學，就愈不知世事。一路心想，對眾多同僚來說，自己是不是個連常識都不曉得的奇人怪胎？

「還請前輩指點。」

一路再次低聲說。主公在山頂的日光下鋪上草蓆，正悠哉地點著茶，陪伴的是將監與側用人。一行人也各自吞雲吐霧，瞇著眼睛遠望諏訪盆地。

太陽依舊高掛，而距離湖畔的下諏訪宿，只剩不到短短兩里的路程。

從前從前，在這豐葦原的水穗國，受到出雲的大國主神統治，就是以因幡白兔的神話膾炙人口的國神——大國主神。

某次，天上的天照大神靈機一動，要大國主神將國土讓出來。但兩度派遣神明擔任使者，都沒有成功，第三次被選為使者的神明，便是英勇善戰的建御雷之男神。

建御雷之男神來到出雲的伊那佐海濱，將劍倒插在地，盤坐在劍峰上，逼著大國主神讓出國土，大國主神與他的眷屬國神，全都驚恐不已。唯有大國主神的兒子建御名方神不肯依從。兩神為了爭奪國土而開戰。然而即便是驍勇強悍的武神，國神也不可能敵得過天神，建御名方神戰敗，逃到信濃的諏訪，投降認輸，並發誓絕不再踏出這地。

大致上就是如此。因此諏訪大社呢，鎮座著建御名方神與他的夫人八坂刀賣神。諏訪是處神鄉，因此要記著，今晚咱們睡的是神褥，享用的是神饌，泡的是神湯。就是因為路途中有這下諏訪宿場，隊伍才能恢復體力，在參府時翻越和田嶺，在離府時克服木曾路。好了，既知如此，別在郊外喝茶休息，快快抵達下諏訪宿，好好泡湯休養吧！

全國各地有許多弘法大師和行基菩薩所開的佛湯，但神湯可是難得一見。不僅能治癒疾病傷痛，甚至能顯現出人的本性善惡。

這可不是信口胡謅。心存邪念的人一旦泡進湯裡，湯口立刻就會變得混濁。嗳，大人應該是不必擔心，但隊伍裡頭，也不是沒有人害怕這個神蹟啊……

一行人在天色還亮時，就抵達了溫泉旅館櫛比鱗次的下諏訪宿。

滿溢的熱水流過街道側溝，整個宿場充滿了溫暖的蒸氣。光是接觸到那豐饒的氣味，就覺得翻越木曾路的疲憊都被撫平了，完全就是神鄉。

諏訪大社是四座神社的總稱。湖的北岸有下社的春宮及秋宮鎮守，門前有中山道與甲州街道分岐點的下諏訪溫泉旅館。而另一邊南岸的上諏訪有上社前宮及本宮，是諏訪因幡守三萬石高島藩的城下。

蒔坂將監毛遂自薦擔任途經致意的使者，前往城中。諏訪家雖然是譜代三萬石的小藩，卻據說是建御名方神後裔的名家。光是如此，就可視為地位極高的大名，而且當代因幡守直到不久前都還擔任若年寄，是幕府重臣。

因此因幡守不必參與隔年參勤，常年在江戶城侍奉將軍，人不在領國，但將監還是帶了五名徒士，甚至攜帶了做為贈禮的酒菜前往高島城，可說是萬無一失。

不過說到左京大夫，他在即將進入下諏訪宿時下馬坐轎，卻依舊哼著已經唱了一整個路上的清元小調。聲音都啞了，曲子也走了調，然而左京大夫不曉得在想些什麼，就是不肯停止。出來迎接的宿場官吏蹙起眉頭，跪在路旁的百姓也拚命忍住笑意。

「主公，就快到本陣了，請別再唱了。」

小野寺一路實在聽不下去，出聲勸阻，結果主公回了一聲「好」，竟改哼起常磐津小調，教人目瞪口呆。而且主公似乎不太擅長常磐津小調，走調得更厲害了。

「供頭。」

主公一邊哼著，唱和似地吩咐說。

「進入本陣前，我要到秋宮參拜。」

下社秋宮離本陣很近，但已經預定要在明天起駕時參拜。繼續吟唱了一段常磐津小調後，主公又說了：

「只帶上隨從就行了。轎子停在本陣前，解散隊伍。」

主公明確地指示。一路驚訝得說不出話來，因為主公像這樣表達自己的意志，可說是破天荒的事。過去主公完全依照家臣的安排行事，唯一會說出口的就只有「辛苦了」、「很好」。更別說晚六刻的鐘聲馬上就要響了。即使要參拜，秋宮的社殿也已經關了吧！

難不成主公趁沒人發現，在馬上喝了酒？一路懷疑。如果是這樣，非得規諫這有失分寸的舉動不可。

一路還在尋思該怎麼說時，主公嚴厲地再說了一次：

「供頭，我要參拜秋宮。」

主公都命令了兩回，無從勸阻。很快地，隊伍抵達本陣岩波家了。

「辛苦了，大夥好好休息吧！」

主公總算停止哼歌，在門前下了轎，隨即往下社秋宮走。為主公拿刀的小姓和近侍連忙追趕上去。

一路手足無措。主公說只要帶上隨從，但主公不能和隊伍分別而行。從道理上來看，參加會戰的不是蒔坂左京大夫率領的軍隊，而是蒔坂左京大夫這個宛如鬼怪的武將。屬下軍兵全是主公的手足，因此主公離開隊伍，就如同身體與手足分開一樣不合道理。

況且，一路不知道供頭是要跟著隊伍，還是跟隨主公？

「喂，小野寺，還發什麼愣？振作點！」

跪下單膝目送主公的佐久間用拳頭捶打一路的背。

主公穿著旅用外衣的背影朝著秋宮的森林離去。隊伍在本陣前面跪著，不安地目送。

「我不曉得該如何是好。」

一路忍不住這麼說，這時勘十郎套著錦緞手背套的拳頭惡狠狠地打在他的臉頰上。一路被打飛出去，跌坐在地上。

「供頭就算撕破嘴也不許說不曉得！難道你沒有懷裡的那疊紙，就什麼都不會了嗎？萬一弄錯，頂多只是切腹罷了。快點下令！」

勘十郎吼完後，扛起單鐮十文字槍，追上主公的背影。

那一拳把一路打醒了。就算發生不合道理的事，指揮隊伍的供頭也絕不能說「不曉得」。栗山真吾跑了過來。

「小野寺大人，請讓隊伍解散，客棧讓在下來分配，請大人快去陪伴主公。」

一路這才醒悟，一味依賴《行軍錄》上的文字，是只知道累積學問的自己失德。

他振作起來，站在本陣門前俯視隊伍，朗聲宣布：

「諸位，主公已經抵達本陣，隊伍解散。散隊！」

隊伍的緊張一口氣放鬆下來，眾人紛紛站起身來。

「真吾，接下來交給你了。」

「交給在下吧！」

一路將宿場官吏交給他的住宿分配工作託給真吾，朝秋宮跑去。

一路過度執著眼前的職務，忘了最重要的事。武家的規矩和旅途上的規定姑且不論，主公有危險，他渾然不覺。佐久間勘十郎和栗山真吾雖然都沒有說出口，但他們想要提點一路的，肯定就是這件事。

可靠的是，一路身後有幾名本領高強的武士跟了上來。他們一邊奔跑，一邊不約而同地除下刀柄的套袋。

從本陣前往甲州街道南行，很快就能看到下社秋宮的鳥居。巨大杉樹和櫸樹覆蓋的石階處，一路總算趕上了主公。

傍晚的境內沒有人影，掃去積雪的參道一片寂靜。每當樹枝撓彎，落下積雪，眾武士就握緊刀柄。

主公回頭開口：

「怎麼了？這裡可是神域。喂，勘十，居然將槍頭對著諏訪神社，成何體統？」

佐久間勘十郎收起出鞘的長槍，眼神依然緊盯著社殿高架的地板下及左右草叢。

眾武士在擔心什麼，不言可喻。

主公難不成是在引誘刺客？蒔坂將監與他的心腹是不是假裝前往高島城，其實在秋宮境內埋伏著？確實，這樣就能解釋主公與將監的古怪行動了。

但即使擔心，家臣也不可能質問主公與後見役之間說了些什麼。

主公不理會，逕自走上石階，踏入幽靜的境內。一路忍不住跑出去，趴跪在主公前方。

「稟報主公，社殿已經關閉，雖然不知道主公有何祈願，但請先返回本陣吧！」

主公腳下不停步說：

「不行，我已經親口答應了。身為武士，絕不能違背諾言。」

一路在雪地上膝行，再次傾訴：

「主公答應何人何事？為什麼不進入本陣，就先參拜這無人的社殿？」

「放肆，小野寺！這不關你的事。」

「不，有主公才有主家，請主公立刻返回本陣。」

一路明知這番話形同手足干涉腦袋，無禮至極，但仍不禁懇求。如果能夠，他真想動武制止，但他實在不敢觸碰主公。

「諸位，千萬不可大意！留意暗處！」

勘十郎下令，武士們握著刀柄，壓低身子包圍主公。

境內中央聳立著大杉神木，再過去是演奏神樂的神樂殿，不知道刺客潛伏何處。以主公為中心，小姓與武士形成雙重圓環，就像神轎或彩車似地緩慢前進。

「喂，我只是要向諏訪大神祈禱，你們未免太誇張了。小野寺，讓開！何必搞得這麼殺氣騰騰的？」

「不論主公說什麼，保護主公的安全是第一要務。請速速祈禱吧！」

一路把刀架在腰間，碎步前進，眼睛已經看見下一瞬間即將展開的血腥廝殺。

從神樂殿的地板下、或是幣拜殿兩側的柱子後方，刺客高舉出鞘的大刀，一擁而上。他們的目標是蒔坂左京大夫的首級。接著境內化為血腥戰場，白雪染上鮮血……。

傍晚的幣拜殿大門深鎖，放下黃褐色的門簾。

貴族升殿參拜，但四周別說神官，連巫女的人影也看不見。主公究竟是被什麼樣的花言巧語誘騙至此？但本人似乎毫無疑問，恭敬地站在關閉的幣拜殿石階下。

「即使神主不在，神明也在吧！」

主公自言自語地說，整衣斂容，拍手禮後，緩緩分開旅用外衣的衣擺，在雪地上併膝跪下。

一路不知所措。臣子不能比主公的眼睛更高。勘十郎立時舉著槍跪下，武士們也立刻仿傚。

主公忽然朗聲高誦起來。不是清元小調，也不是常磐津小調，而是清澄嘹亮的禊祓詞。

「奉鎮座高天原神漏岐神漏美之命，天皇御祖神伊邪那岐之命，筑紫日向橘小門之阿波岐原，禊祓淨身所生之祓戶諸大神……」

聽著出乎意料的祝詞，一路心中的悸動平靜了下來。就宛如遠古的武神以神劍揮砍熊熊燃燒的草原，留下一片神聖莊嚴的寧靜。

不久後，主公雙掌伏在雪上，額頭貼地平伏。

聽到接下來的清宛祈禱聲，一路懷疑自己聽錯了。

「領受濃州田名部郡，第十四代蒔坂左京大夫，誠惶誠恐敬拜諏訪大社之建御名方神、八坂刀賣神。望兩御神垂憐中山道馬籠宿上遭逢大火，失恃失怙、孤苦伶仃的民女諏訪。臣竊觀諏訪亡父生前虔信兩御神，然而下民未獲果報，遭逢災厄，臣雖然不肖，僅再求兩御神護佑諏訪往後一帆風順。臣在參勤途中，銀餉有限，故奉上家傳來國光短刀一柄，敬代捐獻。左京大夫拜伏祈願，望兩御神垂照。」

主公將腰間的短刀高舉於神前，叩拜許久。

每個人都早已忘了那個不幸的姑娘，主公卻前來實現與她的約定。

不久之後，天上飄下輕柔的細雪，就彷彿神明之手撫慰著那蜷曲的纖細背影一般。

來。

「嗚，好燙的水啊！逞強也要有個限度，不行，要變成汆燙章魚了！」

矢島兵助再也忍不住，逃出浴槽，其他武士被他激起的熱水潑濺，尖叫連連，紛紛站起身來。

「混帳東西！大夥一動也不動地在忍耐，哪有人像你那樣突然跳出去的？」

中村仙藏的皮膚整個燙紅了。半晌之間，浴場充斥著男人們的笑聲。

下諏訪宿有多處源泉，湯田町坡下的這處旦過溫泉以滾燙聞名。這一帶的道路兩旁都是客棧，分配給足輕們住宿。

看不下眾人吵鬧的守湯老爺子用面盆盛雪，整盆倒入湯中，溫度霎時變得恰到好處，武士們又沉入浴槽裡。

真是神湯！感覺旅途中累積的疲勞，一下子全都融化流出。

「啊，太舒服了。之前的苦難修行就像一場夢。」

兵助雖然不像主公會唱清元小調，但還是哼了一首在江戶遊藝場學來的愛情俗曲「都都逸」，贏得一片喝采。

中山道多是山路，但意外的是，六十九站中的溫泉宿場，又以下諏訪這裡首屈一指。因此這一晚也格外令人感激。

明天的和田嶺是路途中最艱難的關卡，但下榻處已經定在山麓另一頭的和田宿，因此路程只有短短的五里十八町。所以不論是上行或下行，早上都會延後出發，可以熬夜喝酒，熱鬧一番。

「泡完湯後，再大快朵頤諏訪名產『蹋仔』，好好養精蓄銳吧！」

仙藏說，眾武士頓時歡聲雷動。蹋仔也就是馬肉鍋，是參勤隊伍晚膳的必備菜色。以為翻越和田嶺儲備活力為由，打破禁食獸肉的禁忌，也是武士最大的期待之一。

每一處客棧似乎都開始準備了，在前來旦過溫泉的路上，也彌漫著馬肉的香氣。

「對了仙藏，看來咱們都是好人，湯口一點也沒有變濁呢！」

武士們攪動著古老櫸木浴槽裡的水，定睛觀察。架上剖半的竹筒引水的湯口噴出源源不絕的熱水，是毫無半點濁色的清澈熱水。

「不，這可不一定。壞人泡進去就會混濁的不是這處溫泉，好像是本陣附近的綿湯。」

「啊，是這樣嗎？那太可惜了。綿湯不是我們這種下級武士能泡的湯，所以也看不出誰是好人、誰是壞人吶！」

「哈哈，十俵三人扶持的足輕，哪來的好壞可言？貧窮還真是教人感激啊！」

水又燙了起來。

「老爺子，雪！快拿雪來！」

不等兵助催促，老爺子頭上包裹著布巾，拖來了盛滿鬆軟白雪的面盆。在胸口處柔軟地化開的冰涼觸感，真有股說不出的舒暢。

忽然間，老爺子以風雅的嗓音哼起都都逸來：

「明日越和田，鬼怪在等候，但咱們可有美酒蹋仔鍋……嗳，見笑了。」

老爺子唱完後，武士也紛紛滿足地離開了浴槽。好了，接下來終於是參勤路上只有在下諏訪宿才吃得到的蹋仔晚膳了。

「白雪前輩，怎麼了？看你無精打采的，連糧草也幾乎沒吃。」

「現在哪是吃草的時候？我說小斑啊，妳聞到這味道，難道一點感覺都沒有嗎？」

「味道……？噢，馬肉鍋啊。當然不覺得舒服囉！」

「年輕人真好，看妳說得好像別人的事——不，別馬的事。喏，妳豎起耳朵仔細聽聽。那些泡湯的武士們，唯恐沒馬聽見似地，嚷嚷著說什麼要吃蹋仔補元氣，還唱起什麼都都逸。」

「前輩，別想太多了。喏，快吃吧！我們不能吃馬肉鍋，只好多吃點糧草，補充精力囉！」

「女人真是堅強。可是小斑啊，我想這可不是我多心。主公好像很喜歡妳，自起駕以後，一次也沒有騎過我。難不成我就要在這下諏訪被革職了？」

「前輩是馬，怎麼會被革職？」

「非要我挑明了說嗎？咱們主家可沒那個閒錢，能供吃閒飯的老馬一路跟到江戶去。就像人只要年過五十就沒人要雇一樣，馬也是過了十歲，要賣也沒人買了。但是在下諏訪的話，就能賤賣給殺馬的對吧？那個供頭是個能幹的角色，沒道理不打這個算盤。」

「前輩多慮了。」

「不不不，馬也和人一樣，隨著年紀增長，雖然年老體衰，但腦袋卻會愈來愈明白。妳這樣的小姑娘或許會覺得是我多心，但這肯定就是真理。」

「既然前輩這麼說，隨你愛怎麼想吧！可是啊，白雪前輩，就算要在這裡被賣掉，現在的你也賣不了幾個錢。多吃點糧草，讓自己多賣幾兩銀子，才是為主公鞠躬盡瘁啊。」

「好狠……這句話太狠了！」

「哎呀，說曹操，曹操就到。精明能幹的供頭來了。可喜可賀，可喜可賀！」

隨著夜漸深，鵝毛雪也變成了細雪，轉眼就堆積起來。客棧的屋簷下，被白日熱氣融化的雪水化成了長長的冰柱懸掛著。

「明早卯時六刻起駕，各位可別喝過了頭！」

「明天要翻越和田嶺的險地，今晚好好休息！」

一路與真吾大聲呼喚著，巡視宿場。

道路從諏訪湖湖畔緩緩向上爬升，很快就碰到本陣岩波家門前的岔路盡頭。中山道左彎向北，而右側南方則是甲州街道的起始。換句話說，下諏訪宿是兩處街道會合的要衝，也是諏訪大社的門前町，並且是兩街道唯一的溫泉宿場。

一行人之所以能依照預定前進，最大的主因是受到好天氣的眷顧。在這臘月隆冬，只能說是上天保佑。

但明天就要翻越和田嶺，天色卻開始變得詭譎。隨著時間過去，雪愈下愈緊，從山頭颳下的北風，在夜空中呼嘯盤旋。

明天不論天氣再怎麼糟，都不能停留下諏訪，無論如何都要翻過山嶺，走到和田宿不可。

然而不妙的是，福島關為他們安排的助鄉必須在這裡折返，接下來不像翻越鹽尻嶺時一木樣，有人手可以輪替了。即使向驛亭詢問，當地的助鄉似乎也對天候即將惡化的和田嶺心生膽怯，募集不到人手。

助鄉原本是賦役，按理說不能拒絕，但對於鄰近村子的村長而言，他們是重要的農民。如果他們與宿場官員串通一氣，堅持派不出人馬，也無法強逼。

宿場官吏的說詞是，從常備的定助鄉到預備的代助鄉、加助鄉，都因為諏訪因幡守有急需，被徵召到甲州街道去了。當然不可能有這種事，但如果對方用領主徵召的名義推託，一路也無從抗議。

簡而言之，和田嶺氣候惡劣到連當地的助鄉都覺得危險。

這種時候，就會忍不住心想如果走甲州街道，不曉得能有多輕鬆，但變更參勤交代的路線是嚴格禁止的。自古以來，行經甲州街道的參勤，除了諏訪家以外，就只有高遠藩的內藤家，以及飯田藩的堀家。

「明天翻越和田嶺的天候不佳，快快就寢！」

一路將燈籠往左右客棧晃去，不停地吆喝。忽然一看，真吾的斗笠積了一層薄薄的雪。搖搖頭，自己的斗笠也甩下一層雪來，大雪真的下起來了。

本陣那一排冒著蒸氣的小屋，據說是諏訪大的社神湯——綿湯。兩人想到可能是用完晚膳的主公在泡湯，吞回了吆喝的聲音。

在岔路口往左彎去，風雪中又是成排客棧。彷彿對兩人的吆喝聲充耳不聞，每扇紙門都亮著赫赫燈明。

踩著草鞋滑下坡去，前方的湯田町傳來更盛大的歡呼聲。是眾人拿馬肉鍋下酒，宴飲方酣。這一帶分配給足輕住宿，吵鬧聲也格外響亮。

坡下的旦過溫泉湧出滾滾熱氣。聽說只要忍耐著浸泡這池熱水，無論什麼樣的疲勞，都能立刻消除。雖然很想泡個熱水澡，但還有好幾樣差事得趁著夜裡辦好。

譬如——繫在這溫泉後方馬廄的主公老馬。可能是上了年紀的關係，這趟路程似乎讓牠累壞了，動輒止步不前。主公似乎非常看重小斑，所以如果老馬礙事，乾脆就在這處宿場賣給馬販子來得省事吧！

「沒辦法吶！看白雪那個樣子，實在不可能過得了和田嶺。」

真吾也悲傷地表示同意。難得依照古禮準備了兩匹馬，但接下來只要有小斑就夠了吧！

馬廄已經掩埋在雪堆中。隨著年齡增長愈發雪白的老馬，彷彿融入積雪似地佇立著。

然而氣勢卻有些不同。和沿路上的憔悴判若兩馬，牠這不正在大口嚼著糧草嗎？

白雪發現兩人，抬起頭來，撓彎長頸，扒抓前腳，展現臨戰般的氣概。

「啊，小野寺大人，這究竟是怎麼回事？一點都不像路上那隻棘手的馬。」

總不會是察覺了遭棄的危機，但看牠這個樣子，應該還能派上用場吧！

一路鬆了口氣，走近白雪，將額頭貼在牠冰凍的鬃毛上。

「不許再垂頭喪氣啊。你真的是蒔坂左京大夫座騎的話，就堅強地走到江戶再死。」

是心意相通了嗎？白雪仰望著愈來愈大的風雪，勇猛地嘶叫了一聲。

# 2

〈供頭守則〉

十三、下諏訪　中山道唯一之溫泉宿場
　為治癒萬病　挹注英氣之神湯也
　且瞭示本性善惡　靈驗可畏
　湯口清則性善　湯口濁為性惡
　若陣中有惡人　可即刻討伐之

蒔坂將監從高島城回到下諏訪本陣後，情緒惡劣到了極點。

「大人怎麼了？」

伊東喜惣次問，將監也只是惡狠狠地回瞪他。小姓請他陪主公用膳，也被他冷冷地拒絕。

「主公討厭馬肉，今晚分開吃吧！」

馬術精湛的主公不喜歡馬肉。不，馬肉雖然是下諏訪的名產，但並非貴族的食物，所以過去的參勤旅程中，在下諏訪本陣吃的都是鰻魚。

將監蹙起摻雜白毛、宛如鍾馗的眉毛，逼問喜惣次似地說：

「你是要吃鰻魚，還是馬肉鍋？」

「將監大人要吃馬肉鍋嗎？」

「明天在和田嶺會遇上惡劣的天候，得補充體力。喏，你選哪一邊？鰻魚還是馬肉鍋？」

喜惣次一陣感傷。為什麼這位大人就是無法相信別人？如果不不時考驗下屬的忠誠，就會不安到無法自持嗎？自己雖然是側用人，但在主公的家臣之前，更是大人的郎黨——自己不是一向都這麼說的嗎？

「小的吃馬肉鍋。」

喜惣次帶著嘆息回答，然後叫來女傭，命令在房間裡擺上火鍋。

熱酒先送了上來。將監一面向喜惣次勸酒，一面問：

「你討厭鰻魚嗎？」

有完沒完啊？要不是對方是自己的大恩人，喜惣次早就破口罵了。

「不討厭，但馬肉鍋更好。」

將監啜飲著杯中物，抬眼瞪著喜惣次。鍾馗般的眉毛不悅地豎立著。

「為什麼就不能說你討厭鰻魚？」

喜惣次吞下苦酒，明確地回答：

「小的討厭鰻魚。」

「這樣啊，那就好。」

都食不知味了。一句謊言，讓喜惣次垮下臉喝酒。

現在主公一定正在裡頭的上間，一個人寂寞地吃著鰻魚吧！無人相伴，也不喝酒，對著倒映雪光的紙門端坐著，一想像起那個景象，喜惣次便覺得胸口一痛。

時勢風雲告急，聽說每處主家都拔擢有為人才，以應付難關。但即使如此，從臣下的郎黨被提拔為主公側用人，還是不可能的事。而且伊東家原本甚至不在田名部家臣百人之列。

到了父親那一代，他們住進將監大宅的門長屋，三餐都在主屋的廚房用膳。薪俸也非固定，而是需用時由母親向將監夫人請求支給。十俵三人扶持的足輕，還比他們像樣多了。

但由於將監垂青，讓喜惣次一路爬上俸祿三百石的側用人地位，他甚至在陣屋的城門大道拜領了一棟華美的官舍，也能將死於窮困的父母改葬到主家的菩提寺。

當然，喜惣次並沒有特別優秀的才華，讀寫是在寺子屋[77]學的，劍術則是父親指導。這兩方面，足輕的孩子比他強多了吧！但為了回報將監的知遇之恩，他一直努力逞強，拚命盡力。

直到最近，喜惣次才總算明白自己為何會雀屏中選了。向將監獻媚的人很多，但能統率這些人的，必須是能捨棄名利，為他奉獻的人。

馬肉火鍋來了。稍微燙過，肉色帶點血紅，才是最美味的。過去還是郎黨的時候，喜惣次總是和足輕小廝圍坐在一起，享用這馬肉火鍋。

「上代喜歡馬肉鍋，但當代這個大傻瓜太軟弱，說他絕不吃這玩意兒。結果害得我都得在下諏訪陪他吃鰻魚。」

將監胃口很好。大快朵頤著，不悅的臉色也逐漸好轉。

77 江户時代庶民的初等教育機關，一開始開在寺院，由僧侶教授。

「對了，高島城發生了什麼事嗎？」

喜惣次不著痕跡地探問。

「區區三萬石的國家老，不可一世地擺什麼譜！淨在那裡吹捧自己的主子，說什麼我們主公在江戶歷經三番兩次的人事更迭，展現三頭六臂的本事。還說什麼自家主公從奏者番當到若年寄，現在雖然暫時免職，但很快又會重回若年寄之位。這哪叫三頭六臂？分明只是幕閣人手不足，又抽到壞籤罷了。」

如果只是這樣，也沒什麼好教人氣憤的。八成還有下文。喜惣次裝出愚笨表情附和著，順從地說「大人說的是」。

「但諏訪因幡守大人確實長年參與幕閣。如果重返若年寄之位，遲早會當上老中吧！參府之後，第一個就得上他在木挽町的官邸，向他請安。」

這太僭越了，喜惣次心想。就算是後見役，也沒道理越過主公，恣意妄為。將監應該是想透過幕閣的人情，推舉自己吧！也就是說，雖然不至於大剌剌地明說，但是把主公塑造成「大傻瓜」的，就是將監本人。

將監估計，只要拉攏老中若年寄，不久後自己引發的主家繼承權之爭，也能得到令人滿意的結果。一切都是為此鋪路。

喜惣次為了自己的不中用而感到羞恥。明知如此，卻參與惡事，完全是因為比起對主家的忠義——不，比起對天發誓的正義，他更看重監將賞賜給他的恩義。自己體內的郎黨那卑賤的血統令他覺得窩囊。

必須諫言才行，喜惣次心想。然而心聲卻哽在喉嚨，說不出口。

「將監大人……」

「幹嘛？有話就直說，不必客氣。」

被讖為郎黨小廝而死的父親的靈魂，緊緊地從背後架住喜惣次，要他閉嘴。

「如果因幡守大人復職，應該不是落腳木挽町的官邸，而是遷到正城門前的官舍吧！請大人明察。」

將監拍了一下膝蓋。

「啊，被你這麼一說，確實如此。你的腦袋真靈光，我差點就要白跑一趟了。」

「對了，將監大人，諏訪家的國家老說了什麼冒犯大人的話嗎？」

喜惣次試探口風。他覺得將監的不悅另有原因。結果將監原本因酒意而舒展的眉毛又再次豎立起來。

「可恨的國家老，說什麼是因幡守的意思，說了令人不能置若罔聞的話。他說上頭情勢混亂，幕閣急於用人，所以因幡守想先推舉蒔坂左京大夫擔任奏者番。」

喜惣次停下拿著酒杯的手。如果對方的用意不是給將監面子而奉承他的主子，事情可就棘手了因為這對為了毛遂自薦而刻意前往高島城問候的將監來說，肯定如同晴天霹靂。

「這……不會吧？」

「沒錯。但仔細想想，倒也不是完全沒有底。」

「小的願聞其詳。」

「因幡守是駐帝鑑間辦公的，也許跟大傻瓜意外地交情不錯。」

原來如此，這下真的麻煩了。

蒔坂左京大夫身為交代寄合表御禮眾這樣的破格旗本，在江戶城內的辦公處，也與大名相同。他與擁有居城的譜代大名為伍，列席白書院的帝鑑間。

除了每月初一十五的定例登城以外，在正月、端午、八月一日等儀式時，三百諸侯都必須出席。當然，這些主公不會帶上任何隨從，因此在殿中有些什麼樣的交誼，除了主公自己之外，無人知曉。

「話雖如此，如果是一般情誼，因幡守也不可能推舉大傻瓜擔任奏者番這樣的要職。這件事光聽就教人不舒服。」

喜惣次知道為什麼將監無法把這件事當成客套話，置之不理。那是因為幾天前，發生在大湫宿與妻籠宿間的平六坡的事。

他們在山頂與前任若年寄松平河內守的隊伍撞上了。那是高舉三葉葵家徽，多達兩百人的壯麗隊伍。喜惣次本以為非開道讓路不可，沒想到主公毫不猶豫，直接就開口命令：「無妨，前進。」

那個時候，河內守為什麼在路旁鋪上座墊趴跪下來、為何將印有三葉葵家徽的轎子靠立在杉木樹幹上，因為太令人費解了，沒有人去深思。

那晚在妻籠宿陪膳時，喜惣次請教了主公。然而主公連筷子也沒擱下，悠閒地答道：

「沒什麼，河內守跟我一樣駐帝鑑間，在殿裡交情不錯。」

想像。

當然，這個回答並不能解除疑惑，但江戶城內主公間的交遊，下人根本無從得知，也無從

奏者番隨侍將軍身旁，掌理殿中儀式，轉達參謁，也擔任將軍使者中的上使職務。幕府的要職寺社奉行，慣例是由奏者番升任，但其中從奏者番一躍登上若年寄的例子也不在少數。

不過……

「奏者番必須是頭腦清楚的人才能勝任，說什麼想推舉那個大傻瓜，這不可能是以能人聞名的因幡守的真心話。還是因為時勢如此，無用也無害的大傻瓜，更容易操控是嗎？」

將監說的沒錯。雖然喜惣次不敢妄稱主公是「大傻瓜」，但還是無法想像不食人間煙火的主公在將軍大人身旁幹練任事的模樣。正因為喜惣次在蒔坂家擔任相同的職務，所以更是強烈地這麼感覺。

「小的認為那樣的大任，唯有將監大人才能勝任。」

喜惣次放下酒杯，挺直了腰桿子說。可能是無論如何都想聽到這句話吧！將監無上滿足地點了點頭。

肚子餓了，卻不想吃馬肉鍋。喜惣次厭煩地看著將監胃口大開的模樣，自斟自酌著。

酒意正濃時，小姓在走廊端坐開口：

「稟報將監大人。主公正在綿湯沐浴，請將監大人過去陪伴。」

這是異例的召見，看來主公相當關心拒絕陪膳的將監。

「哦？這吹的是什麼風？居然有幸陪同主公沐浴下諏訪神湯，幾年沒發生這樣的事了？」

將監蹣跚起身，喜惣次扶住他的腰忠告：

「大人喝了不少，請謹慎言詞。」

將監酒品不好，喝得愈醉，人就愈陰沉，是會在酒後牢騷不止的那種類型。

「咦，你區區一介郎黨，居然敢對我說教，不愧是側用人大人吶！那麼我就去告訴那個大傻瓜，說你勝任不了奏者番，讓我來替你當差，所以為了蒔坂家，你就早早隱退，這樣才是為了自己著想。」

「將監大人，請別說笑了……」

雖然覺得不可能，但事有萬一時，還是得出聲制止。喜惣次跟在將監後面。

「側用人大人也要相陪嗎？」

「不是的。外頭下雪了，小的陪大人到浴場。」

「很好，這才是做郎黨的本分。每回我往返陣屋，你父親也一定相陪。雖然他只是一介郎黨，無法跨進陣屋玄關，但那又怎麼樣？現在他兒子可是三百石的側用人，是人人敬畏三分的重臣了。喏，伊東，你可真是個幸運兒啊。」

以下諏訪神湯聞名的綿湯，位在本陣大門附近，以新木圍牆圍起。

兩名小姓佇立在入口雪地之中。

「你們為什麼不在裡面聽差？」

喜惣次問，一名小姓凍得嘴唇發抖地回答說：「藏役大人他……」

喜惣次詫異究竟發生什麼事，打開拉門一看，只見蒸氣彌漫的木板地上，坐著擔任隊伍先鋒的佐久間勘十郎。

「勘十，怎麼了？」

將監俯視趴跪在腳邊的勘十郎說。

「撇下小姓，換你在浴場伺候，這算什麼？」

勘十郎頭也不抬地回答：

「綿湯面對大街，在下是在護衛主公。」

「不許任意行事。側用人也來了，用不著你擔心。」

「回將監大人的話，這不是在下任意妄為，而是奉供頭的命令行事。參勤期間，任何人都必須聽從供頭的差遣。即使將監大人說不必擔心……」

說到這裡，勘十郎慢慢地抬起頭，朝喜惣次投以輕蔑的眼神。那雙眼睛彷彿在說：你根本派不上用場。

佐久間勘十郎是主家首屈一指的劍客，派他來護衛十分合理，但這種想法卻令喜惣次自覺窩囊。

就在這時，浴場中傳來悠哉的聲音：

「啊，這湯可真好。怎麼了，將監，快進來啊。噯，真正是神湯啊。」

雖然覺得不可能經過深思熟慮，但主公的每句話總像通知幕間休場時敲擊的梆子木般，時機絕妙。

佐久間勘十郎。

在百名家臣之中，他是伊東喜惣次特別感到難以應付的武士。不曉得是造了什麼孽，居然得跟最痛恨的勘十郎在蒸氣彌漫的綿湯木板地間促膝對坐。眉毛碩粗，眼鼻和嘴巴都十分碩大，下巴就像木屐般方正，是百年難得一見的武者相貌。勘十郎的劍術本領，連指南師父都得對他另眼相待，然而卻不受人尊敬，大概是因為沒有配得上劍術的人格吧！

勘十郎的人格，難以三言兩語道盡。簡而言之，那端午人偶般的華美戰袍與他本人契合到幾乎怪異的境界，沒有人笑得出來。佐久間勘十郎人如其名，完全就是堂皇而誇張的勘亭流字體。

浴場與木板地間以牆壁區隔，開了個可以屈身通過的小開口。另一頭的黑暗處，流水聲中，傳來主公與將監的低語。

木板地間只擺了一只紙罩燈，既窄小又悶熱。

一開始各別坐在兩端，然而不知為什麼，勘十郎漸漸逼近過來。喜惣次不曉得他究竟想做什麼，然而注意到時，光看就令人倒盡胃口的臉已經在眼前一尺處。

惡意騷擾。除此之外，還能有別的意思嗎？

喜惣次被提拔為側用人後，家臣立刻全對他換了副嘴臉。在路上相遇時，所有上級武士都會停下腳步讓路，下級武士則會跪下單膝垂頭。當然，想必有人背地裡議論他，但沒有人表現在話中、臉上。

就只有這個佐久間勘十郎，從頭到尾一貫瞧不起喜惣次。不論在哪裡相遇，對他都視而不見，連一句討好的話也沒有。甚至動輒算準時機放屁，令喜惣次驚恐不已。乍看之下，會以為他是個直爽的武人，但也許性情相當陰險纏人。

逼近眼前一尺的巨大臉龐開口了：

「請教側用人大人。」

「呃，是。大人請問。」

勘十郎想必吃了不少馬肉，強烈的蔥蒜臭氣煎熬著喜惣次的鼻子。

「大人是哪位大人的側用人？」

「這是什麼問題，還用說嗎？」

「不，在下實在不懂，還望大人指教，你是哪位大人的側用人？」

「蒔坂左京大夫大人。」

「咦？是這樣嗎？在下還以為大人服侍的是蒔坂將監大人呢！」

勘十郎說著，猛地拉近距離，擱在一旁的刀子已經推出刀鞘，露出用來嵌住刀鞘的赤銅卡榫。

難不成這傢伙知道自己顛覆主家的陰謀？不，不可能。計畫全在暗中進行，捺下血手印的五名同志也不可能洩漏機密，隊伍正肅靜地往江戶前進，不是嗎？

喜惣次收拾心神。這傢伙果然只是嫉妒從郎黨一躍晉升為重臣的自己罷了。

「我說伊東大人……」

「是是是，還有什麼事？」

「你是俸祿三百石的側用人，而在下雖是上級武士，卻不過是個小小的藏役。因此在下明知無禮，還是要說。凡身為人，就必須重視恩義，但武士就算得違背恩義，也非得達成自己的職責不可。」

喜惣次一直以為他是個傻瓜，但似乎並非如此。這番話言之有理。

「也許大人瞧不起在下一介武人，但也因為如此，在下沒有任何迷惘。武士必須是傻瓜才能勝任。」

喜惣次覺得自己被逼進了死胡同。這個傢伙知不知道他們的詭計都不重要，對將監的恩義，與身為側用人的職責糾纏不清，讓自己身陷迷宮，最後甚至被逼進了死胡同。武士必須是傻瓜才能勝任，這句話就像一把利刃，亮在他的眼前。

「這真是神湯吶！叔父大人。」

主公心滿意足。

從高窗映入的雪光就宛如神明的威光，幽幽地照亮浴場。導水湯口流瀉出清澈的熱水，毫不吝惜地充滿整個檜木浴槽。

是酒喝多了嗎？將監看起來有些不悅。

「根據傳說，上社的女神來訪下社時，用綿花浸泡平日化妝用的熱水帶來……」

「我知道。那沾了熱水的綿花擺放的地方，就湧出了新的溫泉是吧？」

「啊，不愧是叔父大人。不必聽人說，也曉得這裡的由來嗎？」

「我不喜歡這類的傳說。我跟你不一樣，曉得這世上沒有神佛。」

這嚴厲的一句話，讓主公情緒消沉。

原本決定要繼承家名的人，卻因為主家意外獲子而遭到廢嫡，退居家臣，這是多麼大的屈辱。這一定深深傷害了叔父幼小的心，讓他深信世上沒有神佛吧！

每回酒一喝多，即使年近四十五，將監依然會像這樣忍不住發牢騷。每回聽到，主公心中便忍不住浮現一個為了廢嫡的不幸而垂淚的少年身影。

但唯獨這件事，主公無能為力。主公對十四代左京大夫之名毫無留戀，一切都是亡父定下的事。

「高島城的情況如何？」

主公掬起清澈的熱水洗臉，改變話題。

「國家老心情很好。他說因幡守很快就要恢復若年寄之職……對了，你認識因幡守嗎？」

「是。我和諏訪大人同在帝鑑間辦公，每回登城都會見面。」

「這我知道，我是問你跟他交情如何？」

「不，也不到交情好，只是會彼此招待茶點、在閒暇時下下棋而已。只要同席，諸位大人都是一樣的，怎麼了嗎？」

將監的表情看起來很陰沉。難道是主公犯了什麼自己沒注意到的過失，而這件事透過高島城的國家老說出，使得將監代為受責？

主公跟諏訪大人認識已久，如果要說過從甚密，感情確實不錯，但往後還是得認清大名與旗本的上下分際，謹言慎行才好，主公心想。

「是沒什麼事。只是主公們在殿中的交誼，不是我們這些下人能知道的，所以有點興趣。」

不管怎麼改變話題，將監尖銳的口吻還是沒有消失。

主公懷疑，難道是因為不管將監怎麼勸，自己都不肯吃馬肉鍋的緣故嗎？但自小就酷愛馬術的主公，說什麼都嚥不下馬肉。

他愛馬。因為愛馬，一想到對武將來說，馬是在戰場上同生共死的夥伴，他又怎能將牠們吃下肚？

「咦，勘十和喜惣次怎麼好像在另一頭爭吵起來？」

「別理他們。那兩個人一向水火不容，不吵才奇怪。啊，話說回來，這湯真是好哇！你爽快，我也爽快，這樣就好啦！」

將監高聲笑著，划開熱水前進，讓湯口流瀉的熱水淋在肩頭上。

結果不知怎麼地，湯口的水竟在轉瞬間變得白濁。

主公眨了眨眼，懷疑自己眼花了，再三沖洗眼睛。然而才剛洗完，白濁的水流便宛如攤開的布匹般滑過湯面而來。

主公沮喪極了。雖然並非不信神佛，但唯獨這神湯突然顯現的神蹟，他實在不願相信。

「主公，是時候出浴了！」

聽到小姓的聲音，喜惣次與勘十郎離開浴場。

出浴後的主公，被罩上白木棉浴衣。一共穿脫五件，以吸去水氣。

「當主公真辛苦吶！」

將監撂下依舊嘲諷意味十足的話，返回本陣。

不久後，換上白綢睡衣的主公從浴場走了出來。

「很好。你們也各自泡湯，暖暖身子吧！」

究竟在浴場中談了些什麼？喜惣次覺得主公與將監之間散發劍拔弩張的氣氛。

在紛飛的雪中目送主公離去後，勘十郎說：「就聽主公的吩咐，去泡湯吧！」

自己造了什麼孽，非得跟這傢伙一起泡湯不可？喜惣次心想。但他也想溫暖冰冷的身子。

首先令人氣惱的，是勘十郎那副完全不像人類、鋼鐵般的肉體。體重大概有喜惣次的兩倍吧！「噢，好冷好冷！」勘十郎以洪鐘般的嗓門說，跳入浴槽，一半的熱水都流光了。

喜惣次實在沒心情跟這傢伙肩並肩一同泡湯，拿米糠袋搓洗著乾瘦的身子。

「啊，真舒服。對了，伊東大人，今年秋初時，下藥毒死供頭輔佐栗山的是你嗎？」

重大的問題被過於若無其事地這麼一提，喜惣次差點就要應道「沒錯」。

冷靜、冷靜。這個笨蛋不可能知道什麼。喜惣次繼續用米糠袋搓洗身子，付之一笑。

「哈哈，這是在說什麼？」

「哇哈，這湯可真好。對了，伊東大人，上個月在供頭官舍放火的是你嗎？」

這個問題，喜惣次也差點要回答「正是如此」。

「喂，佐久間大人，就算是玩笑，有些話還是不能亂說。」

「要說玩笑，的確是玩笑，不過不巧，這可不是玩笑。我聽到這樣的風聲，所以想找機會向本人確定，如此罷了。如果大人覺得受到冒犯，在下先在這裡賠個罪。這樣啊，原來不是啊，啊，太可惜啦！」

多惹人厭的性格啊。說起來，喜好武藝的人看上去似乎豁達直爽，其實多半都是心眼狹小的陰險傢伙。也就是說，所謂武士風氣，總的來說都是陰險纏人的。

「什麼可惜，太無禮了！」

「在下只是覺得如果是這樣，一切都說得通了。啊，真是可惜！」

這傢伙還是不可能知道些什麼。他說有這樣的風聲，令人擔心，但一定也是無的放矢的臆測，畢竟無憑無據。

我的主子是誰？喜惣次捫心自問。絕對不是蒔坂左京大夫。自己在將監大人家的門長屋出生成長，讓他獻上忠心侍奉的主子，除了蒔坂將監之外別無他人。

武士即使得違背恩義，也非達成職務不可。但那是武士的道理，自己是難以自稱武士的家臣郎黨，比起職務必須更重視恩義。換句話說，只要將監大人這麼說，白棋也能說成黑棋，烏鴉也能說成白鳥。

才剛再次堅定決心，粟山臨死的表情、供頭官舍熊熊燃燒的景象便浮現眼底，讓喜惣次全身爬滿粟粟。

不能被看出內心的動搖。喜惣次沖掉米糠屑，戲謔地說著「好冷喲」，接著跳進浴槽。他走近熱水迸流的湯口，直接沖洗顏面。

佐久間勘十郎模糊的聲音，聽起來就宛如武神在下達神諭般嘹亮：

「大人知道綿湯的神蹟嗎？」

湯口清則性善；湯口濁為性惡。伊東喜惣次被傳說攪亂了心神，望向自己浸泡的水面。

從天窗射入的雪光之中，湯水變成了難說是清是濁的灰色。

（下冊待續）

文學森林 LF0063

# 一路（上）

作者
淺田次郎

一九五一年出生於東京。一九九五年以《搭上地鐵》獲得吉川英治文學新人賞，一九九七年以《鐵道員》獲得直木賞，二〇〇〇年以《壬生義士傳》獲得柴田鍊三郎賞，二〇〇六年以《請您切腹吧！》獲得中央公論文藝賞、司馬遼太郎賞，二〇〇八年以《中原之虹》獲得吉川英治文學賞，二〇一〇年以《沒有盡頭的夏天》獲得每日出版文化賞。台灣目前出版有《鐵道員》、《蒼穹之昴》、《壬生義士傳》、《珍妃之井》等多部作品。

封面繪圖
山口晃

一九六九年生於東京，成長於群馬縣桐生市。於東京藝術大學美術研究科主修繪畫（油畫），一九九六年取得碩士學位。二〇〇一年獲岡本太郎紀念現代藝術大獎優秀賞，二〇〇三年以《奇怪的美術史》（暫譯）一書獲小林秀雄賞。除了城市鳥瞰圖、合戰圖等繪畫外，作品亦涵蓋立體畫、漫畫、裝置藝術等多種表現方式，在日本國內外常有展覽。也執手製作成田國際機場、東京地鐵副都心線西早稻田站的公共藝術等多元作品，二〇一二年十一月更為平等院養林庵書院繪製襖繪。

譯者
王華懋

專職日文譯者，譯作包括各種類型，有推理小說、文學小說及實用書等。連絡信箱：huamao.w@gmail.com

封面設計　兒日
書名題字　張大春
責任編輯　王琦柔
行銷企劃　傅恩群、王琦柔
版權負責　陳柏昌
副總編輯　梁心愉
初版一刷　二〇一六年一月四日
定價　新台幣三四〇元

Thinkingdom 新經典文化
發行人　葉美瑤
出版　新經典圖文傳播有限公司
地址　臺北市中正區重慶南路一段五七號十一樓之四
電話　886-2-2331-1830　傳真　886-2-2331-1831
讀者服務信箱　thinkingdomtw@gmail.com
臉書粉絲團　www.facebook.com/thinkingdom

總經銷　高寶書版集團
地址　臺北市內湖區洲子街八八號三樓
電話　02-2799-2788　傳真　02-2799-0909
海外總經銷　時報文化出版企業股份有限公司
地址　桃園縣龜山鄉萬壽路二段三五一號
電話　02-2306-6842　傳真　02-2304-9301





一路 / 淺田次郎著；王華懋譯. -- 初版. -- 臺北市：新經典圖文傳播, 2016.01
2冊；14.8×21公分. -- (文學森林；LF0063-LF0064)
譯自：一路
ISBN 978-986-5824-52-5（上冊：平裝）. --
ISBN 978-986-5824-53-2（下冊：平裝）

861.57　　104027574

請貼郵票

# 一路

上

## 新經典文化出版社

100台北市重慶南路一段57號11樓之4

**新經典文化讀者服務部 收**

讀者客服專線：02-23311830

新経典文化
ThinKingDom

# 寄回函，就送限量收藏禮

### 中文版獨家授權《一路》限量人物珍藏紙牌(共54張)

當你為一路成長的身影而感動，也為主公滑稽的反應而發笑時，是否常忍不住翻回封面，頻頻對照出場人物及經典情節，甚至在不知不覺間成了他們的頭號粉絲？透過日本當代繪畫名家山口晃細膩的畫作，中山道沿途的風景與人情一一浮現眼前。如果仍覺得意猶未盡，現在，你可以再次珍藏。

中文版獨家取得日本原圖授權，精選小說中14位個性要角及4大家徽，搭配人物介紹及經典獨白，製成珍藏紙牌，限量推出，只要一次購買雙書就有機會獲得！

**活 動 辦 法**

即日起至**1/31**(日)前，同時寄回上下冊雙書回函，就有機會免費獲得《一路》限量人物珍藏紙牌乙組。**數量有限，送完為止！**（日期以郵戳為憑）

---

- 日本獨家授權，由當代浮世繪名家山口晃親手繪製，限量印製，送完為止。
- 內含57×88mm標準尺寸撲克牌共54張，全彩印刷，附PP硬殼收納盒。
- 分別以柏木、巴字、割菱、梅鉢四大家徽，取代傳統撲克牌黑桃、紅心、方塊、梅花四種花色，更添趣味。

| | |
|---|---|
| 姓　　名 | |
| 寄件地址 | |
| 聯絡電話 | |

上下冊回函一同黏妥或釘牢後寄回，更省郵資！